KB044435

아무도 지켜보지 않지만 모두가 공연을 한다

APPROACHING EYE LEVEL
by Vivian Gornick

Copyright ⓒ 1996 by Vivian Gornick
All rights reserved.
This Korean edition was published by BADA Publishing Co., Ltd. in 2022
by arrangement with Farrar, Straus and Giroux, New York
through KCC(Korea Copyright Center Inc.), Seoul.

이 책은 (주)한국저작권센터(KCC)를 통한
저작권자와의 독점계약으로 (주)바다출판사에서 출간되었습니다.
저작권법에 의해 한국 내에서 보호를 받는 저작물이므로 무단전재와 복제를 금합니다.

서제인 옮김

APPROACHING EYE LEVEL

바다출판사

아무도
지켜보지 않지만
모두가
공연을 한다

VIVIAN
GORNICK

비비언 고닉

일러두기

- 본문의 각주는 모두 옮긴이 주입니다.
- 볼드 처리된 단어와 문장은 본문의 강조를 그대로 옮긴 것입니다.
- 외국어의 인명과 지명은 국립국어원의 외래어표기법을 참고하되, 가독성을 위해 생활에서 자주 쓰는 발음이 있다면 그것을 살렸습니다.

목차

아무도 지켜보지 않지만 모두가 공연을 한다

같은 블록 끝에 살던 작가가 세상을 떠났다. 나는 그 여자를 20년 넘게 알고 지냈다. 그는 내 작품을 높이 평가했고, 나와 정치적 견해가 같았으며, 자기 쪽으로 다가서는 내 얼굴을 보면 눈에 띄게 좋아했지만, 함께 시간을 보내고 싶어 하지는 않았다. 우리는 거리에서 우연히 마주치곤 했다. 그럴 때면 늘 함박웃음을 짓고, 팔을 활짝 벌려 포옹하고, 양쪽 볼에 입을 맞추고, 몇 분간 마음을 놓고 행복하게 재잘거렸다. 그러면 나는 꼭 "언제 한번 봐요" 하고 말하곤 했고, 그는 고개를 끄덕이며 "전화해요" 하고 대답하곤 했다. 내가 전화를 하면 그는 양해를 구하며 자기가 나중에 다시 전화하겠다고 했지만 그런 일은 없었다. 그 후에 다시 우연히 마주치면 함박웃음, 포옹, 양쪽 볼에 입맞춤이 이어졌지만 그가 내게 다시 전화하지 않은 일에 대해서는 한마디도 나오지 않았다.

그는 곁을 주지 않는 사람이었다. 예의 바르게 미소 짓는 그의 가면을 나는 뚫고 들어갈 수가 없었다. 우리는 몇 년 동안이나 그런 식으로 지냈다. 가끔씩 도시의 다른 곳에서 그와 우연히 마주치기도 했다. 나는 언제나 깜짝 놀랐고 그도 마찬가지였다. 뉴욕은 마치 하나의 나라 같고 우리가 사는 동네는 도시 같아서, 같은 블록이나 건물에 사는 누군가를 다른 동네에서 만나면 '**당신이** 여기 웬일이에요?'라는 생각이 처음 번뜩인다. 우리는 서로 상대방의 얼굴에서 그 생각을 읽어내고 웃기 시작했다. 그런 다음 짧은 인사를 나누고 가던 길을 계속 걸어가곤 했다.

그가 죽고 6개월이 지난 어느 날, 나는 그가 살던 집 앞을 지나치다 문득 얻어맞은 기분이 되었다. 그가 뒤로 물러나는 것을 보면서 '왜 저 여자는 나와 친해지고 싶어 하지 않는 걸까?' 궁금해할 일이 다시는 없으리라는 걸 깨달은 것이다. 그러자 그가 그리웠다. 몸서리쳐질 만큼 그리웠다. 그는 우연하고 사소한 만남들의 풍경으로부터 사라진 것이었다.

오직 거리에서 내가 오는 걸 볼 때만 나와 연결되는 모두의 변함없는 힘을 날마다 일깨워주는 그 풍경으로부터.

7월의 어느 날 오후, 두 남자가 38번가의 한 건물에 기대서 있었다. 둘 다 대머리에 입에는 시가를 물고, 목줄을 맨 작은 개를 한 마리씩 데리고 있었다. 요란한 소음과 열기, 먼지, 혼란 속에서 두 마리의 개는 쉬지 않고 짖어댔다. 두 남자 모두 험상

궂은 표정으로 자기 반려동물을 쳐다보았다. "왈왈, 그만 좀 짖지 못해?" 한 남자가 화난 목소리로 말했다. "왈왈, 그래 계속 짖어라." 다른 남자가 부드럽게 말했다. 나는 웃음을 터뜨렸다. 고개를 들어 나를 본 두 남자가 씩 웃었다. 그들 얼굴에 만족스러움이 번졌다. 그들은 공연을 했고, 나는 그 공연을 선물로 받은 것이다. 혼돈 속에서 그냥 증발해버렸을지도 모를 그 주고받음에 내 웃음이 형태를 부여해주었다. 사람들의 시선이 조금 덜 위협적으로 느껴졌다.

나는 그 거리가 꽤 자주 나를 위한 작품을, 끝없이 이어지는 사건들 속에서 내가 꺼내 보고 또 꺼내 보는 반짝이는 경험의 빛을 탄생시킨다는 걸 깨달았다. 거리는 내가 혼자서는 할 수 없는 일을 내게 해준다. 거리에서는 아무도 지켜보지 않지만 모두가 공연을 한다.

그 여름 또 다른 어느 날 오후에 나는 부엌 싱크대 앞에 서서 싱크대에 딸린, 뭔가 문제가 있는 부품을 수도꼭지 안쪽에 고정시키려고 안간힘을 쓰고 있었다. 결국 나는 건물 관리인을 불렀다. 그는 고개를 저었다. 수도꼭지 헤드 안쪽의 나사받이가 너무 작아서 수도꼭지에 맞지 않았다. 어쩌면 나삿니가 닳아버린 건지도 몰랐다. 이 상황을 해결하려면 철물점에 가서 맞는 크기의 나사받이를 구해 와야 했다.

나는 수도꼭지와 헤드를 가지고 그리니치애비뉴를 걸어 내려가면서 관리인이 구해 오라고 한 게 정확히 뭔지 기억하려고 무진 애를 썼다. 그건 내가 모르는 단어였고, 제대로 알아들었는지 확실하지 않았다. 갑자기 불안이, 엄청난 불안이 밀려왔다. 필요한 물건을 얻을 수 없으리라는 생각이 들었다. 수도꼭지 헤드를 다시는 쓰지 못하게 될 것 같았다.

나는 가버스라는 가게로 들어갔다. 그곳은 건장하고 나이 지긋한 유대인 남자들이 카운터에 서 있는 옛날식 철물점이었다. 그중 한 명(역시 대머리였고 입에는 시가를 물고 있었다)이 수도꼭지와 헤드를 한 손으로 받았다. 남자는 그것들을 살펴보았다. 그러더니 천천히 고개를 저었다. 희망이 없는 상황인 게 분명했다. "부인," 그가 말했다. "이건 나삿니 때문이 아닙니다. 나삿니 때문은 절대 아니에요." 그는 계속 고개를 절레절레 저었다. 희망이 없기를 바라는 것 같았다.

"그리고 이건요." 비어 있던 다른 손으로 회색 플라스틱 나사받이를 집어든 그가 말했다. "이건 그냥 쓰레기예요." 나는 절망적인 심정으로 거기 버티고 서 있었다. 남자는 시가를 입의 한쪽에서 다른 쪽으로 옮겨 물더니 저쪽으로 들어갔다. 서랍 한 개분 정도 돼 보이는 판지 상자들 사이에서 그가 어정거리는 게 보였다. 그는 상자 하나에서 무언가를 꺼내더니, 마술처럼 수도꼭지에 고정된 헤드를 들고 카운터로 돌아왔다. 그러고는 헤드를 분리한 다음 뭘 한 건지 보여주었다. 회색 플라스틱 나사받이가 있던 곳에 반짝이는 은빛 나사받이가 자리잡았다. 사내는 아주 쉽게 헤드를 다시 돌려 끼웠다. "아." 내가 탄성을 질렀다. "고치셨네요!" 문제를 해결했다는 승리감과 그것을 부인하면서 느끼는 흡족함 사이에서 오갈 데 없어진 남자의 입꼬리가 비틀려 올라가며 음울한 미소를 지었다. "금속이에요." 수도꼭지 안쪽에 완벽하게 딱 맞는 나사받이를 톡톡 두드리며 남자가 철학적으로 말했다. "이건," 그가 플라스틱 나사받이를 다시 집어들며 말했다. "이건 완전히 쓰레기고요. 2달러 15센트만 주세요." 나는 그에게 무한히 감사를 표하고 돈을 건네준 다음, 두 손으로 카운터를 움켜쥐고 말했다. "작은 걱정거리가 수월하게 해결되니 너무 좋네요." 남자가 나를 쳐다보았다. "자," 버라이어티 쇼의 시작을 알리는 것처럼 손바닥을 위로 하고 두 팔을 활짝 펼치며 내가 말했다. "덕분에 저는 해방돼서 더 큰 걱정을 할 수 있게 됐어요." 사내는 계속 나를 쳐다보았다. 그러더니 시가를 다시 옮겨 물고는 말했다. "방금 말씀하신 거요. 그건 진짜 맞는 말이에요." 나는 행복해져서 철물점을 나왔다.

그날 저녁 나는 그 이야기를 작가인 로라에게 했다. "그 사람들이 진짜 네 사람들이네." 로라는 그렇게 말했다. 같은 날 저녁 느지막이 나는 뉴요커인 레너드에게도 같은 이야기를 했다. 레너드가 말했다. "그 사람, 너무 비싸게 받았어."

거리 공연은 상점에서, 버스에서, 우리 각자의 아파트에서도 이루어질 수 있다. 이 공연을 표현하는 행동이 그리고 오랫동안 주고받는 대화의 리듬이 완벽해지려면, 표현 양식에는 배우들이(주연 배우들뿐 아니라 단역 배우들도) 충분히 있어야 한다. 도시에는 그 두 배역 모두 풍부하다. 도시는 사물들이 일정한 지점에 이를 때까지 계속 움직인다. 도시가 그 지점에 다다를 때 나는 움직임을 멈춘다.

* * *

나는 레너드에게 어느 재미있는 여자의 따분한 남편이 하는 이야기를 들어주어야 했던 디너파티에 대해 말하며 투덜댔다.

"철판 깐 친구구먼." 레너드가 대답한다. "자기도 좀 알아달라 이거겠지."

내게 전화를 걸어온 마리는 하필 아버지의 임종을 눈앞에 두고 있는 순간에 엠에게 '너의 자아도취적 성향은 환경 탓이 아니라 원래 그런 성격'이라는 말을 들었다고 말한다.

"타이밍도 참 안 좋네." 나는 마리를 위로한다.

"타이밍이 안 좋다고?" 마리가 울부짖는다. "이건 공격이야. 대놓고 날 공격하는 거라고!" 마리의 목소리는 금이 간 포장도로 같다.

로렌조는 내가 알고 지내는 예민한 뮤지션인데, 새 아파트를 살 거라고 한다.

"왜요?" 지금 사는 아파트도 근사하다고 알고 있는데.

"욕실이 침실에서 6미터나 떨어져 있거든요." 그가 털어놓더니 부끄러운 듯 웃는다. "별거 아닌 이유란 거 알아요. 근데 혼자 살면 온통 별거 아닌 부분들이 문제잖아요?"

나는 거리에서 우연히 제인과 마주쳤다. 우리는 늘 자살할 것 같은 목소리로 말하는 여자에 대해 이야기를 나누었다. 그 여자가 며칠 전 아침 7시에 제인에게 전화를 했는데, 제인은 그 전화를 활기찬 목소리로 받아준 모양이다. "오해하지 말아요." 제인이 말했다. "내가 이타적으로 굴었다거나 뭐 그런 건 아니니까. 그 여자 기분이 바닥이길래 좀 끌어올려 주려고 그런 거예요. 내가 바닥까지 숙이기엔 너무 이른 아침이라서. 그냥 내 허리를 보호하려고 그런 거라고요."

내가 알고 지내는 사람들은 이 도시 그 자체처럼 넓은 범위에 걸쳐 있지만, 하나로 어우러져 있지는 않다. 내 친구인 사람들이 서로 친구는 아니다. 가끔씩 내 세계가 확장되는 기분이 들고 뉴욕 사람들이 모두 동류로 느껴질 때면, 이런 우정들은 느슨하게 연결된 목걸이의 구슬처럼 느껴진다. 각각이 서로 닿지는 않지만 그럼에도 모두 내 목 아래쪽에 가볍지만 단단하게 자리 잡고 있어서 내게 마법 같은 따스한 연결감을 불어넣어주는 구슬.

그럴 때 삶은 내가 소중하게 여기는 도시의 정수를, 다시 말해 변두리에서 살아가는 삶의 빡빡하고도 독특한 면을, 그 모든 것을 매일 새롭게 짜 맞춰야 하는 데서 오는 위태로움과 짜릿함을 보여주는 것 같다. 도시의 가혹함이 매력으로 다가온다. 아, 갈등하는 일의 즐거움이란! 불확실한 일들의 매혹이란! 골치 아픈 인간관계 만세! 무례한 사람들이여, 당신들이 최고입니다!

아무도 곁에 없고 아무도 만날 수 없을 때 나는 창문 밖을 노려보며, 도시 생활을 낭만적이라고 여기다니 그런 바보가 또 어디 있을까 생각한다. 외로움이 덥고 건조한 공기처럼 나를 에워싼다. 그것은 부끄러움으로 얼굴을 달아오르게 하는 뉴욕의 외로움, 당신은 바보이고 실패한 인간이라고 말하는 외로움이다. 다른 모든 사람들은 마음껏 즐기고 있는데, 당신 혼자만 파티에 초대받지 못한 거다.

나는 거리를 내려다본다. 내 삶이 짐 끄는 말의 삶과 같다는 걸 깨닫는다. 마구를 걸치고 있기만 하면 나는 걸음을 놓치는 일 없이 한 발을 다른 발 앞에 디딜 수 있다. 하지만 무언가가 균형을 깨뜨리면 나는 또다시 목에 걸린 형편의 무게를, 그 밑에서 스스로 똑바로 걷는 법을 익혀야 했던 짐의 무게를 느낀다.

눈부신 날이다. 아스팔트는 아른거리며 빛을 내고, 사람들은 칼로 베듯 군중을 헤치고 나아가고, 건물들은 보기 드물게 푸른 하늘을 배경으로 뚜렷하게 도드라져 보인다. 인도에는 사람들이 떼로 모여 있고 차들이 내는 소리는 귀가 먹먹할 정도다. 나는 천천히 걷고 사람들은 내게 부딪친다.

채 1킬로미터를 가기도 전에 내 걸음은 빨라지고, 두 눈의 긴장이 풀리고, 두 귀는 소음에서 해방된다. 여기저기서 끝없이 전진하는 군중으로부터 떨어져 나온 누군가의 얼굴이, 몸이, 몸짓이, 되살아난 내 주의를 잡아끈다. 도시가 들리고, 그 존재가 느껴지기 시작한다. 마른 체구에 잘 차려입은 이십대 남자 두 명이 내 곁을 스쳐 지나간다. 한 남자가 다른 남자에게 빠르게 말한다. "그 여자는 알아줘야 돼. 아무것도 없었는데 거기까지 올라갔잖아. 진짜 개뿔도 없었는데." 나는 웃음을 터뜨리는 바람에 박자를 놓친다. 실례합니다, 미안해요, 죄송합니다…. 피부색이 어두운 매력적인 중년 커플이 사람들 속에서 모습을 드러낸다. 그들이 나와 나란히 걷게 되었을 즈음 남자가 여자에게 말한다. "항상 내 책임이지. 당신 책임인 적은 단 한 번도 없고." 차들이 빵빵거리고, 트럭들이 끼익 소리를 내고, 신호가 바뀐다. 인도 위의 노점상들이 소리를 치며 음식과 옷과 보석을 판다. 한 남자가 금시계와 은시계를 벌여놓은 접이식 테이블 옆에 서서 허공에 대고 조용히 내뱉는다. "공짜나 다름없습니다, 신사 숙녀 여러분." 그가 말한다. "진짜 공짜나 다름없어요." 또 다른 커플이 내 쪽으로 다가온다. 이번에는 좀 묘한 한 쌍이다. 여자는 흑인이고 왜소하고 마흔 살 정도로 보인다. 남자는 히스패닉계 소년으로 열두 살 아니면 열네 살쯤 돼 보이고. 여자는 똑바로 앞을 보고 걷고, 소년은 그 옆에서 춤을 추며 따라간다. 그들이 내 곁을 지나갈 때 여자는 몬테소리 교육을 하는 엄마 같은 목소리로 말한다. "걔가 어떻게 생각하는지는 중요한 게 아니야. 중요한 건 네가 어떻게 생각하느냐, 그거 하나야."

어깨가 똑바로 펴지고 보폭이 넓어진다. 가슴속의 절망이 녹아 사라지기 시작한다. 도시가 내게 자신을 열어 보이고 있다. 나는 마치 사람들로 가득한 거리의 품에 안긴 것 같다. 남들 눈을 신경 쓰지 않는 풍부한 표정이라는 초대장만 있으면 거절당할 염려는 없을 것이다.

아침에 잠에서 깨어 어째선지 나 자신에 더 가까워진 기분이 들 때가 있다. 그럴 때면 나는 두 다리를 침대 옆으로 훌쩍 옮겨놓고 블라인드를 올리고는 16층 내 방 창문에 서서, 도시가 쏟아져 눈앞을 가로지르며 세상 속으로 스며들고 풍경을 채우는 것을 느낀다. 저 뒤로, 멀리 도시가 있는 자리에 허드슨강이 있고, 내가 보고 싶다고 생각한다면 하늘도 펼쳐진다. 하지만 나는 하늘을 보고 싶지 않다. 내가 원하는 건 지금 이렇게 스스로에 가까워진 나를 저 아래 시끄럽고 지저분하고 위험한 거리로 데려가는 일, 그리고 나와 마찬가지로 자신에 가까워져 있을지도 모르는 군중 한복판을 걸어 맨해튼의 이 끝에서 저 끝까지 가로지르는 일이다. 나는 어떤 친구와, 연인과, 친척과 함께 있는 것보다 그 거리에서 거칠게 떠밀리고, 부딪치며, 낯선 사람의 주의를 끌고, 처음 보는 사람과 몸이 닿는 감촉을 느끼기를 원한다.

거리에서 나는 바보처럼 혼자 웃고, 내 쪽으로 오는 모든 사람에게 빠른 걸음으로 다가간다. 어린아이들은 나를 빤히 쳐다보고, 남자들은 미소 짓고, 여자들은 내 눈을 똑바로 보며 웃음을 터뜨린다. 그런 분위기에서 마주치는 상냥함이라니! 누군가가 "실례합니다" 중얼거리고 내 몸을 솜씨 좋게 미끄러져 지나갈 때 내 팔이나 등에 닿는 손바닥에서 느껴지는 익명적인 다정함은 또 어떤가. 그런 다정함은 이성적으로 설명되지 않는 위안을 준다. 그럴 때면 나는 도시의 현실만큼이나 도시라는 관념 자체에도 무한한 사랑을 느낀다. 사람들 역시 모두 멋져 보인다. 잘생기고, 감각적이고, 흥미로워 보인다. 삶이 아낌없이, 아무런 문제도 없이 흘러넘친다.

걷다 보면 가끔 고개를 젖히고 입을 벌려 반짝이며 물 위를 흘러가는 햇빛을 목 안으로 받아마시는 듯한 기분이 든다. 그러다 가고일의 얼굴을 잇달아 들여다보는 것 같은 날들, 눈앞의 모든 사람이 늙고 못생기고 일그러지고 병든 것처럼 보이는 날들을 생각하면, 내가 그날그날 얼마나 많은 희망이나 두려움을 품고 있든, 거리는 그것을 고스란히 내게 되돌려준다는 사실을 깨닫는다.

도시는 때때로 나를 거부하지만, 바로 그 도시를 가로질러 걷는 것만큼 아프고 성난 내 마음을 달래주는 일도 없다. 길 위에서 사람들이 사람으로 남기 위해 서로 다른 50가지 방법으로 마지막 순간까지 애쓰는 모습, 그 다양하고도 독창적인 생존 기술을 지켜보다 보면 나를 짓누르던 것이 덜어지고 넘치던 감정이 비워지는 걸 느낀다. 나는 그들의 불안과 함께한다. 그들의 문제를 나눠 갖는다. 쓰러지지 않겠다는 공동의 의지가 내 신경 끄트머리에서 느껴진다. 사람들로 붐비는 거리에서 혼자일 때가 가장 외롭지 않다. 혼자일 때 나는 나 자신을 상상한다. 혼자일 때 나는 시간을 번다. 나와 내가 아는 모든 사람들이, 나와 내 뉴욕 친구들 모두가 그렇다.

전화벨이 울린다. 레너드가 전화를 걸어 어느 편집자에게 사람을 보내려고 하는데 그 편집자는 어떤 사람인지 묻는다. 그의 질문에 대답하고 수다를 떨었다. 그의 목소리에 선명하고 단단하게 날이 서 있는 게, 어려움에 맞서 싸우고 있다는 게 느껴진다. 나는 그를 위해 우리가 재미있어하는 주제로 대화를 이끌었다. 10분이 지나자 그는 자신의 블랙홀에서 빠져나와 있었다. 이제 그가 웃는 게 제법 진심인 것 같다. 내가 들인 노력과 좋은 결과에 마음이 따스해졌다. "언제 저녁이나 같이 먹자." "그거 좋지." 그는 아주 잠깐 망설이고는 대답했다. "어디 보자." 그가 자신의 수첩을 들여다본다. "맙소사, 이거 참 말도 안 되는군!" 나는 그의 목소리에 다시 스며드는 불안을, 어쩔 수 없이 약속을 잡아야 해서 당황한 심정을 느낄 수 있다. "다 다음 주 금요일은 어때?" "괜찮아." 마찬가지로 딱 1초나 2초

정도만 주저한 다음 내가 대답한다.

그날 조금 시간이 지난 뒤에 다시 전화벨이 울린다. 이번에는 로라다. "내 말 못 믿을 거야." 로라는 그렇게 말하고는, 나한테 전화한 용건을 꺼내 함께 즐거운 시간을 보낸다. 그의 목소리가 내 목소리에 반응하는 순간부터 로라는 온전히 믿을 수 있는 상대다. 로라는 이야기를 들려주고, 우리는 함께 웃음을 터뜨리고, 심리학 지식을 담은 문장들이 우리 사이에 오간다. "언제 저녁이나 같이 먹자." 내가 말한다. "너무 좋지." 로라가 말한다. "어디 보자." 로라 역시 자신의 수첩을 들여다본다. "아이고, 진짜 어처구니가 없네. 다음 주 초까지는 시간이 안 돼. 잠깐만 기다려봐, 잠깐만." 대화를 나누면서 엄청 즐거워졌는지 로라는 그 기쁨이 사라지는 걸 원하지 않는다. "여기 이 일정을 바꾸면 되겠다. 목요일 어때?"

친구 관계에는 두 종류가 있다. 하나는 서로에게서 활기를 얻는 관계고, 다른 하나는 활기찬 상태여야 만날 수 있는 관계다. 첫 번째에 속하는 사람들은 함께 시간을 보내기 위해 방해물을 치운다. 두 번째에 속하는 사람들은 일정표에서 빈 곳이 있는지 찾는다.

나는 가끔은 로라 같고, 가끔은 레너드 같다. 어쩔 때는 하루가 지나기도 전에 성향이 바뀌기도 한다. 나는 기꺼이 로라 같은 사람으로 남고 싶다. 로라는 언제나 사람들의 연락에 곧바로 반응한다. 곧바로 반응한다는 건 표현하는 능력이 뛰어나다는 말이다. 나는 다른 무엇보다도 표현하는 능력이 가치 있다고 생각한다. 그렇다고 할 수 있다. 하지만 내게도 레너드처럼 혼자만의 우울에 잠기거나, 밀려드는 불안정한 일들로 옴짝달싹 못 하게 되어 용기를 내지 못한 채 시달린다고 할 만한 순간들이 있다. 때로는 그런 상태가 며칠이나 이어지기도 한다.

뉴욕에서의 친구 관계는 우울에 몰두하는 일과 표현하는 능력에 매혹되는 일 사이에서 벌어지는 투쟁을 내게 가르쳐준다. 어떻게든 좀 더 높은 수준의 균형 상태에 도달하는 일. 나는 친구 사이에서는 그 일이 일반적인 부부 사이에서와 다르게 일어날 줄 알았다. 그게 얼마나 어리석은 생각이었는지. 우리는 모두 예전에 결혼이란 걸 해본 사람들 아닌가. 많은 사람들은 결코 이길 수 없는 내면의 싸움을, 오직 죽음에 의해서만 결론이 나는 전쟁을 하며 삶을 보낸다. 하지만 우리 각자의 인생에는 우위를 차지하는 한두 가지 요소가 있기 마련이다. 도시는 이런 역학의 영향 아래에서 돌아간다. 각각의 이유가 정확히 무엇인지는 설명하기 어렵다.

수화기를 수화기걸이에 되돌려놓는다. 아파트 문을 닫는다. 30초 뒤, 나는 거리에 있다. 거리를 주신 신께 감사를! 표현하는 능력을 갈망하지만 우울을 떨쳐낼 수 없는 사람들이 거리를 걷는다. 뉴욕 거리는 자기 자신의 역사라는 징역형으로부터 도망쳐 열린 운명이라는 가능성으로 들어온 사람들로 가득 차 있다.

오늘 아침 첼시의 8번로에서 아는 사람 같은 여자가 내 눈에 들어왔다. 남부 어디선가 만난 적 있는 교수 부인인 것 같았다. 여자의 얼굴은 길고 뼈대가 가늘었고, 꼭 바버라 레빈슨처럼 폭포같이 흘러내리는 뉴욕 스타일 곱슬머리로 둘러싸여 있었다. 여자는 한때 가격이 꽤 나갔을 낡은 가죽 부츠를 신고, 3년쯤 전에 유행했던 모직 케이프를 한데 모아 비취와 은이 부착된 핀으로 고정했는데, 이것 또한 꼭 바버라가 할 법한 차림이었다. 가까이 다가갔을 때 나는 그가 내가 알던 바버라와는 전혀 다른 사람이라는 걸 알았다.

얼굴을 안다는 것이란! 당신도 보면 알겠지만, 그것은 한때 '기대에 부풀었던' 여자의 얼굴이었다. 엉망이 된 입술, 도도한 턱, 대담한 색깔의 립스틱, 총명하지만 세상에 알려질 수는 없다는 걸 받아들인 두 눈. 아침 열 시에 여기 8번로에서, 자신이 경험한 모든 것이 선명히 새겨진 얼굴로 그 거리를 등지고 선 여자는 내게 화려한 매력을 지닌 사람으로, 호화로운 방식으로 초췌한 자연 그대로의 환경 속 보석 같은 사람으로 보였다. 그것은 오직 도시에서만 만들어질 수 있는 얼굴이었다.

남부에서 바버라 레빈슨은 이상해 보였고, 당황스러울 만큼 이국적으로 보였으며, 나이가 더 들자 그저 당황스럽게만 보였다. 바버라를 지치게 한 것은 고립이었음을 나는 이제 알 수 있었다. 다수에 섞여들 수 없는 한 명으로서, 그는 남부에서 살아남을 수는 있었으나 잘나갈 수는 없었다. '흥미로운 사람'

으로 향하는 길 중간에서 멈췄고, 그는 '별난 사람'으로 남았다.

'어디서든' 꽃을 피우려면 사람은 주변 환경을 스스로 만들어낼 만큼 뛰어나거나, 속한 환경에 맞춰 살 만큼 겸손하거나 둘 중 하나여야 한다. 둘 중 어느 쪽도 아니라면 뜻이 맞는 최소한의 사람들이 곁에 있어야 한다. 그것은 평범한 식물들이 교외의 잔디밭에 심어지는 것과(여기 따분해 보이는 관목이나 저기 쓸쓸한 화단처럼) 풍요롭게 가꾼 정원에 심어지는 것의 차이다. 정원에서는 똑같이 수수한 나무과 꽃인데도 한데 모인 그 풍성함 덕분에 '있어야 할 자리'에서 빛나는 것처럼 보인다. 8번로에서는 여자가 경험한 것들이 그를 흥미진진한 사람으로 만들었다. 하지만 남부의 어느 도시 대학에 데려다놓는다면, 그는 이내 쓸쓸한 사람으로 변해버릴 것이다.

그 머리칼. 그 뉴욕 스타일 곱슬머리. 그 머리에는 우리 상상 이상으로 '한데 모인 풍성함'이 필요했던 것이다.

9번로 버스정류장 근처에서 갑자기 한 커플이 내 옆에 나타나 차들 사이 도로 물받이로 걷는다. 둘 다 흑인이고 여윈 체구에 허름한 차림이다. 남자는 양손에 무거운 쇼핑백을 하나씩 들고 있다. 아무것도 들지 않은 여자는 피로로 휘청이며 남자 뒤를 걷고 있다. 남자는 감정을 말로 다 할 수 없는 상태로 보인다. 꾹 참고 있는 표정으로 앞장서서 걷는다. 여자는 따라가기 무척이나 싫은 태도로 느릿느릿 걷는다. 여자의 얼굴에는 소리 없는 눈물이 흐르고 있다. 여자가 남자를 향해 소리친다. "이 아무짝에도 쓸모없는 인간아! 넌 정말이지 아무짝에도 쓸모가 없어. 넌 나한테서 모든 걸 뺏어가. 모든 걸!" 남자는 대답하지 않는다. 여자는 그가 아무짝에도 쓸모없으며 자신에게서 모든 걸 뺏어갔다고 되풀이해 말한다. "넌 단 한 군데도 쓸모가 없는 인간이야." 여자가 다시 울부짖는다. "내가 경찰 불러다 고발할 거야. 듣고 있어? 경찰 부를 거라고." 놀랍게도, 여자는 정말로 경찰 한 명을 멈춰 세우더니 자신의 불만사항을 처리해달라고 요청한다. 사람들이 모여들기 시작한다. 경찰은 여자의 말을 끝까지 들어준다. 쇼핑백을 든 남자가 걸음을 멈춘다. 그가 터벅거리는 걸음을 멈추는 데는 노력이 필요했다. 경찰이 남자를 향해 몸을 돌린다. 남자는 조용한 목소리로 여자에게서 아무것도 빼앗지 않았으며, 자기 짐과 함께 여자의 짐을 들어날라주고 있을 뿐이라고 말한다. 경찰이 지친 듯 고개를 끄덕인다. 이내 경찰과 남자는 한편이 된다. 경찰이 남자의 팔에 한 손을, 여자의 팔에 다른 손을 다정하게 올려놓는다. 그리고 화해하라고 말하고는 두 사람을 돌려보낸다.

이제 모든 희망이 사라진 여자는 그 자리에 무력하게 서 있다. 남자는 참을성 있게 여자를 바라보며 기다린다. 여자가 말을 하게 놔두어야 한다는 걸 그는 안다. 여자가 한쪽 팔을 뻗더니 주먹을 쥔다. 그러더니 그 주먹에서 집게손가락을 펴고는 남자를 향해 체온계처럼 흔들어댄다. "너 같은 거 필요없어."

여자가 소리친다. "꺼져버려! 더 이상 너 같은 거 하나도 필요 없단 말이야." 천천히, 꽉 쥔 여자의 주먹에서 다른 손가락들이 펴진다. 그러더니 손가락을 안쪽으로 쥐기 시작한다. 오라고 손짓하는 동작처럼 손가락들이 오므라들었다 펼쳐진다. "다 필요 없어." 여자가 소리친다. 손가락들이 비난하는 대신 애원하기 시작한다. 점점 더 빠르게, 오라고 손짓한다. 그러는 내내 여자는 계속 울고 있다. "너 같은 거 진짜 필요없다고."

나는 모여든 사람들 가장자리에 혼자 서 있다. 여자의 목소리와 몸짓이 나를 전율하게 한다. 여자의 유창한 언변에 나는 놀란다. 자신의 서사를 전하기 위해 언어와 몸짓을 얼마나 능숙하게 사용하는가. 여자와 내가 하나라는 생각은 들지 않는다. 여자는 혼자고, 나 역시 혼자다. 하지만 그는 저기 있고, 나는 여기에 있다. 여자 역시 뉴욕 스타일 곱슬머리를 하고 있다. 지금으로선 그것만으로도 동지가 되기에 충분하다.

내가 자라날 때 뉴욕은 안전했고, 모든 것은 값이 싸거나 공짜거나 둘 중 하나였으며, 미드타운에서는 게이들도 흑인들도 여자들도 눈에 띄지 않았다. 이제 이 도시는 난폭해졌고, 뭐든지 엄청나게 비싸며, 우리 모두는 보이는 존재가 되었다.

34번가와 2번로가 교차하는 길 한복판에서 차량 두 대가 충돌할 뻔했다. 두 대 모두 말도 안 되는 각도로 멈춰 섰고, 차 문은 열려 있으며, 두 운전자는 차에서 내려 소리를 질러대고 있다. 곧바로 사람들이 모여든다. 경찰 한 명이 걸어온다. 두 운전자 모두 그를 향해 소리친다. "저기요, 저 사람이 뭔 짓을 했는지 보셨어요? 저 사람이 **뭔 짓을 했는지** 보셨냐고요?" 경찰이 두 남자의 팔에 양손을 하나씩 올리고는 말한다. "자, 이제 법을 집행할 건데요. 그쪽은," 그가 한 남자에게 고갯짓을 하고 동쪽을 가리킨다. "차에 가서 타시고요. 그쪽은," 그가 다른 남자에게 고갯짓을 하고 서쪽을 가리킨다. "**당신** 차에 가서 타세요. 그리고 두 분 다, 빨랑들 여기서 꺼지세요." 모여 선 사람들이 박수를 보낸다.

23번가와 7번로가 만나는 길모퉁이에서는 꽉 끼는 짙은 남색 털모자를 쓰고 인조 가죽 재킷을 입은 남자가 몸을 덜덜 떨며 서서, 불길한 미소를 지으며 오래된 〈데일리 뉴스〉를 25센트에 팔고 있다. 1면 머릿기사에는 이렇게 적혀 있다. '**사담, 총에 맞다.**' 남자가 부드러운 목소리로 외친다. "전부 읽으세요. 전부 읽어보세요. 여러분 친구한테도 제 친구한테도 총을 쏘고 있습니다. 그분한테 사랑을 전하세요. 카드도 보내고, 폭탄도요. 여러분이 어떤 기분인지 **확실히** 알려주세요." 미국의 걸프전 참전이 마침내 끝났다.

뉴욕 콜리세움 앞에서는 한 행상인이 서서 무슨 도구 같은 걸 팔고 있지만, 사람들은 모두 그냥 지나친다. "1달라, 1달라, 단돈 1달라, 손님 여러분." 남자가 웅얼웅얼 읊어댄다. "있을 때 가져가세요. 딱 오늘만, 1달라, 1달라." 입술만 움직일 뿐 남자의 얼굴은 미동도 없고, 두 눈에는 생기가 없다. 군중 속에서 젊은 여자 한 명이 지나간다. 이 근처에서 근무하는 여자다. 행상인은 여자를 안다. "1달라, 단돈 1달라… 반가워, 자기야. **진짜** 반갑다. 오늘은 어때… 1달라, 손님 여러분. 단돈 1달랍니다." 남자의 목소리가 단조로운 웅얼거림을 깨고 재빨리 살아 있는 것으로 변했다가 다시 웅얼거리기 시작하는 것에 나는 충격을 받는다. 여자의 두 볼이 붉어진다. 기분 나빠 하는 건 아니다. 알아들었다는 뜻으로 여자가 고개를 끄덕인다. "괜찮아." 여자는 낮은 톤으로 말하고는 계속 걸어간다. 두 사람의 얼굴에 떠오른 표정이 짙어진다. 남자에게는 기쁨이, 여자에게는 안도감이. 분명 그것은 일종의 의식이다. 하루에 30초씩, 이 두 사람은 익명의 군중 한복판 깊숙이에서 서로를 구원하는 것이다.

거리는 계속 움직이고, 당신은 그 움직임을 사랑해야 한다. 그 리듬으로 된 작품을 찾아내고, 그 동작에서 이야기를 건져내고, 모든 것이 우리가 갑작스레 누군가의 시야에 들어갔다가 다시 안 보이게 되는 그 빠른 속도에 달려 있음을 받아들이고, 서운해하지 말아야 한다. 연결이 만들어졌다 풀리는 바로 그 속도에 기쁨과 안도감이 존재한다. 매달릴 필요는 없다. 연결은 어디에나 있지 특정한 곳에만 있는 게 아니니까. 하나의 연결 바로 뒤에는 또 다른 연결 하나가 따라온다.

6번로를 지나는 버스 안에서, 나는 어느 나이 든 여자에게 자리를 양보하려고 일어난다. 여자는 키가 작고 금발에 밍크코트를 입고 금으로 된 액세서리를 둘렀는데, 손톱을 길게 길러 빨간색을 칠한 얼룩덜룩한 두 손을 보니 짐승의 발톱이 떠오른다. "좋은 일 한 거야, 아가씨." 여자는 내게 말하고 수줍게 미소 짓는다. "내가 나이가 아흔이야. 어제 아흔 살이 됐어." 나도 여자에게 미소를 짓는다. "너무 멋져 보이시는데요." 내가 말한다. "일흔다섯 살에서 하루도 더 안 지나신 것 같네." 여자의 두 눈이 번쩍 빛을 낸다. "버릇없기는." 여자가 퉁명스레 내뱉는다.

어느 카페에서는 두 여자가 나와 직각을 이루는 자리에 앉아 이야기를 나누고 있다. 한 여자가 다른 여자에게, 자기가 아는 어떤 나이 든 여자가 훨씬 젊은 남자랑 자는 사이더라고 말해준다. "그 여자 친구들이 다들 그러더라고. '그 남자는 돈 때문에 너 만나는 거야.'" 카운터석에 앉은 여자가 헝겊인형처럼 고개를 까딱하더니 자기가 언급하는 여자 흉내를 내려고 얼굴 가득 멍청한 표정을 짓는다. "그랬더니 그 여자가 친구들한테 이러더라고. '그 말이 맞아. 그럼 그 돈, **줘버리지 뭐. 전부 다 말이야.**' 그건 그렇고 그 여자 예쁘긴 하더라."

48번가에서 한 커플이 내 눈을 사로잡는다. 남자의 얼굴은 무시무시할 정도로 창백하고, 여자의 얼굴은 화장이 잘못돼서 가면처럼 보인다. 그들의 눈은 알코올이 든 피부 주머니에 난 통통 부어오른 째진 틈 같다. 둘 다 몸에 딱 붙는 저렴한 옷을 입었는데, 여자의 스커트는 엉덩이가 꽉 끼어 터질 것 같고, 남자의 티셔츠는 뱃살 때문에 툭 튀어나와 있다. 입에 담배를 문여자가 몸을 굽혀 남자의 떨리는 손에 들린 성냥불로 불을 붙인다. 옆을 지나칠 때 여자가 몸을 똑바로 펴고 첫 담배 연기를 내뱉은 다음 말하는 게 들린다. "처음부터 부정적인 태도로 나오시겠다 이거지. 그러는 거 아니야."

거리는 서사적인 충동의 힘을 증명해 보인다. 인간으로서살아가는 일이 역사상 가장 힘든 시대에 적응할 수 있게 하는그 무한한 힘. 문명이 붕괴되고 있는가? 도시가 혼란스러운가? 이 세기가 비현실적으로 느껴지는가? 더 빨리 움직여라.더 빨리 스토리라인을 찾아내라.

나는 브로드웨이로 건너간 다음 다운타운을 계속 걷는다.42번가에서 한 무리의 사람들에 섞여 길을 건너는데, 내 앞에있던 비쩍 마르고 젊은 흑인 남자가 차들이 막 움직이려는 찰나에 갑자기 팔다리를 쫙 벌리고 길에 드러눕는다. 나는 내 옆에서 걷고 있던, 역시 비쩍 마르고 젊은 흑인인 남자에게 황급히 몸을 돌리고는 묻는다. "저 사람 왜 **저래요?**" 남자는 멈추지않고 걸어가며 내게 어깨를 으쓱해 보인다. "모르겠네요, 부인.우울해서가 아닐까요."

매일 집을 나서면서 나는 이스트사이드를 걸어야겠다고 되뇌는데, 그건 이스트사이드가 더 조용하고 깨끗하며 널찍해서성큼성큼 걸어다니기 편하기 때문이다. 그런데 정신을 차려보면 나는 늘 웨스트사이드의 북적거리고 불결하며 불안한 거리를 걷고 있다. 왜 이렇게 되는지 정확히는 모르겠지만, 웨스트사이드에서 보내는 오후는 대부분 어떤 주제를 품고 있는 것처럼 느껴진다. 저 모든 멋진 사람들 속에 갇혀 있는 저 모든 지성. 그건 내가 걷는 이유를 떠오르게 한다. 우리 모두가 걷는 이유를.

레너드와 나는 어퍼이스트사이드의 어느 베이커리 쇼윈도 앞을 지나가는 중이다. 빛나는 판유리 뒤에 마들렌이 한 접시 가득 놓여 있다.

"마들렌은 한 번도 안 먹어봤네." 내가 말한다. "저건 맛이 어때?"

"맛있어." 레너드가 대답한다. "폭신폭신하고." 그가 덧붙인다. "그걸로 여섯 권짜리 장편소설을 쓸 정도는 아니지만." 그의 결론이다.

우리는 어느 서점 쇼윈도 앞에 멈춰 서는데, 그 안에는 내가 아는 여자가 쓴 성형수술에 관한 책이 진열돼 있다.

"저 사람은 마흔두 살밖에 안 됐는데." 내가 말한다. "왜 성형수술에 관해 쓴 걸까?"

"어쩌면 일흔 살인지도 모르지." 레너드가 말한다. "알 게 뭐겠어?"

몹시 마른 체구의 두 남자가 우리 뒤를 지나간다. 한 남자가 다른 남자에게 말한다. "걔가 감옥에 있는 장 해리스*에 대해 말해줬는데, 그 여자가 여자 죄수들한테 성교육을 하고 있다고 했어. 장 해리스가 성교육에 대해 할 말이 뭐가 있을까?"

"첫 번째 교훈." 멀어지는 그들의 등에 대고 레너드가 말한다. "얘들아, 절대로 남자한테 총을 주면 안 된다. 꼭 기억해. 남자가 총을 갖게 놔두면 안 돼."

저녁이 되어 우리는 가볍게 아는 어느 변호사 커플의 집에서 저녁식사를 한다. 테이블에 앉은 사람들은 동성애 혐오자고 '가치'를 숭배하는 사람들인데, 열을 올리며 문화에 관한 이야기를 해댄다. 저녁으로 나온 음식은 비싸지만 대화는 정크푸드 같다. 변호사들은 유독 나에게만 말을 건다. 덫에 걸린 기분이다. 나는 기분을 업시키려고 몇 번이나 레너드 쪽으로 몸을 돌리지만, 이 테이블에서 나는 혼자다. 레너드는 내가 뚫고 들어갈 수 없는 혼자만의 고립 속으로 물러나 있다. 시간이 조금 지난 뒤, 우리는 어둡고 조용한 거리를 걷는다. 밤공기가 차갑다. 우리는 각자 내면으로 파고든다. 잠시 후 레너드가 내게 말한다. "그 사람들은 나한테 관심이 없어. 그리고 나한테 있는 재

---

* 미국 버지니아주의 한 여학교 교장이었으나 1980년 전 연인을 총기로 살해한 혐의로 기소되어 징역형을 받았다. 해리스는 재판에서 자신이 전 연인과 마지막 대화를 나눈 뒤 자살하려 했으며, 살해 의도는 없었고, 전 연인이 자신에게서 총을 빼앗아가 몸싸움을 하는 도중에 실수로 총이 발사된 거라고 주장했다. 수감 기간 동안 그는 동료 죄수들이 교육받을 기회를 갖고 더 나은 부모가 될 수 있도록 여러 수업을 가르치기도 했다.

미있는 부분은 그 사람들을 겁에 질리게 만들지."

그가 방금 한 말 때문에 우리가 서로에게 바짝 붙어 걷지는 않지만(그와 함께 있으면서도 혼자인 지 너무 오래됐다) 그의 말이 의미 없는 저녁 시간에 선명함을 부여해준 덕분에 삶은 조금 더 견디기 쉽게 느껴진다.

뉴욕에서 가난하고 저속한 사람들, 결함 있는 사람들이 없는 동네는 없다. 도시에서 사회적 유동성이란 '누구도 다른 누구에게서도 도망칠 수 없음'을 의미한다. 어디든 대로들은 거리의 삶으로 지나칠 만큼 번쩍거린다. 그럼에도 동네에는 저마다의 개성이 쌓인다. 파크애비뉴는 여전히 부유층을, 웨스트엔드애비뉴는 중산층을 상징한다. 업타운을 생각할 때면 나는 계급을 떠올리게 된다.

내가 사는 건물은 그리니치빌리지에 있는 고층 건물이다. 여느 고층 건물처럼 이 건물도 작은 도시 하나쯤을 이룰 인구로 채워져 있다. 겉으로 보기에는 이따금씩 구성이 흐트러지는 것 같지만 이곳 주민들의 특성은 변함없이 유지된다. 이곳에 처음 살러 왔을 때 나는 내가 도로시 파커Dorothy Parker가 쓴 시나리오 속으로 들어온 줄 알았다. 나이 든 여자들이 엄청나게 많았는데, 하나같이 마른 몸에 알코올의존증이 있으며, 탱글탱글한 나선형 컬이 들어간 머리를 하고 조그만 개를 데리고 건물 로비나 우편물실을 어슬렁거리는 것이었다. 그 할머니들이 한 명씩 차례로 사라지고 나니 슬픔에 잠긴 얼굴을 한 게이들이 그 빈자리를 채웠고, 그들 역시 한 명씩 차례로 사라졌다. 이제 이 건물에는 도무지 바뀌지 않는 고정관념 속에서도 혼자 사는 나 같은 사람들이 엄청나게 많아 보인다. 건물을 오갈 때면 하나같이 무언가에 정신이 팔려 바쁜 분위기를 풍기지만 어째선지 그 바쁨에 설득력은 없어 보이는 사람들 말이다.

엘리베이터를 타고 오르내리며 보는 사람들 중에는 마주치면 서로 고개를 끄덕여 인사를 나누긴 하지만 말을 나눈 적은 한 번도 없는 커플이 있다. 여자는 엘렌 바킨을 닮은 판판한 얼굴에 머리칼이 구두약처럼 까맣고, 남자는 금발에 얼굴은 외과의사의 도움을 받은 것처럼 매끈하다. 그들은 둘 다 항상 검은 트렌치코트를 입고 있고, 언제나, 심지어 엘리베이터 안에서도 서로 팔짱을 끼고 있다. 상대방의 움직임을 따라 하는 그들의 모습에는 어딘가 섬뜩한 데가 있다. 가끔씩 두 사람을 거리나 다른 동네에서 보곤 했는데, 그들은 고개를 똑바로 바깥으로 돌리고, 서로 말 한마디 없이 용접된 것처럼 달라붙은 채, 다른 모든 인간의 영향으로부터 음울하게 차단돼 있다.

어젯밤 나는 10시 30분쯤 집에 돌아왔다. 집 안의 불을 켜고, 전화기에 저장된 메시지를 듣고, 막 옷을 벗으려다가 내일 아침에 먹을 우유와 오렌지를 깜빡한 걸 기억해냈다. 나는 다시 코트에 팔을 끼우고 집 밖으로 걸어나와 내려가는 엘리베이터를 탔다. 로비를 가로지르려는데 웬 여자가 안내 데스크에

서서 손바닥에 자기 머리를 박는 걸 봤다. 엘렌 바킨을 닮은 여자였다. 나는 걸음을 멈췄다. "무슨 일이에요?" 내가 물었다. 여자는 눈물이 흐르는 얼굴을 들고는 울부짖었다. "조금 전에 그 사람이 죽었어요! 죽어버렸어! **구급차**에서요. 병원까지도 못 갔어요." "맙소사." 그렇게 말하며 나는 여자를 향해 두 팔을 벌렸다. 여자가 내 품으로 무너져 내렸다. 여자의 머리가 내 어깨에 부딪치자 나는 거부감을 느꼈다. 여자 역시 같은 것을 느낀 모양이었다. 우리는 동시에 몸을 뒤로 뺐다. 뉴요커 특유의 억센 목소리로 여자가 말했다. "미안해요. 그쪽한테 쓰러질 생각은 없었는데." 여자는 눈물을 흘리고 있었다. 나는 신경 쓰지 않아도 된다는 뜻으로 고개를 저었다. 여자가 내게 미소 지었다. "좋은 사람이었는데. 우리 참 행복했는데." 여자의 얼굴이 다시 무너져 내렸다. 그가 울부짖었다. "난 이제 어떡하죠? 평생 하룻밤도 혼자 있어본 적이 없는데!" 나는 말없이 서 있었다. 여자는 얼굴을 닦더니 다시 한번 내게 사과했다. 그러더니 내게 말했다. "난 이제 어떡하죠?" 나는 여자의 두 눈을 들여다보았다. "알게 되실 거예요." 내가 말했다. 여자는 어깨를 으쓱하고는 엘리베이터 쪽으로 걸어갔다. 나는 몸을 돌려 밤 한복판으로 걸어 나갔다.

30년 전 그리니치빌리지는 보헤미아적인 분위기로 가득한 곳이었다. 이곳은 지금까지 유독 독특하게 감정 표현을 하고 기묘한 방식으로 연결된 사람들이 사는 동네로 남아 있다.

이 동네의 여러 술집에서 시간을 보내던 20대 시절, 나는 그 기묘한 연결이 안내 데스크에 서서 자기 머리를 때리는 엘렌 바킨을 닮은 여자로 나타나리라는 걸 알고 있었는지도 모르겠다. 그와 연결된 사람이 내가 되리라고는 상상하지 못했지만.

나는 어쩌다 보니 그리니치빌리지에 살고 있다. 이 동네에 진짜로 무슨 개성이 있어서가 아니다. 사실 그런 개성은 이제 없다. 이곳의 개성은 그 보헤미아적인 분위기가 없어지면서 같이 사라졌고, 8번가의 버려진 듯한 분위기와 허드슨강의 관광지 분위기에 둘러싸여 영역마저 잃어버렸다. 나는 다른 곳에서는 불편함을 느끼기 때문에 이곳에 산다. 오늘날 그리니치빌리지에 있는 것이 무엇이고 없는 것이 또 무엇이든, 계급 때문은 아니다.

역사상 최고로 더운 7월, 나는 오후 2시에 매디슨애비뉴를 걸어가고 있다. 사십 몇 번가쯤이 나왔을 때 나는 프로즌 요구르트를 하나 사먹기로 했다. 가게를 나오자마자 손에 든 콘에 담긴 요구르트가 녹기 시작한다. 나는 그 자리에 서서 최대한 빠르게 요구르트를 핥는다. 사람들이 나를 스쳐 지나간다. 나는 조금 더 빨리 핥지만, 진도가 나갈 기미는 보이지 않는다. 내 손을 타고 흘러내린 요구르트가 인도 위로 똑똑 떨어지고 있다. "뭔 일이래?" 한 남자의 목소리가 내 왼쪽 귓가를 파고든다. "콘 아이스크림 먹는 법 몰라요?" 나는 말을 거는 사람을 향해 웃으며 몸을 돌린다. 남자는 키가 작고, 피부가 검고, 수염을 길렀고, 한 손에는 서류 봉투 하나를 들고 있다. 내 얼굴을 보자 그의 입가에 걸려 있던 함박웃음이 사라진다. "수전 골드버그가 아니잖아!" 남자는 내가 자신을 속이기라도 한 것처럼 소리친다. "수전 골드버그인 줄 알았어요." 그의 목소리에는 반쯤은 비난이, 반쯤은 미안함이 묻어 있다. "꼭 수전 골드버그처럼 생기셨는데. 내 말은, 눈이랑, 머리랑, 모든 게요." 나는 한쪽 눈으로 그를 보면서 다른 쪽 눈으로는 녹아내리는 요구르트를 보고 있다. 여전히 최대한 빠르게 요구르트를 핥는 중이다. 남자의 떡진 머리칼과 듬성듬성 자란 수염, 약에 취해 몽롱한 두 눈이 눈에 들어온다. "수전 골드버그가 아닌 걸 알았으면 말 안 걸었을 텐데." 그가 계속 말한다. "하지만 내 말은 수전 골드버그, 그 여자는 그냥 지나치면 안 된다 이거예요. 무슨 말인지 알아요? 수전 골드버그를 그냥 지나치면 그 여자는 화를 내. 자기를 안 좋아한다고 생각한다고. 그 여자 그냥 지나쳤다가 고생한 적 많았어요. 근데 진짜예요. 만약에 댁이 수전 골드버그가 아닌 걸 알았더라면 나는 말을 안 걸었다 이거예요."

오늘 밤에 당신은 어디서 자나요? 나는 나도 모르게 이렇게 생각한다.

"수전 골드버그, 그 여자는!" 낄낄거리는 남자는 이제 제정신이 아닌 것 같다. "진짜 장난 아니라니까." 남자가 더위에 몸서리를 친다. "그 여자를 보면 우리 엄마 생각이 나."

공원에서 잘 건가요? 아님 지하철에서? 어두워질 때까지 버틸 수 있겠어요?

사라졌던 것만큼이나 갑작스럽게, 함박웃음이 그의 입가에 되돌아온다. "아무튼, 댁은 수전 골드버그보다 훨씬 좋은 분이에요. 아이스크림 맛있게 드시고!" 그는 나를 향해 서류 봉투를 흔들어 보이고는 몇 개의 상점을 지나 건물 출입문으로 뛰어들어간다. 나는 그의 등 뒤에 "이거 아이스크림 아니에요" 하고 소리치고 싶지만, 내내 한마디도 안 하다가 이제 와서 침묵을 깨는 것도 이상해 보일 것 같다.

나는 흘러내리는 요구르트콘 때문에 옴짝달싹 못 한 채 여전히 거기 서 있다. 채 1분도 지나지 않아 키 작고 피부가 검은 남자가 건물 입구에서 다시 튀어나온다. 손에는 아직도 서류 봉투가 들려 있다. 주소가 잘못된 모양이다. "인생을 즐기세요, 부인!" 남자가 나를 보고 미친 듯 웃으며 소리친다. "그거예요, 부인. 인생을 즐기셔야 돼. 우리가 얼마나 더 살지 누가 알겠어. 무슨 말인지 알죠?" 나는 대답하지 않는다. 하지만 대답할 필요는 없다. 나는 그냥 제자리에 있기만 하면 된다. 그는 가던 길을 되돌아오더니 내 옆에 선다.

"부인 보니까 우리 엄마 생각나네." 남자가 말한다. "나는 우리 엄마를 사랑해요. 하, 나는 우리 엄말 사랑한다고. 보러 가진 못하지, 엄마가 안 좋은 동네에 사니까. 무슨 말인지 알아요? 내 말은, 약이랑 그런 거 전부 다 나한테 안 좋거든요. 무슨 말인지 알아요? 내가 지금 너무 엉망이라. 내 말은, 머리가 터질 것 같은데요, 무슨 말인지 알죠. 약이라는 게 안 좋은 거예요. 내 말은, 나는 벌써 여자 둘한테 애를 둘이나 뺏겼거든요. 내가 우리 엄마를 보러 가진 못하는데 사랑하긴 해요, 사랑한다고. 그래서 약혼반지도 보냈어요. 내가 우리 엄마랑 어떻게 해보겠다는 게 아니고, 그런 뜻이 아냐, 그런 게 아니고요. 내가 반지를 보낸 거는 어떤 **느낌**이 딱 들어가지고, 어, 근데 엄마를 보러 가지 못하니까 좋지는 않지. 이 동네는 나를 망가뜨리고 나는 머리가 아주 그냥 터질 것 같네요."

이제 나는 말라붙은 요구르트로 뒤덮여 있다. 내 손은 초콜릿을 바른 집게발 모양으로 굳어지고 있다. 나는 녹은 요구르트 모양의 절망 속으로 가라앉는 중이다. 내 앞에 있는 남자가 자기 머릿속의 압박감에 갇혀 있듯 나 역시 스스로 자처한 모욕에 갇혀 있다. "이야." 이제 남자는 내게 이렇게 말한다. "부인 꼭 정신과 의사 같다. 무슨 말인지 알아요?"

"아뇨." 마침내 말을 하지 않을 수 없게 된 내가 입을 연다. "무슨 말씀인지 **모르겠어요**."

"그러니까." 남자가 말한다. "나랑 같이 있어주고, 내 얘기 들어주고, 나한테 말도 하고." 그가 키득거린다. "꼭 TV에 나오는 의사 같다고요."

"저는 아무것도 안 했는데요!" 내가 소리친다. "아저씨 혼자서 말한 거잖아요."

남자의 머리가 어깨 위로 바보같이 축 늘어진다. "아녜요." 그는 참을성 있는 태도로 내게 설명한다. "내가 말하게 해줬잖 아요. 그거는 나한테 말하는 거랑 똑같은 거지."

레너드와 나는 레너드네 집에서 차를 마시고 있다. 나는 높은 회색 벨벳 의자에, 레너드는 내 맞은편의 갈색 캔버스천을 씌운 소파에 앉아 있다.

"얼마 전에," 레너드에게 말한다. "내가 너무 비판적이라는 말을 들었어. 웃긴다고 생각했지. 10년 전에 내가 어땠는지 봤 어야 되는데. 근데 있지." 내가 앞으로 몸을 기울인다. "난 내가 비판적이라는 이유로 사과하는 데 **신물이 났어**. 좀 비판적이면 **왜 안 되는데?** 난 내가 비판적인 사람인 게 **좋아**. 판단은 안도 감을 줘. 절대적인 거고, 확실한 거지. 내가 그걸 얼마나 좋아했 는데. 그걸 다시 갖고 싶어. 다시 가지면 안 되는 거야?"

레너드가 웃더니 근사한 소파의 나무 팔걸이를 따라 손가 락을 쉬지 않고 두드린다.

"옛날에는 사람들이 다들 어른처럼 보였는데." 내가 말한 다. "요즘은 더 이상 아무도 그렇게 안 보여. 우릴 봐. 40년 전 이었다면 우린 우리 부모님처럼 됐을 거야. 근데 지금 우린 어 떻지?"

자리에서 일어난 레너드가 방을 가로질러 가더니 잠긴 캐 비닛을 열고 뜯어진 담배 한 갑을 꺼낸다. 놀란 내 두 눈이 그의 움직임을 따라간다. "뭐하는 거야?" 내가 묻는다. "너 담배 끊었잖아." 그가 어깨를 으쓱하고 담뱃갑에서 담배 한 개비를 끄집어낸다.

"그 사람들은 어른인 척한 거야." 레너드가 말했다. "그뿐인 얘기지. 40년 전에 사람들은 결혼이라고 불리는 벽장에 들어갔어. 벽장 안에는 옷이 두 벌 있는데 너무 뻣뻣해서 저절로 서 있을 정도야. 여자는 '아내'라고 불리는 드레스 속으로, 남자는 '남편'이라고 불리는 정장 속으로 걸어 들어갔지. 그게 다야. 그 사람들은 옷 속으로 사라졌어." 레너드는 성냥을 켜고 담배에 불을 붙인다. "지금 우리는 척을 하지 않아. 벌거벗은 채로 여기 서 있지. 그런 거야." 그가 담배를 빨아들인다. 나는 몇 달만에 처음으로 그가 담배를 피우는 것을 지켜본다.

"나는 이 삶에 적합한 사람이 아니야." 내가 말한다.

"누군들 적합하겠어?" 레너드가 내 쪽으로 연기를 내뿜으며 말한다.

＊　＊　＊

데님 작업복 셔츠, 멜빵바지, 징 박힌 부츠 차림의 두 남자가 29번가에서 내 옆을 걷고 있다. 그들의 눈동자는 파랗고, 목은 불그스름하고, 몸은 단단하고 어깨가 좁다.

"어이, 새로 이사 간 집은 어때?" 한 남자가 다른 남자에게 묻는다.

"완전 좋지." 준비된 대답이 돌아온다.

"지금 가구는 뭐뭐 있는데?"

"아, 끝내줘. 일단 멋있는 까만 가죽 소파가 하나 있고…."

"장난 아니네."

"덕분에 내 차 뒷좌석이 없어졌지만."

"언제 한번 저녁 먹으러 가야겠네." 친구가 웃는다.

"그래, 와. 근데 먹을 저녁은 가져와야 돼."

첫 번째 남자가 두 번째 남자의 뒤통수를 손바닥으로 살짝 친다. 두 번째 남자가 권투선수처럼 양 주먹을 들어올린다. 둘은 링 위에 올라간 것처럼 길 위에서 이리저리 춤추듯 움직인다. 잽을 먹이고, 페인트를 하고, 주먹을 날린다. 흉내는 완벽하고, 동작의 세밀함과 집중력은 놀라울 정도다. 그들의 몸은 의도와 통제력이 만들어낸 기적에 의해 몇 초 만에 아름다워진다. 브루클린이나 퀸스의 제대로 된 거리에서도 시간대가 잘못되면 이 둘은 사람을 죽일 것처럼 돌변할 수도 있다. 하지만 바로 지금 그들은 한 가지 예술의 대가가 되어 온 힘을 다해 공연을 하고 있고, 탁 트인 인도를 하나의 극장으로 바꿔놓고 있다.

33번가에서 신호등이 막 바뀌려는 찰나, 트럭 한 대가 5번로를 가로질러 출발한다. 곧바로 교통 정체가 일어난다. 내 옆, 도로 연석에 서 있던 한 여자가 내게 몸을 돌리고는 어렸을 때 내가 쓰던 억양으로 말한다. "저게 **말이** 돼요? 길을 못 건너갈 걸 알면서 저런 거잖아!" 나는 마치 논문 주제였던 언어를 다시금 듣게 된 고고학자처럼 여자를 바라본다. 거리의 삶에 능통한 이 원시 부족을 나는 너무도 잘 안다. 내가 여자에게 대답하든 안 하든 그건 중요하지 않다. 내가 안 하면 다음 길모퉁이에서 누군가가 대답할 것이다. 여자도 나도 그걸 안다. 하지만 여자의 목소리에 내 목소리로 대답하기까지, 여자가 내뱉은 외침과 그것을 재현하는 내 말 사이에는 조금도 시간이 흐르지 않은 것만 같다. 서로 공유하는 역사가 분리된 적 없던 것처럼 고개를 저으면서 "그러게요. **말도** 안 되네" 하고 답하는 일이 내게는 강렬하고 무한한 기쁨으로 다가온다.

42번가의 핫도그 노점상 옆에 여자 둘과 아이들 셋이 움직이지 않고 서 있다. 아이들은 남자애 둘에 여자애 하나인데 우울해 보이고, 두 여자는 괴로워 보인다. 한 여자는 화가 나 있고, 다른 여자는 불행한 얼굴이다. 화난 여자가 말한다. "내가 이 얘기를 **왜** 하냐고? 그 **배은망덕한** 놈들 때문에 그래! **그게** 내가 이 얘기를 하는 이유야." 불행한 얼굴의 여자는 대답이 없다. 내가 그들 옆을 지나갈 때 한 손에 탄산음료 캔을 들고 제일 나이가 많아 보이는 남자애가 일행 주위를 춤추듯 돌아다니기 시작한다. "너흰 그냥 배은망덕한 꼬마 녀석들이야." 남자애가 여자애의 귀에 대고 부드럽게 흥얼거리며 캔에 꽂혀 있던 빨대로 여자애를 찌른다.

나는 49번가에서 시내를 가로지르는 버스를 탄다. 빈자리가 없다. 뒤쪽, 어떤 여자 앞에서 멈춰 서는데, 여자는 쇼핑백들을 옆에 놓고 두 자리를 차지하고 있다. 검은 원피스에 검은 하이힐, 챙 넓은 검은 여성용 모자 차림이다. 얼굴 주름은 진한 화장 때문에 더 깊어 보이고, 아이섀도는 이리저리 번진데다, 립스틱은 입술 주위 주름에까지 묻어 있다. 쇼핑백은 세 개인데 모두 로드 앤 테일러 거다. 내 옆에는 모자 쓴 여자와 비슷한 나이로 보이는 또 다른 여자 한 명이 서 있다. 다부진 인상에, 반백의 머리칼은 거트루드 스타인처럼 짧고, 금속테 안경을 쓴 두 눈은 파랗고 차분하며 지적이다. 여자는 생각에 잠긴 듯 쇼핑백들을 쳐다보더니 앞으로 몸을 기울인다. "자리에서 쇼핑백들 좀 치워주실래요?" 여자가 온화한 목소리로 묻는다. "좀 앉게요." 모자 쓴 여자가 천천히 고개를 끄덕인다. 여자가 마음을 다잡고 쇼핑백들을 치우나 싶었는데, 두 블록을 더 간 뒤에도 그것들은 여전히 자리에 놓여 있다. 의혹에 찬 시선이 여자를 향한다. "재촉하지 말아요!" 모자 쓴 여자가 큰소리를 낸다. "나 그런 건 안 참을 거거든." 거트루드 스타인이 낮은 갈색 구두 뒷굽에 의지해 몸을 뒤로 젖히더니 재보듯 모자 쓴 여자를 훑어본다. "이렇게 낭비할 시간 없거든요, 아주머니." 거트루드 스타인이 무시무시하게 부드러운 목소리로 말한다. "당장 이 망할 쇼핑백들 치워요."

그날 오후, 현금을 뽑으러 길모퉁이를 지나 은행으로 가는데, 한 남자가 벽으로 향한 채 건물에 몸을 대고 서 있고 제복을 입은 경찰들이 그를 에워싸고 있는 게 보인다. 나는 플라스틱 카드를 손에 들고, 경찰들을 헤치고 문을 밀고 안으로 들어간다. 줄은 짧다. 줄 서 있는 사람 모두가 무기력한 표정으로 바깥을 쳐다보고 있다. 현금지급기 앞에 선 여자가 납작한 플라스틱 표면의 숫자들을 사납게 두드려댄다.

"할일도 없는 사람들이네요." 내 앞에 선 여학생이 말한다. "경찰 열다섯이 저 남자 하나를 상대하다니."

"그러게 말이야." 그 앞에 있던 남자가 말한다. "이런 작은 일 하나에 뉴욕시 세금이 얼마나 들어가는지 알아?"

소녀가 어깨를 으쓱한다. "저 남자가 인조인간인가 보죠, 뭐."

밖에서 경찰 두 명이 붙잡힌 채 저항하는 남자를 유리창에 홱 밀어붙인다.

문이 획 열린다. 거식증 환자처럼 보이는 한 남자가 한 손에 카드를 들고 두려움이 가득한 눈으로 서 있다. "저 사람이 **여기** 털어간 거 아니죠, 그쵸?"

"아니에요." 우리 모두 입을 모아 말한다. "들어와요. 모두를 위한 돈이니까."

현금지급기 앞에 선 여자가 좌절한 표정으로 몸을 돌린다. "모두를 위한 돈이라." 여자가 줄 선 사람들에게 씩 웃어 보인다. "밖에 있는 저 딱한 놈이랑 저 빼고 모두겠죠."

저녁에 나는 식탁에 앉아 도시를 내다보며 저녁을 먹는다.

하늘이 어두워지고 주위의 모든 건물에 불이 들어오기 시작하자, 북적거리는 도시의 지평선과 나 사이에 내가 낮에 본 사람들이 모습을 드러낸다. 빨대로 소녀를 찌르던 소년이, 로드 앤 테일러 쇼핑백을 들고 있던 여자가 떠오른다. 그들이 했던 말이 다시 귓가에 울리고, 그 얼굴과 몸짓이 눈앞에 떠올라 나는 혼자 웃는다. 나는 여기에 대화를, 저기에 해석을, 또 그다음 어딘가에는 논평을 덧붙이며 그 장면들을 수정하기 시작한다. 그러다 나는 내가 시간을 뒤로 돌리며 나와 마주치기 전의 그들을 상상하고 있다는 걸 알아차린다. 나는 흠칫 놀라, 내가 하루의 이야기를 쓰고 있음을, 막 나를 지나간 시간에 형태와 질감을 부여하고 있음을 깨닫는다. 오늘 하루 나를 스쳐 간 사람들이 이제 나와 함께 방 안에 있다. 그들은 친구가, 거대한 친구들의 집단이 되었다. 오늘 밤 나는 내가 아는 다른 누군가가 아니라 이 사람들과 함께 있고 싶다. 그들은 내게 서사적인 충동을 되돌려준다. 내가 세상을 이해하게 해준다. 내 삶이 할 수 없는 이야기를 하도록 나를 일깨워준다.

내겐 그들이 필요하다. 33번가의 원시 부족민이, 버스에서 만난 거트루드 스타인이, 은행에서 본 인조인간이 내게는 필요하다. 깨끗한 공기와 안전한 거리, 낮은 세금보다 그들이 훨씬 필요하다. 나는 그들이 필요하고, 그들은 내 곁에 있다. 만약 내가 아는 모든 사람이 내일 죽는다 해도 그들은 여전히 내 곁에 있을 것이다. 이 도시도 내 곁에 있을 것이다. 나는 어둠 속을 향해 미소 짓는다. 행복을 느낀다. 행복과 안도감을. 안도감과 자유를. 나는 자유를 느낀다. 나 자신의 삶을 시작하고 끝낼 자유를. 내일을 상상할 자유를.

전화벨이 울린다. 레너드다.

"여보세요!" 내가 말한다.

"너, 기분 좋은 목소리네." 그가 말한다.

나는 웃는다.

"이번 주에 우리 만나는 거야?" 그가 묻는다.

"응, 물론이지."

"새로 나온 영국 영화가 한 편 있는데 보고 싶어."

"좋아."

"게이 두 명이 베를린에서 체포되는 내용이래."

"그 이상 좋을 수 없겠는데?"

힘겨운 진실을 꾸준히 바라볼 때
나는 조금 더 나 자신에 가까워진다

'여성 해방 운동가들' 몇몇을 취재해달라고 〈빌리지 보이스〉지가 나를 파견했다. 1970년 11월의 일이었다. "그게 뭐죠?" 담당 편집자에게 그렇게 묻고 난 1주일 뒤, 나는 각성한 상태가 되어 있었다.

첫 사흘 동안 나는 페미니스트들, 티그레이스 앳킨슨Ti-Grace Atkinson, 케이트 밀렛Kate Millett, 슐라미스 파이어스톤Shulamith Firestone을 만났다. 그다음 사흘 동안에는 필리스 체슬러Phyllis Chesler, 엘런 윌리스Ellen Willis, 앨릭스 케이츠 슐먼Alix Kates Shulman을 만났다. 그들은 모두 동시에 말을 했고, 나는 그들이 하는 말 한마디 한마디를 모두 들었다. 아니, 그보다 내 귀에는 그들 모두가 같은 이야기를 하는 것처럼 들렸다고 해야겠다. 하나의 생각에 강렬한 인상을 받으며 그 일주일을 보냈기 때문이었다. 그 생각이란 이런 것이었다. 남성은 자신의 지적 능력을 선천적으로 중요시하고 여성은 중요시하지 않는다는 생각은 근거 없는 믿음일 뿐 사실이 아니다. 그 믿음은 문화에 기여하는데, 우리의 삶 전체는 그 문화를 따라간다. 정말이지 단순한 이야기다. 그리고 분명 이미 나온 적이 있는 이야기였다. 어째서 나는 이 이야기를 한 번도 들어본 적 없는 것처럼 느꼈을까? 왜 내 귀에 이제야 이 이야기가 들려온 것일까?

사랑뿐 아니라 정치에서도, '준비된 순간'이란 여전히 삶의 가장 커다란 수수께끼 중 하나다. 내면에 변화가 일어나도록 여러 요소가 충분히 결합하는 그 순간 말이다. 그 순간에 응답하는 사람은 결코 그에 대해 설명할 수 없다. 어떤 느낌이었는지를 묘사할 수 있을 뿐이다.

나는 언제나 삶과 욕망하고 얻어내는 일은 동의어가 아니라고 생각했다. 진지하고 분노에 찬 착한 여자의 방식으로 '의미'를 추구했다. 의미 있는 일(다시 말해, 지성이나 정신과 관련된 일)을 하고, 적절한 파트너가 될 남자를 사랑하는 것은 중요했다. 이 두 가지가 내게 필요한 쌍둥이 같은 조건임을 알았다. 이 두 가지는 서로 얽혀 있어서 하나 없이 다른 하나를 상상할 수 없었다. 그렇지만 나는 강박적으로 수다를 떨어댈 뿐, 공부를 할 만큼 고독을 오래 견뎌내지는 못하는 사람으로 자라났다. 생각이 꾸준하게 나아가도록 다스리는 법을 배우지 못했던 것이다. 나는 소설을 읽었고, 의미 있는 삶에 대한 공상에 잠겼고, 남자를 생각하며 넋을 잃었다. 진지함에 대해 끝없이 도덕적으로 고찰했지만, 나는 남자를 뒤쫓을 수는 있어도 일을 계속할 수는 없는 것 같았다. 하지만, 이 부분이 결정적인데, 나는 그 사실을 몰랐다. 내가 사랑은 할 수 있지만 일은 할 수 없는 상태라는 것을. 나는 사정이 괜찮아지면 일을 할 거라고 쭉 생각해왔다. 사정이 안 좋은데도 내가 이 남자, 아니면 저 남자에게 계속 사로잡혀 있을 수 있는 이유가 궁금했던 적은 없었다.

나는 20대 중반에 어느 예술가와 사랑에 빠져 결혼했다. 나에게는 모든 게 준비되어 있었다. 앉을 책상이 있었고, 나를 격려해줄 파트너가 있었으며, 충분한 시간과 돈이 있었다. **이제** 일을 할 수 있을 것이다.

또다시 틀렸다. 10년 뒤, 나는 몇 편의 기사를 써낸 공격적인 스타일의 이혼한 서른다섯 살 '여자'가 되어 뉴욕 여기저기를 돌아다니고 있었다. 허세 아래 혼란은 깊었고, 막막함 역시 엄청났다. 내가 어쩌다 이렇게 됐지? 날마다 머리가 지끈거렸다. 그리고 여기서 어떻게 나가지? 나는 '여성 해방 운동가들'의 이야기를 듣고 난 뒤에야 이 질문들에 대한 답을 찾았다. 그러자 내가 상황을 제대로 보고 있다는 생각이 찾아왔다. 나는 충분히 나이가 많았고, 충분히 지루했고, 충분히 지치고 고통받아왔다. 나는 살아오면서 내가 노동자라는 생각을 진지하게 한 적이 한 번도 없었는데, 바로 **이것**이 한 여자의 존재 중심에 있는 딜레마였다.

아서 쾨슬러Arthur Koestler가 처음으로 마르크스주의를 받아들였을 때처럼 빛과 음악이 내 정수리를 가르며 터져나오는 느낌이었다. 페미니즘으로 분석을 해냈을 때 내가 느낀 기쁨이란! 나는 그 기쁨과 함께 깨어나고, 온종일 함께 춤을 추고, 미소를 지으며 함께 잠들었다. 나는 상처받지 않는 상태가 되었다. 그날그날의 운에 따라 날아오던 돌팔매와 화살 들은 내게 흠집 하나 내지 못하게 되었다. 페미니즘이 내게 알려준 것을 계속 지킬 수만 있다면 나는 머지않아 나 자신이 될 것이었다. 나 자신이 되면 모든 걸 가질 수 있을 것이었다. 그러자 삶이 근사하게 느껴졌다. 내게는 통찰이 있었고, 함께할 여자들이 있었다. 내 삶의 경험 한복판에 나는 서 있었고, 변하고 또 변하고 있었다. 어디를 보든 방을 가득 메운 여자들이 있었고, 그들 역시 변하고 또 변하는 중이었다.

많은 사람들이 자기 삶이 어떻게 만들어져 왔는지에 대한 사회적인 설명을 들으며 활기를 얻고, 같은 시간 같은 장소에 모이고, 같은 언어로 같은 분석을 하며, 뉴욕의 식당과 강당 그리고 아파트에서 만나고 또 만나 자신의 통찰을 자세히 설명하고 분석한 것을 전하는 기쁨을 느낄 때, 그때야말로 즐거움으로 충만한 순간이다. 혁명 정치의 즐거움이 그때 우리의 것이었다. 1970년대 초반에 페미니스트로 사는 것, 그 여명 속에 살아 있는 것은 더없는 행복이었다. 세상의 어떤 '사랑해'라는 말도 그 행복에는 닿을 수 없었다. 함께가 아니라면 우리가 존재할 다른 곳은 없었다. 그때 우리 모두는 페미니즘의 느슨한 포옹 속에 살아갔다. 나는 내 남은 삶을 그 속에서 보내게 될 것이라고 생각했다.

　일은 이제 내게 없어서는 안 될 무언가라는, 빠르게 생겨난 확신이 그 기쁨과 밀접하게 관련돼 있었다. 다시는 남자를 사랑하는 일을 우선시하지 않을 거라고 맹세했다. 사실 그 둘은 아마 양립할 수 없을 터였다. 지금까지 알고 있던 사랑이라는 개념은 이제 삶에서 지워버려야 하는 무언가가 되었다. 나는 마치 세상에서 가장 받아들이기 쉬운 것이라는 듯 유쾌한 태도로 이 생각에 이르렀다. 어쨌거나 나는 늘 불안하게 전쟁 중인 상태로 살아왔고, 남자들이 '나 같은 여자'를 두려워한다고 계속해서 불만을 늘어놓았으니까. 플러팅에도 소질이 없었기에 거기서 손을 뗀다고 생각하니 마음이 편했다. 만약 동등한 사람 사이의 사랑이 불가능하다면(그건 어쩐지 불가능해 보였다) 사랑 같은 건 필요없었다. 나는 새롭게 단단해진 마음에 나 자신을 밀어붙였다. 페미니스트로서 현실을 보게 된 데서 오는 전율과 짜릿함이 나로 하여금 감상感想을 기꺼이 포기하게 했고, 강한 의지에서 기쁨을 느끼게 했다. 일이 가장 중요하다고 나는 되뇌었다. 나는 일하는 법을 스스로 배워야 했다. 일을 하면 내게 필요한 무엇을 얻을 수 있을 것이다. 한 명의 사람으로서 이 세상에 존재하게 될 것이다. 그렇다면 '사랑'을 포기하는 일이 문제 될 게 뭐가 있겠는가?

　그러나 나중에 알게 되었듯, 그건 문제가 되었다. 내 상상보다 훨씬 더 큰 문제가. 그래, 나는 더 이상 옛날처럼 남자들과 함께 살 수 없어. 그래, 다름 아닌 바로 그 어른의 애정이면 만족할 수 있어. 그래, 내가 삶에서 지워버릴 준비가 된 것을 그저 지워버린다는 의미라면.

하지만 현실의 사랑을 포기할 수는 있어도 사랑이라는 개념 자체를 포기하는 것은 불가능했다. 세월이 흐르면서 나는 감정을 만들어내는 내 신경계에 로맨틱한 사랑이 염료처럼 주입되어 갈망과 환상과 감상이라는 옷감 전체에 수놓여 있다는 것을 알게 되었다. 그것은 내 마음을 떠나지 않았고, 내 뼈를 아리게 했으며, 내 영혼의 구조에 너무나 깊숙하게 박혀 있었다. 그 눈부신 힘을 똑바로 들여다보면 눈이 아팠다. 그것은 내 남은 삶 동안 고통과 갈등의 원인이 될 것이다. 나는 단단해진 내 마음을 사랑하고 지금까지 사랑해왔지만, 로맨틱한 사랑을 잃는 일은 그런 마음까지 찢어놓을 수 있다.

사랑에 관한 이런 분열은 언제나 내 안에서 나를 위협했지만 나는 그것에 대해 말하지 않았다. 말하지 않았던 건 말할 필요가 없었기 때문이었다. 말할 필요가 없었던 건 견딜 만했기 때문이었다. 견딜 만했던 건 내가 그 전에 중요한 발견을 했기 때문이었다. 그 발견은 나라는 존재를 이루는 비밀스러운 성분이었고, 매일 아침 내 케이크를 부풀어 오르게 하는 재료였다.

그 발견이란 이랬다. 내가 온전히 이해하는 페미니스트들이 방 하나를 가득 채울 만큼 있는 한 나는 평생 동안 떠나지 않을 친구들을 가진 셈이라는 것. 나는 다시는 외롭지 않을 것이었다. 페미니스트들은 나의 섬이자 방패였고, 내게 위안과 위로와 짜릿함이 되어주었다. 페미니스트들이 있다면 나는 공동체의 일원이 될 수 있었고, 로맨틱한 사랑 없이도 살 수 있었다. 그리고 내가 옳았다. 나는 그럴 수 있었던 것이다.

그랬는데 상상도 할 수 없는 일이 벌어졌다. 1980년 즈음 서서히 페미니스트 연대가 해체되기 시작했다. 우리의 노력만큼 세상이 충분히 변하지 않자, 예전에 모든 여성들을 찢어놓았던 것이 우리 안에서 다시 효력을 발휘했다. 연결되어 있다는 감각이 무너져내리기 시작했다. 서로에게 들려줄 말이 점점 더 없어지는 것 같았다. 각자의 개성이 거슬리기 시작했고, 대화는 지루해졌으며, 개념들은 똑같은 말의 반복이 되어갔다. 회의는 귀찮은 일이 되었고 모임 소식에도 예전만큼 마음이 설레지 않았다.

우리 사이에서 일어난 분위기의 변화는 처음에는 그저 희미한 의심에 불과했지만(페미니스트들의 동지애는 그토록 견고하게 느껴졌던 것이다!) 천천히 슬픈 확신으로 변해갔고, 이내 부인할 수 없는 현실이 되었다. 어느 날 잠에서 깨어난 나는 공동체의 짜릿함이, 갈망이, 기대가 이제는 끝나버렸다는 사실을 깨달았다. 로맨틱한 사랑에서 그랬듯이 욕망과 현실의 차이는 극복하기에 너무 컸다.

나는 고통스러운 우울 속으로 가라앉았다. 존재론적 외로움이 내 마음을, 근사하게 단단해진 내 마음을 갉아먹었다. 평생 동안 혼자일 거라는 두려움이 나를 집어삼켰다.

일을 해. 나는 나 자신에게 말했다. 열심히 일을 해.

하지만 난 열심히 일할 수 없어. 나는 나 자신에게 대답했다. 꾸준히 일하는 법도 간신히 배운 참이라 열심히는 절대 못하겠어.

해봐. 나는 대답했다. 그리고 다시 해봐. 그게 네가 가진 전부야.

페미니스트가 되었을 때 처음으로 떠올랐던 그 통찰의 빛이 내게 되돌아왔다. 몇 년 전, 페미니즘은 내게 일의 가치를 알려주었다. 이제 그것은 나로 하여금 새로운 시선으로 그 가치를 처음부터 다시 바라보게 해주었다. 두 번째 각성이 일어나기 시작했다. 지식이 깊어지는 각성이었다. 내 정치적 견해들이 준비해왔던 것을 혼자서 마주하리라는 걸 알 수 있었다. 예지력 있는 페미니스트들이 200년 동안 갖고 있던 통찰이 내게 찾아왔다. 내 삶을 지배하는 힘은 오직 나 자신의 생각을 꾸준히 다스리는 일을 통해서만 얻을 수 있다는 통찰이었다.

말로 하기는 쉽지만 해내려면 평생이 걸리는 일이었다.

나는 마치 처음인 것처럼 책상 앞에 앉아 생각을 유지하는 법을 배우고자 했다. 생각을 통제하고, 확장하고, 내게 도움이 되도록 만드는 법을. 그러나 실패했다.

다음 날 나는 다시 책상 앞에 앉았다. 또 실패했다.

사흘 뒤 나는 다시 책상으로 기어갔고, 패배한 채 책상을 떠났다. 하지만 그다음 날이 되자 내 머릿속의 안개가 걷혔다. 다루기 힘들게 느껴졌으나 실은 간단했던 글쓰기에 대한 문제 하나를 풀자 가슴에 얹혀 있던 돌 하나가 치워지는 것 같았다. 숨쉬기가 수월해졌다. 공기에서는 달콤한, 커피에서는 강렬한, 하루에서는 설레는 향기가 났다.

종교적 열정으로 만들어진 수사법은 내 안에서 사라지고 매일의 노력이 가져다주는 안심되는 고통이 그 자리를 채웠다. '일이 전부'라고 주문처럼 계속 되풀이할 수는 없었다. 분명 일이 전부는 **아니었으니까**. 하지만 일하려고 매일 자리에 앉아 있는 일은 내게 깨달음을 주었다. 내가 바라보자, 체호프의 문장이 나를 마주 보았다. '남들은 나를 노예로 만들었지만 나는 내게서 그 노예근성을 한 방울 또 한 방울 짜내야만 한다.' 나는 1970년대 언젠가 그 문장을 책상 앞에 압정으로 고정해두었지만, 내 두 눈은 10년 넘게 그 문장을 따분하게 바라보기만 했다. 나는 그 문장을 다시 읽었다. 그제야 정말로 읽었다고 해야 할 것이다. 나를 구원해주는 것은 '일'이 아니었다. 매일의 고생스러운 노력이었다.

날마다 노력하는 일은 내게 일종의 연결이 되었다. 연결되는 감각이란 강해지는 느낌이었다. 강해진 나는 내가 독립적인 사람이라고 느끼기 시작했다. 독립적인 사람이 되자 생각을 할 수 있었다. 생각을 할 때 나는 덜 외로워졌다. 내게는 나 자신이라는 친구가 있었다. 나 자신이 있으면 그걸로 충분했다. 나는 새로워진 지혜의 힘을 느꼈다. 그리스인들부터 체호프를 거쳐 엘리자베스 케이디 스탠턴Elizabeth Cady Stanton까지, 인간의 외로움이라는 본성을 탐구하는 데 조금이라도 관심을 가졌던 모든 사람은 오직 일하는 자기 자신의 생각만이 자아의 고독을 끝낼 수 있다는 사실을 알아냈다.

똑바로 들여다보기엔 힘겨운, 너무도 힘겨운 진실이다. 그리고 그렇기에 우리는 사랑과 공동체를 갈망한다. 그 두 가지모두 삶에 있기를 바라기에는 썩 괜찮은 것들이지만 갈망할 만한 것들은 아니다.

갈망은 살인자와 같다. 갈망은 우리를 감상적으로 만든다. 감상적이 되면 우리는 낭만만을 추구하게 된다. 내게 있어 페미니즘이 아름다운 이유는, 그것이 로맨스가 아니라 힘겨운 진실을 더 소중하게 여기게 해주었기 때문이었다. 나는 여전히 힘겨운 진실을 추구한다.

내가 방금 적어놓은 모든 것을 나는 헤아릴 수 없을 만큼몇 번이고 잊어왔다. 불안과 권태와 우울이 나를 압도하면, 그것들은 나를 지워버리고 나는 '잊는다.' 영혼의 노예 상태란 일종의 기억 상실이어서, 우리가 아는 것을 붙잡지 못하게 만든다. 아는 것을 붙잡지 못하면 우리는 경험을 받아들일 수 없다. 그리고 경험을 받아들이지 못하면 변화는 오지 않는다. 변화가 없으면 우리 자신 안에 있던 연결은 끊어져버린다. 그건 견딜 수 없는 일이기에, 삶은 내가 알고 있는 것을 끝없이 '기억하는' 일의 연속이다.

그렇다면 나는 어디에 있을까? 끊임없는 투쟁 속에 있다.

나는 세 차례나 구원 같았던 로맨스의 상실을 견뎌냈다. 사랑이라는 환상, 공동체라는 환상, 일이라는 환상의 상실이 그것이었다. 그것들을 하나하나 잃을 때마다 나는 나도 모르게 1970년 11월의 그 계시적이었던 첫 순간으로 돌아갔다. 초기의 페미니즘은 나에게 투명해지는 통찰의 생생한 번쩍임으로 남아 있다. 그것은 나를 자기연민에서 구하고, 세상을 있는 그대로 바라보고 싶은 마음이라는 비할 데 없이 훌륭한 선물을 내게 선사했다.

나는 여전히 사랑 때문에 고심한다. 내 단단한 마음을, 그리고 또 다른 인간 존재를 동시에 사랑해보려고 애를 쓴다. 그리고 나는 일을 한다. 매일의 노력은 여전히 몹시도 고통스럽다. 그러나 노력하는 한, 나는 로맨스에 저항하고 있는 것이다. 로맨스에 저항할 때, 내가 받아들일 수 있는 가장 힘겨운 진실을 꾸준히 바라볼 때 나는 조금 더 나 자신에 가까워진다.

페미니즘은 내 안에 살아 있다.

혼자 사는 일에 대하여

일요일 아침, 나는 컬럼버스애비뉴를 걸어가고 있다. 사방에서 커플들이 나를 향해 다가온다. 빌딩 끝에서부터 인도 가장자리까지 커플이 거리를 채운다. 어떤 이들은 꼭 끌어안은 채 넋을 잃고 서로의 얼굴을 바라보고, 어떤 이들은 손을 잡고 두 눈을 쉴 새 없이 굴리면서 아이쇼핑을 하고, 또 어떤 이들은 냉랭한 얼굴로 몸이 닿지 않게 조심하면서 나란히 걷는다. 불현듯 이런 확신이 든다. 몇 달 후에는 이 커플의 절반쯤은 지금 대로를 걷는 다른 커플 중 한 사람과 함께 걷고 있을 거라는. 결국에는 그런 조합 역시 끝날 것이고, 남자들과 여자들은 각각 다시 함께할 사람이 없는 텅 빈 방에서 창문 밖을 내다보고 있게 될 것이다. 이들은 간헐적 애착 상태에 영원히 머무르는 사람들이다. 필연적으로, 침묵에 잠긴 아파트가 그들을 기다린다.

혼자 사는 서른다섯 살에서 쉰다섯 살 사이의 이렇게 많은 사람들이 정처 없이 떠돌아다니게 될 거라고 우리 중 누가 상상이나 할 수 있었을까. 30년간 길 위에서 이어진 정치는 하나의 문을 열어젖혔고, 그 문은 수문水門이 되었으며, 우리는 역사상 가장 교양 있는 불만을 지닌 채 기념비적인 숫자를 이루며 그 문으로 쏟아져 나왔다. 그럼에도 우리는 자신이 어떻게 여기 이르게 되었는지 당혹스러워하며, 혼란에 빠져 이 상태에서 벗어나기를 원한다. 마지막 순간에 형 집행이 유예되기를 바라는 적나라한 기대를 품고 우리는 북적거리는 거리를 배회한다. 우리에게는 조밀한 인구가 꼭 필요하다. 인구가 조밀한 것만으로도 인간관계를 끊임없이 재편성하는 데 필요한 재료는 마련되는 셈이니까.

＊　＊　＊

생각해보면, 나는 어떤 것에는 '네'라고, 또 어떤 것에는 '아니요'라고 말하다 보니 어느새 혼자 살게 되었다. 대답하는 일 자체가 선택이라는 것을 나는 결코 **진심으로** 이해하지 못했다. 오랫동안, 내 대답에는 오직 내가 중대하게 관심을 가졌던 한 가지만이 강렬한 영향을 끼쳤다. 나는 외로움을 두려워하게 되는 일을 경계했다. 고독한 노년의 공포에도 몸을 사리지 않으면서 일과 사랑 같은 삶의 문제들을 해결해나가는 일이 내게는 중요하게 느껴졌다. 외로움에 대한 두려움 때문에 자신을 너무도 터무니없이 싼 값에 팔아넘기는 여자들이 너무 많다고 나는 주장했다. 그러니까 그 불안에 저항하는 일은 내게 정치적 견해 비슷한 것이었다. 그 입장을 쉽게 취할 수 있었다. 그 문제를 나는 초보적인 수준으로만 이해하고 있었으니까.

나는 20대 중반에 결혼을 했다. 남편과 나는 원래 친구였지만, 일단 결혼하자 우리는 남편과 아내는 어떠해야 한다는 남들의 생각에 급속도로 얽매이게 되었다. 남편과 나는 한 쌍의 진지한 학생이 되어 함께 식탁에 소박한 식사를 차리고, 번갈아가며 설거지와 빨래를 했다. 그러던 어느 날, 그는 거실에서 신문을 읽고 있고 난 혼자 주방에서 요리책을 보고 있을 때였다. 그가 고개를 들더니 주방을 향해 큰소리로 자신의 일 그리고 우리의 미래가 앞으로 이렇게 저렇게 될 것 같다고 추측하는 말들을 늘어놓기 시작했다. 나는 불안해졌고 그도 그랬다. 우리의 불안은 아파트를 채웠고, 존재의 골칫거리가 되었다. 이 골칫거리는 병적일 만큼 우리의 주의를 끌었다. 우리는 우리가 행복하지 않은 이유를 끊임없이 곱씹고 있는 것 같았다.

우리는 스스로를 깨인 사람이라고 여겼다. 앞으로 나아가 삶 속으로 함께 들어가는 것, 그러면서 바깥을 그리고 세계를 바라보는 것이 우리의 계획이었다. 그런데 정신을 차려보니 우리는 서로 오직 안쪽만, 무지한 상대방만 바라보고 있었다. 서로의 삶에 이바지하기로 했던 관계가 서서히 우리 삶의 전부로 변해갔다. 불확실한 마음이 커져갈수록 점점 더 사랑이 전부라고 항변하게 되었다. 무엇도 우리와 우리의 사랑을 갈라놓지 못할 거라고 우리는 말했다. 우리 두 사람은 하나가 될 것이다. 그것이 하나의 규범이었다. 규범에서 벗어나는 일은 마음을 불안하게 하고 동요시킬 뿐이었다.

이런 방식은 우리를 약속된 땅으로 데려다주는 대신 더 멀리, 사막 깊숙이로 데려다놓았다. 우리에게는 혼자만의 충동이 허락되지 않는 것처럼 보였다. 둘 중 한 명이 정기적으로 "나를 사랑한다면서 어떻게 **그럴** 수가 있어?"라고 불만을 터뜨리는 일이 일상이 되어갔다. 상대방을 그토록 격분케 했던 그 혹은 내가 한 일은, 아니나 다를까 오직 그의 자아 혹은 나의 자아에만 도움이 되는 관심사를 충족시키는 일이었다. 상대방에게는 자신을 배제하는 것으로 그러니까 의리 없다고 느껴지는 욕망이었다. 하지만 그런 구속은 본성에 어긋나는 것이었다. 콘크리트를 뚫고 올라오는 잡초처럼 충동은 계속 나타났다.

친밀감이 무너져내린 것을 (그 일의 비정상성과 그것이 준 충격을) 슬퍼하는 동안 불행은 수치스럽게 느껴졌다(우리는 솔로였을 때보다 결혼한 뒤에 더욱 혼자가 되어 있었다). 수치심은 사람을 고립시킨다. 그 고립은 굴욕적이었다. 굴욕을 느끼면 사람은 생각할 수 없게 된다. 우리는 생각하지 않는 일에 몰두하기 시작했다.

애착에 문제가 생길수록 우리는 더 많은 시간을 함께 보냈다. 언제든 같이 있었다. 같이 있는 일이 즐거웠던 건 절대 아니었고, 그저 떨어져 있는 일을 견디지 못했을 뿐이다. 같이 있으면 우리 사이에는 긴장이 피어올랐지만, 혼자 있을 때면 극심한 외로움 속으로 곤두박질쳤다. 그 외로움은 긴장보다 고통스러웠고, 어떤 대가를 치르더라도 피하고 싶었다. 결국 내가 우유 한 통을 사러 간다고 하면 남편이 같이 가겠다고 하는 지경이 되었다. 우리가 아는 사람들(그들은 모두 우리처럼 젊었다)은 이렇게 말했다. "저 사람들, 정말 서로에게 헌신적이네." 불안이 헌신처럼 보인다는 것. 그리고 외로움은 인간에게 있어서 정의 내리기 가장 힘든 상태라는 것. 결혼은 내게 그런 것을 가르쳐주었다.

우리는 집요하게 우리 자신을 외면했고, 그 외면은 모멸적인 것이 되어갔다. 우리의 감정은 이제 우리의 적이 되었다. 모든 감정을 둘러싸고 보호막이 자라났다. 이 보호막이 두꺼워질 때면 가운데에 있던 살은 쭈그러들었다. 젊고 건강했던 나는 산 채로 파묻히는 기분이었다.

결국 우리는 헤어졌다.

＊　＊　＊

그 첫날 아침, 작은 정사각형 모양의 침실 천장을 올려다보며 누워 있던 일이 기억난다. 그 햇빛 가득한 고요함과 누구에게도 대답할 필요가 없음에 느꼈던 더없는 행복이 기억난다. 평화, 완전한 평화였다. 어둠은 사라지고 불안은 자취를 감추었다. 그 자리에는 열린 공간이 남았다. 내 존재가 조그만 아파트를 가득 채웠다. 나는 방 한가운데 알몸으로 섰다. 하품을 하고 기지개를 켰다. 사랑이라는 **환상**은 침해侵害처럼 느껴졌다. 내게는 해야 할 생각들이, 배워야 할 기술이, 발견해야 할 자아가 있었다. 고독은 선물과도 같았다. 혼자서 발을 들여놓을 의지만 있다면 나를 반겨줄 세계가 기다리고 있었다. 나는 옷을 입고 문으로 걸어나갔다.

당시는 1970년대 초반, 가슴 설레던 시간이었고 엄청나게 많은 여성들이 그 설렘을 공유했다. 우리는 페미니스트로 각성했다. 우리가 공적인 장소에서 만나 각자의 통찰을 자세히 들려주고 해석을 전해주는 기쁨을 나눌 때면, 세계는 놀라운 지적 수준을 지닌 하나의 드넓은 우애 관계로 확장되었다. 이 우애 관계는 우리를 환희로 감싸주었고, 살아가게 해주었다. 회의가 끝나고 집에 돌아올 때면 집 안의 공간들은 따뜻하게 나를 반겨주었다. 그 질서정연함과 조용함은 기쁨이자 위안이었으며, 우리의 대화는 여전히 내 머릿속에서 울리며 맴돌고 있었다. 방에는 나 말고는 아무도 없었지만 나는 외로움과는 거리가 멀었다. 집에 친구들을, 나 자신을 되찾게 해준 멋진 친구들을 데려왔기 때문이었다.

하지만 그 친밀함은 페미니즘이 혁명적인 것으로 느껴졌던 그 순간의 작용이었고, 그 순간이 지나가자 동지애도 함께 지나갔다. 그러자 마치 내가 엄청나게 많은 사람들을 알고 있지만 그 사람들은 서로를 모르는 것처럼 느껴졌다. 통합된 삶이라는 환상이 사라졌다. 나는 내가 결혼하기 전에 알던 대로의 생활로, 도시의 사교 생활로 돌아가 있었다. 파편화되고 극도로 예민해진 생활, 악화된 삶과 개성이 만들어내는 긴장과 자기 안으로의 침잠, 서로 잘 맞았다 안 맞았다 하는 인간관계가 특징인 생활이었다. 집에 함께할 사람이 없어지자 나는 날마다 사람들과 연결되는 일이 전혀 당연하지 않음을 알게 되었고, 그 사실에 놀랐다.

어느 날 나는 내가 혼자라는 걸, 집에서만이 아니라 세상 전체에서 혼자라는 걸 깨달았다. 만약 내가 저 수화기를 들고 한 통의 전화도 걸지 않는다면…. 그리고 내가 정말로 수화기를 들고 몇 번이나 전화를 걸어도 모든 사람이 바쁘고 만날 수 없는 때도 수없이 많았다. 조용함이 나를 죄어들었다. 아파트가 그 고요함을 증폭시켰다. 고요함이 더 깊어졌다. 고독은 이제 골칫거리로 변해 있었다.

지금과 마찬가지로 그때도 외로움은 육체적인 아픔이 밀어닥치듯이 찾아왔다. 그것은 얼굴을 찡그리게 하는 안구 뒤쪽의 압박감과 함께 시작되었다. 몇 분도 채 되지 않아 나는 고통으로 땀을 흘리며 쓰러졌고, 비참함이 내 가슴을 휩쓸고 갔고, 두려움이 내 배 속 깊은 곳에서부터 파도처럼 뿜어져 나왔다. 나는 두 손에 책 한 권을 펼쳐 들고 소파에 누워 그 발작이 지나가길 기다리곤 했다. 그럼에도 발작은 때때로 며칠 동안이나 지속되었는데, 1년 중 따뜻하고 몽롱한 계절이면 특히 그랬다. 여름날의 날카로운 감미로움 속에서 깨어나 보면, 창문 바깥 세상은 부드러움에 휩싸여 있고 그 안에서 사람들은 모두들 첨벙첨벙 물을 튀기며 둘씩 혹은 여럿씩 짝지어 눈부신 빛깔로 빛났다. 반면에 내 침대만은 마치 사람이 살지 않는 음울한 풍경 속에 닻을 내린 것처럼 느껴지던 아침이 내게는 천 번쯤은 있었다.

그렇게 해서 나는 더 이상 혼자여서 기쁜 게 아니라 혼자여서 고통스러운 상태로 여기 있게 되었다. 그리고 누구라도 할 법한 일들을 했다. 전화를 걸고, 나를 초대해주는 곳이면 어디든 가고, 누구든 가리지 않고 사람을 사귀었다. 오래지 않아, 나는 원하기만 하면 일주일 내내 밤에 외출할 수 있게 되었다. 한낱 사교를 좋아하는 생활을 참을 수 없어질 때면 나는 예전에 고독이 내게 주었던 기쁨에 관해 스스로에게 약간의 설교를 하면서, 살아오는 동안 자주 그랬듯 책을 읽으면서 저녁을 보내보자고 나 자신을 설득했다. 그런 다음 나는 소파에 누워 똑같은 문장을 세 번 읽은 뒤에야 내용을 이해하는 식으로 세 시간 동안 간신히 50페이지를 읽어내면서, 그럼에도 참고 견디면서 계속 누워 있었다.

고통은 통찰과 에너지를 만들어냈지만 균형 감각이나 초연함을 가져다주지는 않았다. 열병을 이겨내는 환자처럼 외로운 저녁을 견뎌내고, 정도를 지나친 최악의 행동인 자기연민에 굴복하지 않은 나 자신을 칭찬할 수는 있었지만, 그런 일들이 불굴의 정신을 뜻하는 것은 전혀 아니었다. 그게 내가 할 수 있는 최선이라면 차라리 결혼하는 게 나았다! 그 말이 떠오르자 내 등이 뻣뻣해졌다. 절대 그럴 일은 없어. 나는 이 일에 기쁨이나 고통 같은 단순한 문제 이상의 무언가가 결부되어 있음을 알게 되었다. 나는 혼자 사는 일에 정말로 깊이 관여하기 시작했던 것이다.

나는 '결혼에 반대하며'라는 제목으로 격렬하게 결혼을 비판하는 글 한 편을 썼다. 그 글에서 나는 우리가 결혼하는 이유는 자아를 발견하는 모험을 하거나 내면의 삶을 공유하기 위해서가 아니라 원초적인 종류의 감정적 위안을 얻기 위해서라고 주장했다. 그 위안에는 편협한 태도, 고독을 대하는 데 있어서의 미숙함, 몇 년씩 꺼내지 않고 지나가는 내면의 자아에 대한 어려운 질문 같은 것이 따라온다. 외로움을 두려워하는 것이 문제의 핵심이라고 나는 주장했다. 두려움에 맞서 몸을 지키기 위해서는 두려움 속으로 들어가 두려움과 함께 살아가면서 두려움을 제압해야 한다. 나는 사랑이나 가정에서의 친밀감 없이 지내는 것은 사실 반만 살아 있는 것이나 다름없다고 관대하게 인정했지만, 결론에서 지금 우리는 스스로에게 진실해질 필요가 있다고 말했다. 두 사람이 만나 하나가 된다는 근거 없는 믿음은 더 이상 유용하지 않다. 그 사실을 자각한 채 살아가는 일이 삶의 과업이다. 외로움을 이겨낼 수는 없더라도, 최소한 외로움이 죽음을 초래하지는 않는다는 사실을 배울 수는 있다. 그런 앎은 힘이 되고, 동맹이 되고, 무기가 된다.

이런 생각들을 기사와 에세이로 써내는 것은 내게 위안이자 꼭 필요한 일이 되었다. 나는 그 주제에 대해 명료한 글을 써내면서 구원받지는 않더라도 새로워진다고 느꼈다. 그 페이지들을 써내려가고, 문장들을 늘리고, 생각들을 집어넣으면서 수사법에는 크게 관심을 두지 않았다. 그 문제를 글로 써내는 일이야말로 그것에 연연하지 않게 되는 것이라고 나는 자신을 설득했다. 그리고 그건 나만의 문제는 아니었다. 그 글은 논란을 불러일으켰다. 나는 여러 이유로 공격을 받았고 그 하나하나에 모두 답했다. 그 답들이 내 귀에는 합당하게 들렸는데, 내 태도는 설명을 할수록 점점 더 확고해졌다. 나도 모르는 사이에 내 통찰은 이론이, 이론은 입장이, 입장은 하나의 신조가 되어 있었다.

나는 타고난 논객이었다. 입장을 취하는 일이라면 잘 해냈다는 뜻이다. 이제 내게는 입장 하나가 생겼다. '혼자 산다는 것은 외로움에 맞서는 일이다.' 그것은 힘든 날에 나를 강해지게 하고 지구력과 자제력을 선사해주는 기도문이 되었다. 거기 담긴 내용을 재검토할 필요는 없었다. 내가 해야 하는 일이라고는 오직 그 주문을 계속 되풀이하는 것뿐이었다.

세월이 지나갔다(그게 세월이 한 일이었다. 지나가는 것). 모든 것은 제자리였다. 그러다 갑자기 경고도 합의도 없이 나는 나의 신조를 거스르게 되었고, 그 뒤로는 모든 것이 달라졌다. 남부의 어느 대학에서 강의를 하는 동안 나는 내 또래의 한 여성을 만났다. 이혼을 한 사람이고 그의 다 큰 아이들은 멀리서 학교를 다니고 있었다. 그는 집 한 채를 공유해 같이 살자고 내게 제안했다. 수년간 혼자만의 생활을 해왔지만, 그가 마음이 잘 통하는 사람이라는 생각에 내 운을 시험해보기로 결심했다.

나는 놀랄 만큼 잘 맞는 관계에 우연히 발을 들여놓았다. 이 여성과 나 사이에는 기분이 안 좋은 시기도, 긴장도, 우울도, 자신만의 세계로의 침잠도 존재하지 않았다. 우리는 서로를 조금도 지루하거나 짜증나거나 불청객처럼 느끼지 않았다. 매일의 삶을 독립적으로 살아가면서도 집에서 함께 보내는 저녁이면 언제나 기쁨을 느꼈다. 함께 대화를 나누며 늘 깊은 즐거움을 느꼈지만, 혼자 있고 싶어 한다고 해서 상대방에게 죄책감을 심어주는 일은 한 번도 없었다. 간단히 말해 그 관계는 담백함 그 자체였고, 우리 둘 모두에게 교양 있는 우정의 즐거움과 가정의 평온함을 선사해주었다. 내가 전에는 알지 못했던 삶의 조건이었다.

혼자 살지 않는 일에서 내가 느끼는 위안이 놀라웠다. 그 위안과 고마운 마음이라니. 여기서 무슨 일이 일어나고 있는 걸까? 나는 연인과 함께 있는 것도, 심지어 친한 친구와 함께 있는 것도 아니었다. 그저 뜻이 잘 맞는 한 사람과 집 한 채를 공유하고 있을 뿐이었다. 나는 함께 즐겁게 이야기 나눌 수 있는 여성과 아침에는 커피를, 저녁에는 수다를 같이할 수 있어 기뻤고, 우리가 같은 지붕 아래서 밤을 보내는 사이라는 게 편안했다. 지독한 외로움의 부재가 내게 놀라운 영향을 끼치고 있었다.

그건 **정말로** 놀라운 일이었다. 우선 나는 날마다, 하루 종일 평온함을 느꼈다. 아주 깊은 평온함이었다. 이 평온함에서 나는 내가 평소에는 매일같이 신경계에 스며드는 질 낮은 불안을 견디고 있었으며, 아마도 수년 동안 그 감정을 계속 품어왔으리라는 걸 깨달았다. 그 불안은 요란을 떨 만한 것도 아니고, 내가 다룰 수 없는 것은 더더욱 아닌, 그저 내가 지닌 하나의 **감정**이다. 내가 예전에 드러내기를 멈췄고, 하루에도 몇 번씩 내 안에서 솟아오르는 이 최고의 평온함이 아니었으면 의식하지도 못했을 감정.

그 평온함과 함께 나는 내면이 말끔해지는 걸 느꼈다. 마치 푸른색과 흰색으로 된 거대한 파도가 나를 샅샅이 헹궈 모래를 씻어내기라도 한 것처럼. 내 내면에 서걱거리는 느낌이 항상 존재해왔다는 걸 깨달은 건 그때였다. 그것 역시 요란을 떨 만한 것도, 내가 다룰 수 없는 것도 아니었다. 그건 그냥 거기 있었다. 외로움에서는 서걱거리는 느낌이 난다.

그러자 언제나 내 머릿속을 조각조각 떠다니던 안개가 걷히는 느낌이었다. 문득 정신을 차려 보니, 나는 한 번에 몇 분도 아니고 몇 시간 동안이나 집중하고 있었다. 내 주의력이 얼마나 끊임없이 갈가리 찢기는지, 그래서 내 내면의 명석함이 어떻게 나의 동반자였던 불안으로 알알이 굳어지는지, 나는 그 순간이 되어서야 깨달았다.

나는 내 삶을 돌아보았고, 내가 혼자 사는 법을 배운 적이 전혀 없음을 깨달았다. 내가 배운 것들은 꼼꼼히 계획을 세우고, 고통이 지나갈 때까지 누워 있고, 회피하고, 그럭저럭 살아가는 일이었다. 나는 익사하고 있지 않았지만 헤엄을 치고 있지도 않았다. 나는 누운 자세로 물에 뜬 채, 구조되기를 기다리며 해변에서 멀리 떠내려가고 있었다.

오랫동안 검토하지 않았던 내 상태를 자세히 들여다보며 나는 그것에 다시 이름이 붙여지고 있음을 알았다. 내가 알지만 헤아릴 수 없을 만큼 여러 번 잊어버린 것. 내가 이름을 붙일 때마다 조금씩 내 것이 되지만, 잊어버릴 때마다 뒷걸음질 치게 만드는 것. 내가 언제나 잊었던 그것을 처음으로 이해했던 오래전 어느 날이 나도 모르게 떠올랐다. 그날은 내가 걷는 이유, 내가 뉴욕의 산책자인 이유를 알게 된 날이기도 했다. 그 기억이 너무도 강렬하게 되살아나는 바람에 불현듯 그날이 내 앞에 놓여 있는 것만 같았다.

그날, 나는 책상을 외면하면서 집 안 여기저기를 몇 시간째 방황하고 있었다. 생각을 할 수도, 글을 쓸 수도 없었다. 머릿속에 안개와 연무가, 구름이, 드라이아이스가 차오르고 있었다. 창문 위쪽으로 기어 들어온 안개였다. 언제나처럼, 매일 하는 경험이었다. 나는 매일 아침 9시부터 머릿속에 깨끗하고 조그만 공간 하나를 확보해보려고 씨름했고, 오후 2시나 3시쯤이면 노력을 집어치우고는, 천년 동안 사람 목소리를 한 번도 듣지 못한 것처럼 공허한 패배감을 느끼곤 했다.

그날 오후 나는 내 집에서 5킬로미터쯤 떨어진 외곽 주택가에서 약속이 있었는데, 거기까지 걸어가기로 충동적으로 결정을 내렸다. 거리로 나서자 마치 동굴 속에 있다가 빛으로 나온 것 같았다. 눈에 들어오는 모든 것이, 상점도, 불빛들도, 자동차도, 사람들도 내게는 흥미로워 보였다. 숨을 깊이 들이마시자 폐가 부풀어 오르는 게 느껴졌다. 그러고 있다가, 나는 오랫동안 만나지 못했던 누군가와 우연히 마주쳤다. 예상치 못한 마주침이 주는 그 들뜬 기분이라니! 보폭이 넓어졌다. 나는 목적지에 도착해 할 일을 마친 다음, 돌아가는 길에도 걸어가기로 했다. 집에 돌아왔을 때, 나쁜 감정은 내게서 씻겨 나가고 없었다. 나는 정화되어 있었다. 산책이 나를 정화해준 것이었다.

그러자 내 우울이 얼마나 평범한지 깨달을 수 있었다. 평범하고 예상 가능하며 매일같이 일어나는 일. 매일의 우울, 그게 다였다. 매일의 우울은 에너지를 갉아먹는다는 걸 나는 마치 처음인 양 깨달았다. 에너지가 없으면 내면의 삶이 사라지고, 내면의 삶 없이는 활기도 없으며, 활기가 없으면 작업을 할 수 없다. 매일의 우울에 사로잡힌 삶은 범상해지기 마련이다.

그리고 나는 동시에 바로 **이것**이 외로움임을, 외로움 그 자체임을 깨달았다. 외로움이란 내면의 삶이 사라지는 것이었다. 외로움이란 내가 나 자신으로부터 차단당한 상태였다. 외로움이란 바깥에 있는 그 무엇으로도 치유할 수 없었다.

내 우울은 슬픔 속에 뿌리를 내리고 있었다. 그 슬픔은 사랑보다도, 결혼보다도, 우정이나 정치적 견해보다도 오래된 것이었다. 그 슬픔은 내 소중한 친구, 친밀한 친구였다. 나는 여러 해에 걸쳐 다른 많은 것들을 포기해왔지만, 이것은, 이것만은 절대로 포기하지 않았다. 내가 알기로 슬픔은 나라는 집을 마음대로 사용할 권한을 넘겨받은 감정이었다.

지금 내가 아는 것을 계속 지켜내지 못하리라는 것 정도는 잘 알고 있었다. 내 안의 무언가가 정보를 흡수하기를 거부할 것이었다. 나는 잊어버릴 것이었다. 받아들이지 않으려 할 것이었다. 다시금 어쩔 줄 모르게 될 것이었다. 통찰은 그것만으로는 구원이 되어주지 못했다. 나는 날마다 새롭게 말끔해져야 했다. 걷는 일이 나를 정화시켜주었고 깨끗이 씻겨주었지만 오직 그날뿐이었다. 그 일이 매일같이 이루어져야 한다는 걸 나는 알게 되었다. 나는 걸어야 할 운명이었다.

더 중요한 게 있다. 내가 받아들일 수 없는 것과 함께 살아야 할 운명이라는 것.

우리 모두가 그랬다. 제자리걸음을 하고, 사면을 기다리며,

역사상 가장 교양 있는 불만을 고수하면서 혼자 사는 우리는.

＊　＊　＊

　고독하게 살아가는 삶에 대한 존중을 새로이 마음에 품고 나는 컬럼버스애비뉴를 걸어 올라간다. 사람들의 열의 가득한, 주도면밀한 얼굴을 들여다보며 나는 생각한다. 이 잔혹하고 더러운 도시에서 우리는 정말이지 잘해 나가고 있다고. 친구 없이 텅 빈 방에서 창문 밖을 내다보며 아침 커피에서 서걱거리는 맛을, 저녁의 술 한 잔에서 질 낮은 불안을 느끼는 우리는. 저기 바깥 미국을 살아가는 우리의 얼굴은 자기 안으로 침잠해 있고, 냉담하며, 고립 때문에 괴상해져 있다. 컬럼버스애비뉴에서, 집단적인 외로움은 안정된 원소처럼 거기 존재한다. 그 원소에는 문화를 만들어내는 속성이 있다.

똑바로 앞을 보고, 입을 다물고,

온전하게 균형을 잡는 것

캐츠킬 산맥의 낡은 호텔 지역이 보르시 벨트 농담*의 배경이라고 생각했던 적은 한 번도 없다. 1950년대 후반, 대학생 시절 식당 종업원으로 일했던 내게 캐츠킬 산맥은 위험하고 짜릿하며 거친 공간, 포식동물만 득시글하고 온순한 동물이라고는 하나도 없는 공간이었다. 그곳의 호텔들에서 몇 년을 보내며 나는 직무의 야수성을, 환상의 살인적인 면을, 쾌락을 제공하기 위해 꾸려진 세계에 사는 사람에게 가해지는 고립을 처음

• 보르시 벨트는 뉴욕 북부에 있는 캐츠킬 산맥에 있는 지역으로 1920년대부터 1960년대까지 차별로 인해 다른 휴양지에서 출입이 제한되었던 유대인들을 위한 휴양지로 번성했다. 여름이면 유대인들은 보르시 벨트의 호텔들에 장기 투숙하곤 했는데, 그 때문에 이곳에서 쇼를 선보이는 코미디언들은 매주 새로운 유머를 고안해내야 했고, 이는 후에 이들이 라디오와 TV에 출연하는 데 좋은 훈련이 되었다. '보르시 벨트 농담'은 이들이 무대에서 주로 했던 농담의 한 유형으로, 자기비하, 모욕, 결혼에 대한 푸념, 건강염려증, 이디시어의 자유로운 사용 등이 특징이다.

으로 알게 되었다. 나는 최근 들어 그 고립에 대해 생각하게 되었다. 그곳에 처음 닿는 순간부터 그 고립이 얼마나 두드러졌으며 적나라하고 선명하게 드러났는지에 대해.

　시티 대학 1학년이던 어느 겨울날 오후, 나는 스텔라 머큐리 직업소개소에 갔다. 그곳에는 남자 네 명이 고개를 숙인 채 한번 쳐다보지도 않고, 규칙적인 리듬으로 껌을 씹으면서 반들반들한 카드 한 벌로 게임을 하고 있었다. 책상 앞에는 뚱뚱하고 땅딸막하며 눈초리가 매서운 여자가 앉아 있었는데, 담배 때문인지 쌕쌕거리는 목소리로 내게 말했다. "그 전에는 어디 있었어요?" 나는 일련의 호텔들 이름을 줄줄 읊었다. "그런 데서 다 일해봤구나." 여자가 차분한 목소리로 말했다. "사람 몸이란 게 참 놀-라-운 거 같아. 그중에 반에도 못 있어봤을 것 같이 어려 보이는데." 한편으론 여자가 나를 내쫓을까 봐, 다른 한편으론 여자가 일자리를 줄까 봐 두려움에 떨며 나는 내가 그곳들에서 일했었다고 다시 한 번 말했다. 여자는 내가 거짓말을 하고 있다는 걸 알았고, 나도 여자가 그 사실을 안다는 걸 알았지만, 아무튼 그는 내게 작업 전표 한 장을 써주었다. 거짓말에 갇힌 나는 갑자기 외로워져 간절한 눈빛으로 여자에게 진실을 알아달라고 애원했다. 여자는 그것을 조금도 마음에 들어 하지 않았다. 그러고는 내가 절박함을 솔직하게 드러내기 전보다 냉정해진 두 눈으로 더욱 강하게 나를 거부했다. 그는 여전히 손에 들고 있던 작업 전표를 뒤로 잡아뺐다. 나는 그것을 낚아챘다. 여자가 심술궂게 웃었다. 그리고 그게 다였다. 바로 거기서 모든 것이 결정되었고, 타임스 광장 너머로 두 번 비행기를 타자 나는 산맥에 도착해 있었다.

가먼트 지구의 세일즈맨과 미드타운에서 일하는 비서들로 꽉 찬 크고 화려한 호텔에서, 열기와 악다구니로 가득한(음식들이 날아다니고, 쟁반들이 부딪히고, 종업원들은 욕설을 퍼부어대는) 엄청나게 큰 주방을 어색하게 들락날락하며 보낸 그 첫 주말, 쟁반을 너무 꽉 움켜쥔 나머지 그 뒤로 며칠이나 내 열 손가락 관절은 전부 하얘져 있었다. 그것을 볼 때마다 나는 내 바로 옆에서 그릇 치우는 일을 하던 소년이 메인 요리 세 가지를 맛본 손님에게 주먹을 내밀며 "관절 샌드위치 좀 드릴까요?"라고 말하는 바람에 깜짝 놀랐던 일이 떠올랐다. 하지만 일요일 밤, 입을 쩍 벌린 엄마 앞에서 식탁 위에 1달러짜리 지폐 50장을 내던졌을 때는 달콤한 기쁨을 느꼈고 내가 다시 일하러 가리라는 걸 알았다. 그토록 자신만만한 도덕주의자처럼 굴던 나라는 노동자 계급 소녀의 내면에는 처음으로 욕망할 기회가 생긴 데서 오는 예기치 않은 흥분이 솟아오르고 있었다.

나는 열여덟 살이었고, 이해할 수 없는 힘을 지닌 갈망들 사이를 맹목적으로 헤매고 있었다. 나를 몰아가는 힘을 이해할 수 없었던 나는 스스로 바보 같다고 느끼면서도 여기저기 걸어 다녔다. 바보 같다는 느낌이 날 진짜 바보로 만들었다. 나는 산맥으로 가는 일을 은근히 반기게 되었다. 힘은 들지만 단순한 그 일을 내가 할 수 있으니까. 돼지의 눈을 한 그 화려함 속으로 걸어 들어가 속성으로 돈을 버는 일에서 달콤하고 호화로우며 푸짐한 흥분을 낚아채는 일. 그건 내가 잘 해낼 수 있는 일이었다. 그 일을 하는 데는 그저 참을성과 지치지 않는 에너지만 있으면 된다고 생각했고, 나는 그런 에너지로 불타오르고 있었다.

일을 시작한 그 여름, 나는 일자리를 얻고 2주 동안 일하고 그런 다음 해고되곤 했다. "네가 식당 종업원이야? 종업원이라고 했던 것 같은데. 무슨 종업원이 식탁 세팅을 그렇게 해? 어따 대고 수작질이야, 이 계집애가?" 하지만 노동절 무렵이 되자 나는 식당 종업원이, 1년차 전문가가 **되어 있었다**. 나는 정예 하층 계급들의 세계에, 조지 오웰적으로 최하층민이 되기를 스스로 선택한, 오직 생존만이 유일한 가치인 사람들의 세계에 발을 들여놓은 것이었다.

첫 번째 호텔에서는 내가 아무것도 모른다는 사실에 끌린 어느 경험 많은 남자 종업원이 나를 보호해주었다. 산맥에서는 나이나 실제 경력과는 상관없이 첫해에는 누구나 생초보 취급을 받았고, 호텔마다 항상 깡패만큼 감상적으로 생초보를 아끼는 누군가가 있었다. 내 보호자가 된 사람은 겨울에는 우체국에서 일하고 여름에는 그 호텔에서 일하는 스물아홉 살 난 남자였다. 그는 잘생긴 떠돌이이자 교활한 사기꾼이었고, 나는 그해 여름이 끝나갈 때쯤에는 그가 '산쥐•'라는 걸 알게 됐다.

어느 날 밤, 모두 잠든 어둠 속에 총성이 울렸다. 호텔 부지 가장자리에 함께 쓰는 막사 건물에 있던 남녀 종업원들은 자리를 박차고 일어났다. 넓은 잔디밭 건너, 멀리 떨어진 손님용 별장 한 채의 열린 문간에 불빛이 환했다. 불빛 속에 서 있는 한 남자의 모습이 드러났는데, 국부 보호대만 한 채 벌거벗고 있었다. 막사 안에서 사람들이 웃기 시작했다. 남자는 내 잘생긴 보호자였다. 그는 어떤 여자와 한동안 자는 사이였는데, 노름꾼이었던 여자의 남편이 갑자기 목요일 밤에 나타난 것이었다.

다음 날 그는 해고되었다. 우리는 마지막으로 함께 산책을 했다. 나는 할 수 있는 말을 찾느라 더듬거렸다. 왜 그랬어요? 나는 알고 싶었다. 깡마르고 금발이며 자신보다 스무 살이나 많은 그 여자를 그가 좋아하지 않는다는 걸 나는 알고 있었다. "아-아-아." 내 친구가 지친 듯 입을 열었다. "꼬마야, 너는 아무것도 모르니? 내가 어떤 인간인지 몰라? 그러니까, 너는 내가 어떤 사람이라고 생각하는데?"

두 번째 호텔에서의 일이다. 키가 크고 땀을 줄줄 흘리는 남자가 수석 종업원이었는데, 직원회의 때마다 다음과 같은 말로 시작했다. "소년 소녀 여러분, 제일 먼저 알아야 할 건 우리가 여기서 짐승들을 상대하고 있다는 점입니다." 그는 매일 아

• 캐츠킬 산맥에서 오랫동안 지내며 일해온 사람을 가리키는 은어.

침 사과주스로 보이는 액체가 든 잔을 한 손에 들고 식당 출입구에 서 있었는데, 나중에 들어보니 그건 위스키 스트레이트였다. "안녕하세요, 레빈 부인." 그는 붙임성 있게 고개를 숙이고 인사를 하고는 그릇 치우는 소년에게 몸을 돌려 "저 허벌창녀 같은 년" 하고 중얼거리곤 했다. 나를 채용할 때 그는 엄지와 검지로 내 팔을 문지르며 말했다. "우리 서로를 잘 돌봐주자. 알겠지, 꼬마야?" 그게 책임감 있는 직원이 되라고 요구하는 그의 방식이라고 생각한 나는 고개를 끄덕였다. 내 둔감함은 그에게 좌절을 안겨주었다. 식당의 벽감 뒤에서 초콜릿 타르트를 몰래 먹다 들킨 나와 내 친구 마릴린을 해고할 때 그의 목은 안도감으로 쉬어 있었다. "너희는 이제 종업원이 아니야. 전에도 아니었고, **앞으로도** 될 일 없을 거다."

세 번째 호텔에서는 휴일이 낀 주말이 끝날 무렵 50달러를 도둑맞은 적이 있다. 산맥에서 50달러는 단순한 50달러가 아니라 피땀 묻은 돈이었다. 내 방은 동료들로 꽉 차 있었는데 다들 관 메는 사람이나 된 것처럼 조용했다. 시끄러운 소리를 내며 문이 열리더니 늘상 지각을 하는 그릇 치우는 소년 케니가 방에 뛰어들어왔다. "너, 돈 도둑맞았다며!" 케니가 충격받은 얼굴로 소리쳤다. 나는 말없이 고개를 끄덕였다. 케니는 몸을 돌리더니 문을 닫고는, 몸을 비비 꼬고 팔을 들어올리더니 흐느껴 울면서 문을 주먹으로 쾅 쳤다. "왜 **네가** 그렇게 화를 내는 거야?" 내가 묻자 케니는 나를 향해 악을 썼다. "왜냐하면

너는 종업원이자 한 명의 인간이니까! 나는 그릇 치우는 사람이면서 한 명의 인간이고!" 여름이 끝날 무렵 네 번의 절도 사건이 더 벌어지고 나서 범인이 잡혔다. 케니였다.

네 번째 호텔에서는 어린이 손님을 담당하는 종업원이 작정하고 여자를 밝혔다. 그에게 추파를 던지던 손님이 평소보다 연락에 답을 늦게 한 일이 있었다. 어느 날 아침 나는 그 종업원이 오렌지주스가 든 유리잔에 소변을 보더니 그 여자의 아이에게 너무너무 몸에 좋은 거니까 쭉 다 마시라고 흥얼거리며 주는 광경을 보았다.

다섯 번째 호텔에서 나는 목에서부터 무릎까지 온통 가슴밖에 안 보이고, 조그만 발에 앙증맞은 신발을 신고, 부드럽고 포동포동한 손에 보기 좋게 매니큐어를 칠하고, 화장한 얼굴에 앳된 두 눈이 돋보이는 한 여자 손님에게 서빙을 하게 되었다. 정확하게 3분 동안 익힌 달걀들을 테이블에 가져다주자 여자는 내게 말했다. "아가씨, 달걀 좀 까줘. 껍데기가 뜨거워서 손이 아파." 나는 몸을 돌려 벽에 놓인 준비 테이블로 가서 달걀 껍데기를 깠다. 그 일은 나라는 존재는 그저 직무의 연장일 뿐이라고 처음 말해준 일이었고, 분명 그 사실을 말해줄 마지막 일도 아닐 것이었다. 나를 마르크스주의자로 만든 건 어린 시절 아버지 무릎 위에서 들었던 사회주의에 관한 가르침이 아니라 캐츠킬 산맥에서의 경험들이었다.

어느 겨울, 나는 한 유명한 호텔에서 몇 주 동안 주말과 크리스마스에 일했다. 층층으로 된 거대한 식당이 있는 그 호텔은 산맥 전체에서 몹시 악명이 높은 급사장이 운영했다. 그곳은 새로 온 종업원들이 모두 식당 안쪽, 주방에서 가장 먼 층에서 일을 시작하는 시스템으로 운영되었다. 일을 하다 운이 좋으면 서서히 중앙으로, 주방 문이 있고 팁을 많이 주는 손님들이 있는 쪽으로 옮길 수 있었다. 팁을 가장 많이 주는 사람들은 변함없이 식당 안쪽에 앉는 싱글 손님들이 아니라, 식당의 높은 쪽 끝과 낮은 쪽 끝 사이 넓은 구역에 불룩한 배를 가로지르듯 걸쳐진 중간 테이블을 차지한 중년의 제조업자들, 클럽 소유주들, 깡패들이었다.

가을이 더디게 지나가는 동안 나는 낮은 층으로 옮겨갔다. 크리스마스 무렵에는 거의 식당 중앙쯤에 있게 되었는데, 업무 위치로 보자면 호텔 전체에서 가장 좋은 곳 중 하나였다. 이제 내가 부풀린 금발머리, 밍크로 만든 긴 숄, 암청색 정장, 반쯤 피운 시가라는 차림을 한 중년 부부 손님들을 맡게 됐다는 의미였다. 이 사람들은 엄청나게 먹어댔고 팁도 후하게 주었다.

그해 크리스마스에 호텔은 꽉 찼고 우리는 하루에 12시간씩 일을 했다. 식사가 끝없이 이어졌다. 그 주 주말이 되자 발에 감각이 없어졌지만 우리는 여전히 분주하게 돌아다니고 있었다. 12월 31일 자정에 우리는 그날의 네 번째 식사인 풀코스 메뉴를 서빙하게 됐다. 이번에는 특별 성찬 코스여서, 다시 말해 호텔 식당에서 정한 메뉴를 코스에 따라 하나씩 하나씩 내기만 하면 되는 것이어서, 우리는 기대감에 부풀었다. 그 코스는 휴일의 끝을 알리는 식사였다. 다음 날 아침에 손님들이 체크아웃을 하면, 밤에는 우리 모두 브롱크스나 브루클린의 아파트로 돌아가 힘들게 번 돈을 식탁 위에 쌓아놓을 수 있을 것이었다.

하지만 자정의 식사 시간, 주방 문이 활짝 열린 순간부터 안 좋은 일이 일어날 듯한 분위기가 퍼져 나갔다. 스팽글이 달린 하늘색 드레스와 굳게 다문 입술, 새틴으로 된 장식띠와 날카로운 웃음, 토하기 직전까지 갔던 취객들이 여럿 기억난다. 중앙에 있는 테이블을 차지하려고 사람들이 사방에서 모두 한꺼번에 달려왔는데(그날 밤에는 예약을 받지 않았다), 이곳저곳에서 실패해서 궁지에 몰린 사람들이 마침내 무언가 한 가지, 다시 말해 섣달그믐 밤 유명한 식당의 좋은 테이블 하나쯤은 손에 넣어야겠다는 기세였다.

곧바로 주방에 충격이 전해졌다. 초고도로 발달한 경계심이 유일한 생존 기술인 짐승처럼, 주방은 분위기를 알아챘다. 겁에 질린 공격성이 전 직원을 덮치는 듯했다. 첫 번째 애피타이저를 받아가기 위해 질서정연하게 이어졌던 줄은 거의 곧바로 흐트러졌다. 그 긴긴 겨울 주말마다 함께 일하며 가까워져 있던 사람들이 이제 새치기를 하기 위해, 커다란 강철 테이블에 쌓인 작은 원형 접시들을 낚아채기 위해 서로의 등에 올라타고 있었다.

처음 주방에 들어갔을 때, 나는 눈앞에 펼쳐진 광경을 보고 그 자리에 얼어붙었다. 그리고 숨을 한번 깊이 들이마신 다음 줄에 끼어 섰다. 옆구리와 갈비뼈를 찔러대는 사람들의 손과 팔꿈치를 막아내며 내 자리를 지켰고, 쟁반을 채워 주방 밖으로 빠져나왔다. 과일이 담긴 컵을 재빨리 서빙하고 테이블의 빈 그릇이 제때 치워지길 바라면서 걱정스러운 마음으로 그 다음 코스를 받으러 주방으로 돌아갔다. 내가 살아 있는 한 잊지 못할 다음 코스는 바로 차우멘이었다. 이번에는 금방이라도 폭력적인 일이 벌어질 것 같았다. 이리저리 날아다니는 인간들과 쟁반들과 욕지거리들이라니! 숨조차 깊이 들이쉴 수 없을 것 같았다. 주방 문을 열고 들어간 그대로 나는 꼼짝도 못하고 서 있었다. 시티 대학을 같이 다닌 친구였던 여자 종업원 한 명이 내 팔을 붙잡더니 귀에 대고 속삭였다. "차우멘은 그냥 건너뛰어. 저 사람들은 뭐가 다른지 절대 모를 거야. 다음 코스로 넘어가. 저쪽에는 줄 서 있는 사람 없잖아." 순간 어둠에서 벗어나는 것처럼 마음이 홀가분해졌다. 나는 친구를 빤히 쳐다보았다. 우리, 전에도 그런 적 있었어? 그럼. 친구는 단호하게 고개를 끄덕이더니 걸어가버렸다. 친구가 맡아왔던 테이블은 공교롭게도 술 취한 싱글 손님들뿐이라 당연히 뭐가 다른지 몰랐겠지만, 내 손님들은 나오기로 되어 있는 모든 음식을 제대로 먹고 싶어 하는 부부들이라는 것을 우리 둘 다 생각하지 못했다.

나는 첫 번째 실수를 저질렀다. 내 친구를 따라 줄 서 있는 사람이 아무도 없는 테이블로 갔고, 차가운 생선 요리를 쟁반에 담은 다음, 사람들을 뚫고 가장 가까운 주방 문으로 빠져나왔다. 담당 테이블에 앉은 손님들에게 재빨리 작은 접시들을 나눠주었다. 서빙을 끝내고 비워진 쟁반이 놓여 있는 준비 테이블로 돌아가려는데 길고 빨간 손톱이 주르르 내 팔 위쪽을 움켜쥐었다. 나는 여자를 내려다보았다. 굵은 금발머리에 파란 아이섀도를 칠했는데 눈 주위 주름들은 너무 진해서 조각해놓은 것 같았다. "우리 차우멘이 안 나왔는데." 여자가 내게 말했다.

나의 두 번째 실수. "차우멘이요?" 내가 말했다. "무슨 차우멘 말씀이시죠?" 여전히 내 팔을 붙잡은 채 여자는 차우멘이 마무리되고 차가운 생선 요리가 막 서빙되기 시작한 옆 테이블을 가리켰다. 나는 여자를 보았다. 아무 말도 나오지 않았다. 나는 도망쳤고, 내 쟁반을 그러쥐고는 주방으로 뛰어들어갔다.

그때 나는 문제가 생겼다는 걸 알았던 게 분명하다. 왜냐하면 주방의 광기 속에서 이리저리 치이고 사람들이 내 몸을 타고 넘어가게 놔두면서 시간을 낭비하다가, 쟁반에 다음 요리를 담아서는 살금살금 게 걸음으로 흔들리는 문 사이를 빠져나왔으니까. 준비 테이블로 다가가는데, 금발머리 여자 옆에 급사장이 서서 불 꺼진 시가를 씹으며 침울한 표정으로 내 쪽을 노려보고 있는 게 보였다. 그는 한쪽 집게손가락을 펴더니 손짓을 해 나를 불렀다.

나는 들고 있던 쟁반을 준비 테이블에 내려놓고 급사장에게 걸어갔다. "차우멘 어디 있어?" 엄지손가락으로 여자 뒤쪽에 있는 내 담당 테이블들을 홱 가리키며 그가 조용히 물었다. 여자는 파란 아이섀도를 칠한 두 눈을 급사장의 얼굴에서 떼지 않고 있었다. 여자의 입술은 좁게 난 붉은 상처처럼 보였다. 절망은 날 단순하게 만들었다.

"가져올 수가 없었습니다." 내가 말했다. "주방이 너무 정신이 없어서요. 줄을 설 수가 없었어요."

급사장의 입이 쩍 벌어졌다. 그의 까만 두 눈이 깜빡거리더니 무시무시한 생기를 띠었다. 그는 손을 천천히 올려 이 사이에서 시가를 빼냈다. "**가져올** 수가 없었다고?" 그가 말했다. "내가 제대로 들은 게 맞나? 가져올 수가 없었다고?" 옆 테이블에서 몇몇 손님이 고개를 들고 쳐다보았다.

"맞습니다." 내가 비참한 목소리로 말했다.

그리고 다음 순간 그는 내게 소리를 질러대고 있었다. "그러고도 네가 종업원이야?"

여남은 명의 사람들이 고개를 돌려 쳐다보았다. 급사장이 재빨리 입을 다물었다. 나를 차갑게 노려보는 그의 눈에는 분노, 흥분, 두려움이 너무도 기이하게 뒤섞여 있었다. 그랬다. 두려움이었다. 내가 겁을 집어먹은 것만큼이나 그도 두려워하고 있었다. 생사여탈권을 지닌 여왕처럼 의자에 앉아 자신이 내린 끔찍한 명령을 수행하는 장관을 지켜보고 있는 금발머리 여자에 대한 두려움이었다. 그의 두 눈은 계속 여자 쪽을 힐끔거리며 이렇게 묻는 것 같았다. 됐습니까? 충분한가요? 이거면 될까요?

아니, 고집 센 얼굴이 대답했다. 충분하지 않구나. 충분한 것 근처에도 못 갔는걸.

"넌 해고야." 급사장이 내게 말했다. "아침식사 서빙하고 정리해서 나가."

내 몸의 모든 피가 단번에 빠져나가는 듯했다. 잠깐 동안 기절하는 게 아닐까 생각했다. 그러다 깨달았다. 내일 아침이면 이 자리에는 내가 늘 받던 손님들이 돌아와 있을 테고, 그들 대부분은 아침식사 후에 떠날 테고, 나는 당연히 이 모든 일이 없었던 것처럼 정확히 꽉 채워서 팁을 받을 것이다. 급사장은 사실 나를 벌주고 있는 게 아니었다. 그걸 그도 알았고, 이제는 나도 안다. 금발 여자만 모르고 있었다. 그 여자의 엉망진창인 삶을, 그러니까 주름이 쪼글쪼글한 얼굴과 짜증나는 남편, 실망스러운 섣달그믐 밤을 위로하기 위해 나는 해고되어야 했다. 급사장은 그 요구를 들어주어야 했고.

나는 처음으로 권력에 관해 무언가를 알게 되었다. 나는 모욕을 당한 급사장의 얼굴을 빤히 쳐다보았다. 그 역시 나와 마찬가지로 갇혀 있다는 걸, 늘 **누군가는** 굴욕을 당해야만 하는 노동하는 삶에 붙들려 꼼짝 못 하는 신세라는 걸 알게 되었다.

스물한 살이 되던 여름, 나는 시티 대학과 캐츠킬 산맥을 모두 졸업했다. 그해 여름, 그 호텔에서의 시간은 절정이라 할 만했다. 누구도 그리고 어떤 것도 사소하거나 단순하다고, 혹은 현실이라고 느껴지지 않았다. 소유주들은 호텔 자금을 횡령하고 있었고, 급사장은 뇌물을 받고 있었으며, 요리사는 우리에게 식중독을 선사했다. 그릇 치우는 소년들과 남자 종업원들 사이에 흐르는 악의는 그 어느 때보다도 거리낌이 없었다. 여자 종업원들은 사람들과 어울리라는 요구를 받았는데, 그건 다시 말하면 급사장이 음흉하게 말한 것처럼 밤에 카지노에 나와서 남자 손님들과 함께 '춤을 추라'는 얘기였다.

직원들은 내가 같이 일해본 적 있는 사람들로 채워졌고, 내 오래된 친구 두 명도 함께 있었다. "너희는 이제 종업원이 아니야"라는 말을 함께 들은 걸로 유명해진 마릴린과, 내게 차우멘을 건너뛰라고 조언해준 리키였다. 우리 셋은 막사 건물에 있는 조그만 방을 함께 썼는데, 그 방에는 간이침대 넷, 작은 서랍장 넷, 좁은 벽장 둘, 그리고 곧 부서질 듯한 침대 옆 협탁 두 개가 꽉꽉 들어차 있었다.

우리 방의 네 번째 침대는 마리가 차지했는데, 마리는 모든 면에서 우리에게 낯선 사람이었다. 6월 초의 주말, 마릴린과 내가 첫 번째 점심식사 서빙을 끝내고 방에 들어와서 자기 침대 가장자리에 앉아 스타킹을 벗고 있던 마리를 본 순간부터 나는 마리가 우리와는 다르다는 걸 알았다. 스타킹 벗는 방식을 보면 알 수 있었다. 우리라면 신속한 동작으로 한 번에 재빨리 잡아뜯듯 벗었을 텐데, 마리의 두 손은 다리와 스타킹 위를 천천히 움직였다. 그 움직임은 시간을 단축하는 게 아니라 연장하고 있었고, 얼굴에는 초조함이 아니라 관능적인 표정이 떠올라 있었다.

마리는 키가 크고 말랐다. 어깨가 좁고 가슴이 작으며 허리는 높고 다리가 긴, 체중이 늘어도 날씬해 보이는 그런 여자들 중 한 명이었다. 현대적인 느낌은 전혀 아니지만 변함없이 매혹적인 종류의 몸. 머리칼은 몸만큼이나 유행과는 거리가 멀었는데, 기다란 빨간 곱슬머리가 보티첼리 컬을 이루며 얼굴 주위와 이마에 늘어져 있었고, 덥수룩한 포니테일이 등 뒤로 드리워져 있었다. 두 눈은 크고, 코뼈가 도드라지는 코에, 피부는 우유처럼 하였다. 입이 가장 눈에 띄었는데, 크고 입술에 주름이 깊게 잡혀 있었다. (뜻밖의 오싹한 느낌과 함께 내 머릿속에 떠오른 단어는 '유린'이었다.) 우리 모두 담배를 피웠지만 마리는 줄담배를 피웠다. 마리의 입술 사이에는 늘 담배가 끼워져 있었다.

우리 셋은 스물한 살이었고, 마리는 스물다섯 살이었다. 우리는 학생이었고, 마리는 일자리를 잃은 배우였다. 우리는 산맥에서 경력 있는 직원들이었고, 마리는 초심자였다. 우리는 노동자 계급 가족과 같이 살았지만, 마리는 중산층 출신이었고 가족과는 관계를 단절한 상태였다. 마리는 미지의 존재였다. 여기에서 우리와 함께 있기 전의 그와 우리를 떠난 다음의 그를 나는 상상할 수 없었다. 아니, 그 말은 취소해야겠다. 상상할 수 없었던 게 아니라, 상상을 해보겠다는 생각 자체가 떠오르지 않았다.

산맥에서는 오직 적나라한 분노나 누구나 공감할 만한 절망(손님이 팁을 짜게 준다거나, 그릇 치우는 소년이 너무나 까다롭게 군다거나, 섹스가 불만족스럽다거나, 허리를 접질렸다거나)의 원인이 되는 것들만이 깊은 관심의 대상이 되었다. 누군가가 어떤 분노나 불행에 직접적으로 책임이 있는 게 아니라면 그에 대해 추측해보려는 사람들의 본능이 깨어나지 않았다. 식당의 가구나 주방의 열기, 혹은 무거운 쟁반과 마찬가지로 사람들은 단순히 '거기 있었다.' 그 앞에서 다른 사람들이 움직이는 거대한 배경의 일부이자, 뉘앙스도 입체적인 면도 없는 존재였다.

그해 여름 내 바로 옆에서 일하던 남자 종업원 역시 사회적으로 별종인 사람이었다. 의대 예과에 다니는 야심찬 학생이었던 그의 이름은 비니 리보위츠였는데, 진짜 이름은 리보위츠와는 전혀 상관없는 렌티노였다. 하지만 비니가 말했듯 "캐츠킬에서 렌티노 같은 이름으로 잘해 나가는 건 불가능한 일"이었고, 비니는 잘해 나가는 일에 온통 몰두하고 있었다.

비니는 똑똑하고 정리를 잘했고, 마음을 잘 털어놓지는 않았지만 지나치게 방어적이지도 않았다. 한때는 여자를 꼬시는데 전념하기도 했지만, 그는 산맥에서의 모든 성적인 교류를 지배하는 욕구, 즉 섹스 파트너를 얻으려는 강렬한 욕구에 결코 휘둘리지는 않았다. 그는 스스로 사랑의 행위에 맹렬하기보다는 부드러운 욕구를 가졌다고 여겼다.

산맥에 온 지 2년차가 되던 해에 비니는 캐럴이라는 여자를 만났다. 전통적인 미인인 캐럴은 섬뜩할 정도로 비니와 잘 어울렸다. 조각한 듯 뚜렷한 이목구비도, 커다란 갈색 눈과 숱 많은 검은 머리도, 여윈 몸과 자기 몸을 아끼는 태도도 똑같았다. 비니는 미친 듯 캐럴을 쫓아다녔다. 캐럴은 밀고 당기기에 능숙했다. 그다음 해 여름이 끝날 무렵 그들은 약혼한 사이가 되었다. 비니가 의대에서 첫해를 마치고 나서 결혼하는 것이 그들의 계획이었다.

비니와 캐럴은 같이 밤을 보낸 적이 없었고 결혼식 날 밤까지는 그러지 않을 예정이었다. 이곳에서 맞는 세 번째이자 약혼을 했던 그 여름에, 그들은 서로를 열정적으로 끌어안고 애무하는 시간을 줄이고 인생에 대해 좀 더 성숙한 고려를 하는 일에 몰두했다. 말하자면 앞으로 어디서 살지(브루클린이나 롱아일랜드에서), 어떤 종류의 가구를 구입할지, 아이는 몇 명이나 낳을지, 여름과 겨울 휴가는 어디로 갈지 같은 것들이었다. 스물두 살밖에 안 됐는데 자기 인생 전체가 안정을 찾아버린 것 같다는 사실에 비니는 가끔 당혹스러워했다. 그는 브루클린 출신의 노동자 계급이었고 캐럴은 포레스트힐스에서 온 공주님이었다. 비니는 종종 캐럴을 만나지 않았다면 남은 인생을 브라운스빌의 주유소에서 기름을 넣으며 보냈을 거라고 말하곤 했다.

내가 이 모든 것을 알게 된 건 그해 여름 캐럴과 캐럴의 부모님이 우리 호텔에서 24킬로미터 떨어진 호텔에 묵었고, 당시 내 남자친구였던 대니가 그 호텔에서 그릇 치우는 일을 하고 있으며, (종업원 중에 유일하게 차가 있었던) 비니가 일주일에 두세 번쯤 차를 타고 캐럴을 보러 가면서 나를 데려가주었기 때문이었다. 내 남자친구 역시 의대 학생이었고, 온화한 욕구를 지닌 남자였다. 대니는 섹스와 음식과 재즈와 의학 교재를 외우는 일을 사랑했다. 그는 나를 사랑한다고 생각했다. 그리고 가끔은 나도 그와 생각이 같았다. 우리가 함께 지내면서 순간의 욕구를 충족시켜온 지도 이제 1년이 넘어 있었다.

그해 여름은 일찌감치 찾아와 늦게까지 계속되는 탈진한 분위기 속에서 느릿느릿 흘러갔다. 7월 말이 되자 젊고 건강했던 우리에게 단체로 피로가 녹아들기 시작했다. 사람들은 화장실 변기에 앉은 채로, 주방에서 줄을 서 있다가, 샤워를 하던 도중에 곯아떨어졌다. 어느 날 오후에 마릴린은 발로 찬 구두가 간이침대 밑으로 들어가는 바람에 무릎을 꿇고 바닥에 두 손을 대고 엎드렸다가 잠에 빠졌다. 머리가 바닥과 평행이 되자마자 몸은 왜 그런 포즈를 취했는지 잊어버렸던 것이다.

우리 중 누구도 외로움을 느끼지는 않았을 거라고 생각한다. 덥고, 화나고, 지루하고, 지겹기는 했지만 외롭지는 않았다.

살인적인 육체노동을 하느라 외로움을 가능하게 하는 사색을 비롯해 어떤 종류의 생각도 할 수 없었기 때문이기도 했고, 또 몹시 붐비는 곳에서 지내서이기도 했다. 혼자 있을 시간이 없으면 외로움이라는 문제가 생기기는 어려운 법이니까. 하지만 그때의 그런 상황 중 무엇도 그 특정한 감정을 용납하지 않으려 했던 우리의 한결같은 태도를 충분히 설명해주지는 못하는 것 같다.

어느 날 아침 7시, 막사 건물을 나와 주방 문을 향해 걸어가던 도중에 나는 드넓은 호텔 잔디밭에 어린 공기 냄새를 맡기 위해 멈춰 섰다. 사랑스러운 순간이었다. 깨끗하고 감각적이었다. 이른 아침의 서늘한 공기는 도발적인 여름이 한 시간 한 시간 깊어질수록 저절로 퍼져 나오는 커다란 열기를 품고 있었다.

심장까지 꿰뚫리는 기분이었다. 이 하루를 보낼 다른 방법들이 있었다! 나는 다른 삶을 살 수 있었고, 다른 사람들이 될 수 있었다. 그 사실을 깨닫고 나는 그때까지 한 번도 해보지 않은 일을 했다. 몽상을 시작한 것이다. 똑같은 아침 햇빛을 받으며 어딘가 다른 곳에, 이 산맥에는 없는 종류의 커다란 나무 그늘 아래 서 있는 내 모습을 보았다. 그 옆 풀밭에는 한 무리의 낯선 사람들, 우아하고 아름다우며 지적인 사람들이 재치 있는 대화를 나누고 세련되게 웃으며 활기를 얻고 있었다. 그들은 함께하자고 나를 초대했고, 풀밭 위에 내 자리까지 만들어주었다. 나는 너무나도 거기 앉고 싶었다. 이 사람들이 내가 **잘 아**는 사람들이고, 내가 그 무리에 속한다는 느낌이 들었다. 그런데 갑자기 예고도 없이 나와 내 머릿속의 생각 사이에 공간 하나가 열렸다. 그 공간은 길쭉해지더니 길로 변했다. 내 사람들에게 닿기 위해서는 내가 그 길을 한 걸음 한 걸음 걸어가야 하리라는 게 명백했다. 그때 내 머릿속의 영상이 돌아가기를 멈췄다. 나는 그 길 위에 있는 나를 **그릴** 수가 없었다. 나와 내가 몽상해낸 사람들 사이의 틈을 좁히기 위해 한 발 한 발 떼어야 할 그 걸음들을 떠올릴 수가 없었다. 마음이 얼어붙기 시작했다. 내면에서 벌어지던 모든 움직임이 멈췄다. 나는 잔디밭 위에 선 채 나 자신의 멍청한 갈망을 노려보았다. 적막함이 밀려 들어왔다. 나는 외로웠다.

그 후에 내가 외로움에서 나 자신을 비틀어 떼어냈던 게 기억난다. 외로움은 나를 겁에 질리게 했다. 몸이 균형을 잃고 앞으로 고꾸라질 것 같은 느낌이 들었다. 내가 알기로 균형이야말로 모든 것이었다. 나는 내 주위 잔디밭을, 건물들을, 주차장을, 직무가 무엇보다도 중요한 이 조그맣고 빈틈없는 세계를 둘러보았다. 이 세계에서 내가 훌륭하게 작동하는 방법을(다시 말해 무례한 모욕을 피하고 어디까지 굴복할지 한도를 조절하는 방법을) 익혔다는 사실을 떠올렸다. 내가 해야 하는 일은 오직 한 가지. 똑바로 앞을 보고, 입을 다물고, 온전하게 균형을 잡는 것이었다. 삶의 크기가 얼마나 되든, 그것이 무엇으로 구성

되든, 삶은 순간이라는 좁고 똑바른 길을 걸어 나가는 데 달려 있다고 나는 단호하게 생각했다. 나는 몽상으로부터 몸을 돌려 걸어갔고, 주방 문을 통과했다.

그럼에도 그해 여름에는 모든 것이 그 어느 때보다도 힘들게 느껴졌다. 팁은 시원찮았고, 요리사는 가학성애자였으며, 우리는 평소보다 많은 고기와 과일과 우유를 훔쳐내야 했다. 산맥에서 지내는 기간은 늘 장기적으로 비타민이 부족해지는 괴로운 기간이었다. 아무도 어떤 도움도 주려 하지 않았다. 그릇 치우는 소년이 오렌지주스를 마시거나 램 찹을 먹고 있는 걸 발견했을 때 호텔 소유주의 얼굴에 떠오를 괴로운 표정이 손에 잡힐 듯했다. 어느 날 밤에는 한 남자 종업원이 해고되었다. 식당을 나서던 그를 급사장이 붙잡아 불룩 튀어나온 셔츠 앞섶을 잡아 뜯듯 열어 보니 스테이크 두 조각이 맨가슴에 납작하게 붙어 있었기 때문이었다. 나까지 여섯, 아니면 여덟 명쯤이 각자의 위치에서 그 광경을 보았다. 입을 열거나 움직이는 사람은 아무도 없었다. 이 경우에는 상황이 더 나빴는데, 돈 상납을 거부한다는 이유로 급사장이 그 종업원을 해고하려 한다는 걸 다들 알고 있었기 때문이다.

급사장은 자기 계급을 절망적으로 인식하고 있는 헝가리계 유대인이었다. 그는 자신의 마지막 일터가 산맥이라는 것이 삶이 안겨준 불행이라고 여겼다. 급사장은 허영심이 강하면서 잘생긴 남자였다. 그는 깔끔하게 빗어 넘긴 흰머리에 손톱에는 매니큐어를 칠했고, 눈 색깔과 어울리는 하늘색 정장을 입었으며, 쉴 새 없이 땀을 흘렸고, 깜짝 놀랄 때면 눈이 돌아가 흰자위가 보였다. 그는 종종 자신의 적들(**그들이** 누군지 그가 몰랐을 리가 없다)이 퍼뜨리는 뇌물에 관한 소문을 발작하듯 맹렬하게 비난하는 것으로 직원 회의를 시작했다. 그럴 때면 회의에 참석해 앉아 있던 대부분은 그런 광란에 순수하게 당혹스러워했지만, 일부는 우리 앞 마룻바닥을 왔다 갔다 하며 땀을 흘려대는 미친 자가 겪는 일의 부당함에 격하게 공감해 고개를 끄덕였다. 당혹스러워한 사람들은 정말 아무것도 몰랐지만, 고개를 끄덕인 사람들은 매주 업무 배치를 풀로 보장받기 위해 받은 팁의 10퍼센트를 정기적으로 급사장에게 건네주고 있었다.

8월 중순, 열다섯 명이 식중독에 걸렸다. 호텔에서 가장 건장한 남자 종업원들이 그릇 치우는 소년들의 설거지통에 대고 배를 움켜쥐고 토하고 있었다. 그중 한 명은 밤새도록 토했고, 또 다른 한 명은 12시간 동안 정신을 차리지 못했으며, 세 번째 사람은 녹색 담즙까지 뚝뚝 흘려댔다. 막사에는 유행성 전염병 병동처럼 고요한 분위기가 흘렀다. 우리가 칠면조 날개로 만든 저녁식사가 식중독의 원인이었음을 알아내고, 요리사가 그 날개들이 상했던 것 같다고 미심쩍어하고 있을 때, 여자 종업원 한 명이 기력을 잃었다. 요리사는 몸을 덥석덥석 만지는가 하면 조롱까지 하면서 그 여자 종업원의 삶을 불행에 빠뜨렸는데, 이제 여자는 설사 발작에까지 시달리고 있었다. 여자는 호텔 오너와의 면담을 청해 얻어냈다. 오너는 책상 앞에 앉아 있었다. 그의 곁에는 그의 아들과 벨 캡틴이 서 있었다. 여자 종업원이 이야기를 시작했다. 자신이 지쳤으며 괴롭힘을 당해왔다고 이야기한 다음, 식중독에 걸린 사람들이 어떻게 고통받고 있는지 구체적으로 묘사했다. 그러고는 요리사를 해고해달라고 요구했다. 호텔 소유주는 여자 종업원의 어깨와 문 사이 어디쯤의 허공을 노려보고 있었다. "이 망할 년 여기서 내보내." 그가 허공에 대고 말했다. 망연자실해진 여자는 마치 아무것도 보이지 않는 것처럼 순순히 사무실에서 끌려 나왔다. 막사에 돌아온 그는 무슨 일이 있었는지 이야기해주었다. 몇몇은 아무 말도 하지 않았고, 몇몇은 욕을 했으며, 몇몇은 재빨리 외면했다. 말할 필요도 없겠지만, 아무도 아무것도 하지 않았다.

이런 날들에 대니를 찾아가는 일은 내게 위안이 되어주었다. 내게 호텔에서 도망칠 구실을 만들어주는 대니가 고마웠다. 대니와의 만남이 중요했던 건 단지 그와 함께 있을 수 있기 때문만은 아니었다. 그를 만나러 가는 일 자체를 둘러싼 모든 것, 말하자면 만나기로 한 날 밤에 서둘러 식당을 빠져나오는 일, 아무데도 가지 않을 때보다 강렬한 여름 내음을 맡으며 비니의 차에 올라타는 일, 한 쌍의 헤드라이트 뒤에 앉아 그것들이 쓸고 지나가는 너머로 낮 동안에는 익숙했던 길들과 호텔들이 신비한 장소로 변한 걸 바라보며 어둠이 내려앉은 고요한 시골길을 달리는 일 때문이기도 했다.

밤은 변함없이 풍요롭고 어둡고 달콤했으며 안에서부터 타오르는 어떤 강렬함으로 가득 차 있었다. 촉촉한 흙냄새가 수풀을 뚫고 올라왔고, 나무들이 따뜻한 바람에 흔들렸고, 맑은 산 공기 속에 짜릿함의 입자들이 모여들었다. 10년 된 셰비 앞좌석에 함께 앉아 있던 비니와 나는 그 분위기에 물들었다.

함께 있을 때 흥분을 느끼면서도 우리는 서로로 인해 흥분을 느낀다고 생각해본 적은 없었다. 하지만 돌아오는 차 안에서는 전혀 없지만 나가는 차 안에서는 솟아오르는 친밀함은 조금씩 쌓여 독특한 활기를 이루기 시작했다. 우리는 그 활기에 관해 결코 말하지 않았고, 그것을 지닌 채 호텔로 돌아오는 일도 없었다. 그럼에도 나는 그 활기의 영향력을 느꼈다. 가끔은 일상적인 것이 뜻밖의 위안으로 다가오기도 했고, 친밀한 것이 갑작스런 위협으로 느껴지기도 했다. 나는 호텔의 시스템에 종종 충격을 받았고, 문득 나도 모르게 비니와 함께 차를 타고 나가는 일을 떠올리곤 했다.

마릴린과 정육점 주인을 예로 들어보자. 전에는 해병대원이었던 이 잘생긴 정육점 주인은 정말 단순한 사람이었다. 자신을 방해하는 사람에게는 죽일 듯 굴고, 은혜를 베푸는 사람에게는 비굴할 정도로 충성을 다했다는 뜻이다. 그의 사전에 따르면 마릴린은 그에게 처녀성이라는 선물을 줌으로써 은혜를 베푼 사람이었고, 마릴린에 대한 그의 헌신에는 한계가 없었다. 매일, 그는 마릴린을 위해서라면 도둑질도 살인도 하겠다고 약속했다.

마릴린은 자신의 처녀성이 '계속 진도를 나가는 데' 장애물이 되었기 때문에 토머스가 보내는 연정에 집중하기 어려워했고, 그 견디기 어려운 짐을 덜어준 토머스에게 고마워했다. 가장 단련된 '산쥐'도 처녀성을 두려워하는 건 다를 게 없었고, 마릴린의 순결을 낌새챈 남자들은 하나같이 발을 뺐다. 토머스역시 발을 뺐지만, 마릴린이 그에 대한 자신의 감정이 너무 깊어서 **안 하는** 게 오히려 죄가 될 것 같다고 그를 설득했다. 이주장에 토머스는 마침내 동의했다. 그런 깊은 감정을 느끼는 마릴린의 능력과 죄에 대한 모순된 언급이 결합되어 그의 내면에서 종교적인 경험과 혼동을 일으켰는지, 그는 그 뒤로 마릴린을 숭배하는 태도로 대하게 되었다.

토머스는 저녁식사 후에 정기적으로 우리 방에 나타났고, 작업복을 갈아입지 않은 채 침대에 편안히 누워 있는 마릴린의 종아리를 쓰다듬으며 꿈꾸는 듯한 표정으로 앉아 있곤 했다. 그가 그러는 동안 마릴린의 입가에 끊임없이 떠오르는 비밀스러운 미소는 더욱 깊어졌다. 더러워진 흰색 유니폼 밑에서, 길고 섬세한 떨림이 마릴린의 길고 아름다운 몸통과 납작한 배를 따라 내려가는 것이 눈에 들어왔다. 사랑을 나누기 시작한 뒤로 마릴린의 피부는 새를 잡아먹은 고양이처럼 윤기가 흘렀고, 아득해 보이기까지 했다.

어느 날 오후, 점심식사 서빙이 끝나고 방에 들어온 나는 마릴린의 침대 위에 〈타임스〉지가 놓여 있는 걸 보았다. 우리는 신문을 받아보는 일이 절대 없었으므로 나는 놀라서 물었다. "이건 어디서 났어?" 마릴린의 시선이 내 시선을 따라 침대에 닿았다. "아, 오늘 아침에 톰이 두고 간 거야." 마릴린이 말했다. 내 눈썹이 치켜올라갔다. "토머스가 〈타임스〉를 읽는다고?" 내가 물었다. 마릴린의 얼굴이 불그죽죽해졌다. "지금은 읽어." 마릴린이 말했다. 그가 시선을 위로 향하더니 내 두 눈을 마주 보았다. 우리는 시간이 멈춘 것처럼 오랫동안 서로를 바라보았다. 그러다가 동시에 크게 웃기 시작했다.

나는 갑자기 불안에 사로잡혔다. 내 마음의 눈에는 차에 탄 비니와 내가 밤을 뚫고 누구인지, 무엇인지 모를 것을 향해 달려가는 광경이 보였다. 하지만 이 상황, 나와 마릴린이 토머스를 두고 웃고 있는 상황이 나를 두렵게 했다. 거기에는 무언가 사악한 것이, 누군가를 제물로 바치는 듯한 어떤 끔찍한 느낌이 있었다. 심장이 터질 것 같았다.

노동절까지 3주가 남은 어느 날 밤, 비니와 나는 셰비에 올라탔다. 식당을 빠져나오면서 좀 늦어진 터라 비니는 이제 속도를 내고 있었다. 길을 따라 달리다 그가 졸음운전을 할까 봐, 나는 식당에서 생긴 피곤한 일에 대해 그에게 떠들어댔다. 식사를 세 번 서빙하는 동안 내가 연달아 뜨거운 국물을 쏟아버린 한 손님에 관한 이야기였다. 이야기의 중요한 부분에 점점 가까워졌다. 비니는 몸을 운전대 앞으로 기울이고 있었는데, 가늘고 똑바른 콧날 위에 한 쌍의 검고 섬세한 눈썹이 서로 바짝 붙어 있었고, 놀랍도록 까만 두 눈은 집중하느라 찡그려져 있었다. 내가 막 핵심 부분을 말하려는데, 차가 길 오른쪽으로 날카롭게 방향을 틀더니 갑작스레 멈췄다.

비니가 내게 몸을 돌렸다. 어둠 속인데도 그의 얼굴이 얼마나 창백해졌는지가 눈에 들어왔다. 그의 두 눈은 고통으로 뒤덮여 있었다. 우리는 서로를 빤히 처다보았다.

"더 이상은 못 참겠어." 그가 속삭였다.

"뭘 못 참아?" 나 역시 속삭였다.

"나 그 여자 갖고 싶어." 그가 신음했다.

"캐럴 말이야?"

"아니. 마리!"

"마리?" 내가 되풀이했다.

"그래."

"우리 호텔에 있는 마리?"

"그래!"

"하지만 넌 캐럴이랑 약혼했잖아." 내가 짚어주었다.

"알아!" 비니가 외쳤다. "내가 그걸 모를 것 같아? 내가 매일 낮에도 밤에도 '너한테는 캐럴이 있잖아' 하고 나 자신한테 말을 안 할 것 같냐고. 그 여자보다 천 배는 더 예쁘고, 천 배는 더 똑똑하고, 더 착하고, 모든 면에서 훌륭한 캐럴이 있다고 말이야. 하지만 그래봤자 아무 소용도 없어. 내가 원하는 건 **그 여**

자야. 그래서 온몸이 찢어지는 것 같다고!"

나는 어둠 속에서 내 두 눈이 커지는 걸 느낄 수 있었다. "너 이런 지 얼마나 오래됐어?" 노골적으로 궁금해하는 목소리로 내가 물었다.

"몇 주 됐어." 비니가 운전석에 털썩 기대며 말했다. 그는 적막한 눈빛으로 차창 밖을 바라보았다. "몇 년처럼 느껴지긴 하는데 사실은 몇 주밖에 안 됐을 거야."

"마리도 알아?"

"확실하지 않아. 아는 것 같아. 하지만 확실하진 않아."

"마리한테는 아무 말도 안 했다는 뜻이야?"

"맙소사, 안 했어. 우선 나한테 이런 일이 일어나고 있다는 것부터 믿을 수가 없었고, 그리고…" 비니의 두 볼에 홍조가 되돌아오고 있었다. "혼란스럽고 부끄러웠어. 맙소사. 마리라니! 그 여자는 예쁘지도 않고, 나이도 나보다 많고, 내가 아는 어떤 사람하고도 안 비슷해." 그의 목소리가 갈라졌다. "내 말은, 가끔씩은 외모도 진짜 영 아니라고." 그가 말을 멈췄다. 나는 기다렸다. 다시 말을 시작했을 때 그의 목소리는 나직했고, 안정돼 있었다. "어쩌다가 시작된 건지 모르겠어." 그가 말했다. "어느 날 그냥 그런 사람이 있다는 걸 알게 됐어. 주방에 있다는 걸 알게 되고. 식당에 있다는 걸 알게 되고. 막사에 있다는 걸 알게 되고. 그렇게 그 사람을 알게 됐단 말이야. 그러다가 한번은 은식기가 담긴 통에 나랑 그 사람이 동시에 손을 뻗었어. 손이 닿았는데 화상을 입는 느낌이더라. 너무 놀랐어. 그게 무슨 뜻인지 몰랐어. 그러고 나니까 내가 나도 모르게 식당에서 그 여자를 찾고 있는 거야. 그러는 내내 나 자신한테 물었어. 비니, 너 미쳤니? 지금 뭐하는 거야? 캐럴은 잊어버렸어? 네가 사랑하는 여자 말이야. 네가 결혼할 여자. 산맥에서 제일 예쁜 여자. 이게 **대체** 뭐야? 근데 아무 소용이 없었어. 날마다 정신을 차려보면 내가 **그 여자를** 생각하고 있는 거야. 점점 더 자주, 정확히 말하면 생각하는 게 아니고 그냥 **느꼈어.** 그 여자의 존재를 내가 느끼고 있더라고. 그러고 나니 어디서든 그 여자 근처에 있을 때면 눈을 뗄 수가 없었어." 비니는 어쩔 줄 몰라 하며 오른손으로 이마를 탁 치고는 운전대 위로 엎어졌다. "그 여자도 **알 거야.**" 그가 신음소리를 냈다. "모두들 어떻게 모르는 건지 알 수가 없어. 내 얼굴에 온통, 내내 그렇게 쓰여 있는 것 같거든."

"안 그래." 나는 건조하게 말했다.

그의 이야기가 길어져서 그가 말한 것을 받아들일 시간이 생겼지만, 나 역시 계속 되뇌고 있었다. 마리라고? 캐럴은 너무 예쁘고, 모든 면에서 너무 괜찮은데. **마리**한테는 대체 뭐가 있는데? 나는 받아들일 수가 없었다. 잘생긴 의대생에, 인생 계획도 다 세워져 있는 비니 리보위츠가 하나도 안 어울리는 마리를 원한다고? 미친 짓이었고, 제정신이 아니었고, 짜릿한 일이었다. 그게 내가 받아들일 수 없는 또 한 가지 사실이었다. 마리에 대한 욕망을 고백하는 비니 때문에 내가 짜릿함을 느끼고 있다는 것.

"너한테 말하니까 기분이 좀 낫네." 비니가 희미하게 미소 지었다. "너 기분 나쁜 거 아니지? 그러니까, 내가 너한테 얘기 해서 유감이라거나 뭐 그런 거 아니지?"

"당연히 아니지." 내 감정이 무엇인지 모르면서 나는 기운 차게 대답했다. "근데 이제 우리 그만 가보는 게 좋겠다. 걔들 이 기다리겠어."

비니의 두 눈이 흐려졌다. 그는 내게 고개를 끄덕이고는 키 를 돌려 시동을 걸었다. 차가 도로로 다시 올라갔다. 20분 뒤, 우리는 캐럴과 대니가 있는 호텔 진입로로 들어가고 있었다.

그날 밤 대니의 두 팔에 안겨 누운 채 비니와 마리를 상상 하던 일이 기억난다. 얼굴은 고통으로 일그러지고, 몸은 달아오 른 채 서로 얽혀 거칠게 뒹굴고 있는 그들이 그려졌다. 내 몸이 긴장으로 팽팽해져 있어서 대니의 쾌감은 엄청 컸고, 그는 내 게 우리가 처음처럼 사랑에 빠진 것 같다고 했다. 나는 아무 말 도 하지 않았다. 그의 목소리가 거의 들리지 않았고, 내 관심은 같이 누워 있는 남자에게서 아주 멀리 떨어진 곳을 헤매고 있 었다. 두 시간 뒤 차로 돌아와 뜨거운 관심사 이야기를 대놓고 계속할 수 있게 되자 안도감이 들었다. 돌아가는 차 안은 내가 비니에게 마리에 대한 질문을 퍼붓고, 비니가 부정한 욕망에 대한 이야기 속에 기꺼이 뛰어드는 것으로 채워졌다.

그날 밤 이후로 우리가 차를 함께 타고 가는 일에는 새로운 의미가 생겼다. 비니의 집착이 그의 내면에 있는 은밀한 무언가를 건드렸고, 우리 둘 모두의 내면에서 일종의 방탕한 기질이 불타오른 것이었다. 아름다운 사람들, 영리한 사람들, 나 혼자 힘으로는 닿을 수 없는 사람들을 상상 속에 그렸을 때, 그 환상은 나를 외롭게 만들었다. 그런데 이제 비니와 마리가 나오는 망상을 시작하자 내 안에서 너무도 솔직하고 격렬한 갈망이 솟아오른 나머지 나는 무아지경에 빠져버렸다. 무모하고 달콤하며 저항할 수 없는 그 갈망은 환상이 되어 사타구니에 들어앉았다. 비니의 욕망은 우리 둘의 욕망이 되었고, 그의 절박함은 우리 둘의 절박함이 되었으며, 그에게 필요한 무언가는 그도 나도 충분히 가질 수 없는 극적인 상상의 대상이 되었다. 공모 관계 속으로 들어온 느낌이었다. 무엇에 대한 공모인지는 몰랐지만. 차 안의 분위기가 비밀로 풍성해졌다는 것만 알 수 있었다. 비니는 이야기를 했고, 나는 그에게 질문을 던져주었다. 내 질문들은 집착을 더 길어지게, 극적인 상상을 더 깊어지게 했다. 우리가 주고받는 은밀한 대화 속으로 어떤 생생하고 유동적인 움직임이 기다란 자국을 남기며 이어졌다. 속도를 높이며 다가오는 어둠 속에서 숨겨진 약속의 파도가 솟아올랐다 부서져 내렸고, 다시 솟아올랐다. 나는 영원히 그 파도를 타고 싶었다.

나는 나 자신에 대해서는 상상할 수 없는 것을 비니를 통해 상상할 수 있었고, 종종 내 상상이 놀랍게 느껴졌다. 그것은

단단하고 선명하며 집요한 느낌이었다. 내가 하던 외로운 몽상
과는 정반대였다. 이 느낌은 온통 욕망하고 얻어내는 일에 관
한 것이었고, 내 주위의 모든 사람에게 반응을 일으키는 바로
그 감정이었다. 그 감정은 나를 겁에 질리게 했고, 짜릿하게 했
다. 언젠가, 오래전 섣달그믐 밤에 나를 해고하게 했던 그 여자
가 불현듯 떠오른 일이 기억난다. 문득, 나는 그 여자의 사나운
배고픔이 내 안에서 꿈틀거리는 걸 느낄 수 있었다. 그 여자가
원하는 것을 얻어낸 방식으로 비니도 자기가 원하는 걸 얻기
를 나는 바랐다…. 근데 그게 뭐였을까? **애초에** 그 여자가 얻고
싶었던 게 정확히 뭐였을까? 이 지점에 이르면 내 생각은 흐릿
해졌지만 감정들은 남았다. 단단하고 선명하게. 무아지경이 더
깊어졌다. 그때는 그 욕망만 충족된다면 무엇도 중요하지 않은
것처럼 느껴졌다.

　어느 날 밤 우리가 차에 올라타자 비니가 내게 말했다. "마
리한테 말해." 뺨을 얻어맞아 의도와는 상관없이 이상한 방향
으로 홱 밀쳐진 것처럼 내 상반신이 비니 쪽으로 쓰러졌다. "무
슨 소리야, 마리한테 말을 하라니? 그리고 뭐라고 말을 해?" 비
니는 대답하지 않았고, 그의 잘생긴 얼굴은 창백하고 핼쑥했다.
"내 감정이 어떤지 마리한테 말해줘." 그가 말했다. "난 못하겠
어, 그냥 못하겠다고. 근데 넌 할 수 있을 거야. 내 말은, 넌 여
자고, 마리랑 같이 살고, 둘은 말하자면 친구잖아. 네가 마리한
테 설명해줄 수 있을 거야. 내일 밤, 식사 서빙 끝나고 나를 만

나달라고 부탁해줘. 그게 다야. 다른 건 바라는 거 없어. 마리가 무서워할 이유도 없고. 그 얘기도 해줘. 난 그 여자를 아프게 하지 않을 거고, 원하지 않는 건 뭐든 요구하지 않을 거야. 그냥 얘기만 하고 싶어." 비니의 얼굴이 밝아졌다. "그게 다야." 그가 다시 한 번 말했다. "그냥 얘기만 하고 싶어. 그 여자가 무서워할 거라곤 아무것도 없어. 아무것도. 맹세해."

심장이 쿵쿵거리기 시작했다. 나는 매일 밤 마리 옆에서 잠을 잤지만, 현실의 마리는 이 차 안에서 만들어진 환상만큼, 그러니까 비니가 지나치게 들떠 괴로움을 느끼는 대상으로 공유하고 있는 것만큼 진짜 같지 않았다. 나는 비니를 빤히 쳐다보았다. 나는 지금까지처럼 밤의 고해실 같은 차 안에서 함께하기를 갈망했고, 그도 그랬다고 생각한다. 비니는 두렵더라도 어쩔 수 없이 행동해야 한다고, 다음 단계로 나아가야 한다고 느끼고 있음을 나는 알았다.

비니가 어두워진 차 안에서 고개를 높이 들었다. 두 눈은 옆으로 퍼진 아주 작은 불빛 같았고, 잔뜩 긴장한 턱선은 떨리고 있었다. 그때 그의 고개가 앞으로, 부드럽고 아름다운 목 위로 풀썩 꺾였다. 욕구 때문에 초라해진 그는 참을 수 없을 정도로 잘생겨 보였다.

"마리한테 말할게." 내가 말했다.

다음 날 아침, 아침 서빙을 하러 가려고 준비하며 비틀비틀 걸으면서 나는 마리에게 식사가 끝나면 좀 보자고 했다. 마리

115

는 의아한 표정으로 나를 보았지만, 나는 아무 말도 하지 않았다. "그래." 마리가 조용히 대답했다. 우리는 자기 자신으로 되돌아가 옷을 갈아입고 부리나케 방을 빠져나갔다.

네 시간 뒤 마리와 나는 그해 여름 처음으로 식당 문을 함께 걸어나와 말없이 수영장으로 향했다. 그곳은 '싱글들을 위한' 호텔이었다. 아침 10시 30분에 염소가 녹아 있는 푸른 물 옆, 페인트를 칠한 콘크리트에 누워 있을 사람은 아무도 없을 것이었다. 걸어갈 때 나는 마리의 맨다리를 힐끗 보았다. 면도를 해야 할 것처럼 지저분했다. 나는 천 번째로 생각했다. '왜 쟤야? 비니는 왜 쟤를 원하지?'

우리는 자리를 차지하는 걸 어색해하며(우리는 손님용 시설을 절대 이용하지 않았다) 라운지체어 두 개의 낮은 쪽 끝부분에 걸터앉았다. 마리와 나는 둘 사이에 넓게 드리워진 검은색과 흰색의 아침 유니폼 자락 너머로 서로를 마주보았다. 마리는 긴장한 것 같지는 않았지만 놀란 것 같았다. 어깨가 좁고 기다란 마리의 몸은 내가 말하기를 기다리고 있었고, 여윈 얼굴은 매끄러운 가면 같았다. 갑작스러운 혼란이 가득 차올랐다. 나는 왜 낯선 사람을 위해 또 다른 낯선 사람에게 내밀한 이야기를 하려는 걸까? 곧 나는 내가 혼란에 빠졌을 때 언제나 하는 행동을 했다. 나를 정당화하는 것이었다.

"비니 얘기를 하고 싶었어." 내가 사무적으로 말했다.

마리의 입술이 꾹 다물어졌다. 허벅지에 가만히 놓여 있던 두 손은 이제 무릎에 한데 모여 있었고, 마리는 그 두 손을 맞잡고 비틀었다. "알고 있었어." 체념한 듯 부드러운 목소리로 마리가 말했다.

"**알고 있었다고**? 어떻게?"

"**빨리** 얘기나 해줘." 마리가 초조하게 말했다.

"걔가 너를 만나고 싶대." 내가 말을 이었다.

"안 돼." 마리가 말했다. "안 만날 거야."

"안 만나? 안 만난다니 무슨 뜻이야?" 나는 이런 가능성은 생각해보지 못했다. "왜 안 돼? 걔는 그냥 너를 보고 싶어 할 뿐이야. 얘기만 하겠대. 그게 다야. 걔는 그냥 너랑 얘기하고 싶어 하는 건데."

"할 얘기 없어."

"어떻게 그래? 얘기할 거야 쌔고 쌨는데."

"난 없어."

"제발. 비니가 힘들어하고 있어. 그건 너한테 아무 의미가 없니?"

"없어. 왜 있어야 되는데?"

"걔가 원하는 건 **너**니까!"

"아니야, 그렇지 않아."

"그렇지 않다니 무슨 뜻이야?"

"그 사람은 날 전혀 몰라." 마리가 말했다. "그런데 어떻게 날 원할 수 있지? 그 사람이 원하는 건 **내가** 아니야."

"그럼 누군데?" 나는 멍해졌다.

"넌 아무것도 모르니?" 마리가 부드럽게 말했다. "사람들이 원하는 건 절대 **네가** 아니야."

마리는 자신의 두 손을 내려다보았다. 나는 수영장 쪽을 바라보았다. 늦은 아침 하늘 높이 해가 솟아 있었다. 온몸이 나른했다. 따뜻하고 노란 안개가 내 머릿속을 채웠다. 몇 년이 지나가는 느낌이었다.

마리가 고개를 들었다. 나는 마리를 훑어보았다. 곧바로 머릿속이 맑아졌다. 내가 아무것도 모른다는 건 사실이었지만, 마리의 그 얼굴에 담긴 불안이라니! 나는 마리가 방금 자신이 한 말들 속에 혼자 갇힌 채 고립되어 있다는 걸 알아차렸다. 우리 중 누구도 마리가 한 것 같은 말은 할 수 없었을 테고, 마리도 그걸 알았다. 나는 마리에게 마음이 쓰였다.

"그 사람 안 만날 거야." 마리가 말했다. "마지막으로 말하는 거야."

마리에게 쓰였던 마음이 제자리로 돌아왔다. 비니! 잘생긴 비니는 자기가 원하고 필요로 하는 것을 얻지 못할 것이었다. 나는 마리의 뺨이라도 올려붙이고 싶었다. 대체 **자기가** 뭔데 **그를** 거부하는 걸까. 마리는 아무도, 아무것도 아니었다. 그저 갈망이 들러붙은 하나의 이름, 얼굴, 육체에 불과했다. 손을 뻗어 마리를 만지면 틀림없이 유리를 만지는 느낌일 것 같았고, 그만큼 마리는 내게 비현실적인 존재였다.

"거기다가." 마리가 (마치 무언가 유용한 사실을 막 기억해낸 것처럼) 쾌활한 목소리로 말했다. "난 그럴 수 없어. 설령 내가 그러고 싶다고 해도 말이야. 다른 사람이 있거든."

"다른 사람?" 내 두 눈이 번쩍 뜨였다. "어디 있는데? 시내에?"

"아니. 이 호텔에 있어."

"여기? 누군데?"

"에디." 마리가 말했다.

"에디가 누구지?" 내가 말했다.

"벨 캡틴."

"**벨** 캡틴?" 나는 말하고 마리를 새롭게 바라보았다. 산맥에 모여 지내는 사람들의 분류 체계는 너무도 엄격해서, 식당에서 일하는 사람은 객실 청소부나 벨보이와 관계될 일이 없었다. (마릴린과 정육점 주인의 연애는 특별히 허락된 극단적인 경우로 보아야 했다.)

"그래." 얼굴은 붉어지고 고개는 반항하듯 삐딱하게 기울인 채 마리가 말했다.

그다음에 뭘 해야 할지 알 수 없었다.

"그 사람은 착해?" 나는 바보처럼 물었다.

"아니." 마리가 아주 잠깐, 날카롭게 웃었다. "하지만 우린 서로를 이해해." 마리가 차분하게 말했다.

나는 마리에게서 고개를 돌려 화학적으로 색깔을 낸 물을,

페인트를 칠한 콘크리트를, 줄무늬가 있는 휴대용 의자들을 다시 바라보았다.

"다 너무 지긋지긋하다." 마리가 부드럽게 말했다.

우리는 더 얘기하지 않고 자리에서 일어났다. 나는 막사로 향했고, 마리는 본관 건물 옆쪽으로 향했다. 나는 마리가 식사 서빙이 끝나고 방에서 보내는 시간이 다른 사람들보다 적다는 걸 처음으로 깨달았다. 로비를 나가면 바로 있는 곳에 에디가 살았던 것이다.

그날 밤, 비니는 주위 사람들이 보이지 않는지 이러저리 부딪혔다. 주문받은 것도 전혀 기억하지 못했고, 손님들이 비니에게 소리를 질러대서 나는 이 사실을 알게 되었다. 그가 특별 요구를 몇 번이나 까먹자 아침에 그를 아꼈던 여자들은 상처받은 표정으로 배신감 가득한 눈빛을 쏘아대고 있었고, 떨어진 서비스 품질을 어찌할 수 없었던 남편들은 거세당한 기분을 느꼈는지 이러면 험한 꼴 보게 될 거라고 위협했다. 하지만 비니의 시선은 허공에 고정되어 있었고, 그의 윗니는 심란한 듯 아랫입술을 깨물고 있었다. 외부의 어떤 위협도 그에게 닿지 못했다. 다음 날 밤, 비니는 몸이 안 좋아서 캐럴을 보러 가지 못하겠다고 했다. 지나칠 정도로 정중한 말투였다. 그는 자기가 내 이름을 안다는 건 알았지만, 그 순간에는 내 이름이 떠오르지 않는 것 같았다.

그 대화 이후로 며칠 동안 시간은 비정상적으로 늘어났다가 줄어들고, 마치 꿈속에서처럼 분명한 이유도 없이 빨라졌다 느려졌다 하는 것 같았다. 노동절 주말이 또다시 금세 닥쳐왔고, 시즌이 곧 끝나려 하고 있었다.

일요일에는 막사 전체가 병을 앓고 난 뒤 같은 일종의 무기력한 분위기에 하루 종일 뒤덮여 있는 것 같았다. 아침 6시부터 자정까지 요란한 수다가 계속되던 복도의 분위기와 강렬하게 대조되는 분위기였다. 그 여름은 우리를 수다 떨게 한 갈등들에 대한 해결책을 하나도 마련하지 못한 채 갑자기 멈춰 서버렸다. 우리의 동요는 갑작스럽게 종료되었다. 이제 우리는 오직 풀려나기만을 기다리며 버티고 있었다. 저녁식사 서빙은 그 어느 때보다도 딱딱한 분위기로 진행되었는데, 다들 마음이 이미 호텔을 떠나 있어서였다. 사람들의 얼굴은 차분하고 조심스럽고 냉정했다. 특히 비니는 누구의 손에도 닿지 않는 곳에 있는 표정이었다.

하지만 그날 밤 우리의 육체는 그런 방어적인 서늘함이 준 에너지로 전에 없이 가득 차서, 어떤 경지에 달한 듯 놀랄 만큼 근사한 서비스를 선보였다. 우리는 무용수의 제어감각을 연상시키는 우아함 속에서, 오랫동안 반복해 의식이 된 동작 특유의 품위와 능숙함으로 쟁반을 날랐다. 우리는 이제 하나의 기술을 보유한 달인들이었다. 그리고 그 매끄러운 기술 아래, 그 한참 아래에는 우리의 젊은 마음이 봉인돼 있었다.

그날 밤 11시, 리키와 나는 침대에 앉아 조용히 이야기를 나누고 있었다. 짐을 싸기 시작하자 방은 반쯤 뜯겨 나간 것처럼 보였다. 문 밖에서는 누군가가 복도 화장실의 물을 내렸고, 싱크대 수도꼭지를 틀었다 잠갔다 했고, 같이 타고 갈 차들을 배치하고 있었다. 그때 갑자기 침대 뒤에 있는 벽을 타고 낮은 폭발음 같은 것이 들려왔다. 다음 순간에는 모든 일이 한꺼번에 벌어졌다. 가구를 내던지고 사람들의 몸을 밀치는 소리, 남자의 고함소리와 여자의 울음소리가 들려왔고, 종업원들은 복도를 달려 싱크대들을 지나 거의 화장실까지 갔다가 미끄러지듯 멈추어 열린 문으로 몰려들었다. 나와 리키도 다른 사람들과 함께 앞으로 밀고 들어갔다. 거기, 그 방 안에는 혼돈이 펼쳐져 있었다. 반쯤 뒤집힌 간이침대, 거의 허물어진 책상, 난파된 배에서 나온 것처럼 침대 시트 위에 떠다니는 화장품들, 검은색 바지와 소매 없는 러닝셔츠 차림의 (온몸의 근육은 울룩불룩 튀어나오고 두 눈은 흐리멍덩한) 비니, 그리고 멀리 방 한구석에 몸을 웅크리고 있는 마리가 보였다. 마리의 유니폼은 갈가리 잡아 뜯겨 조각조각 늘어져 있었다. 마리는 손으로 벌거벗은 가슴을 움켜잡고 있었는데, 두 팔과 목에 가득 난 긁힌 자국은 벌써 보랏빛으로 변하고 있었고, 곱슬머리는 땀에 젖어 후줄근했으며, 으깨진 입술은 경련을 일으키고 있었다.

우리는 호기심 가득한 차가운 표정을 하고 거기 서 있었다. 비니를 쳐다보는 사람은 아무도 없었다. 모두가 마리를 빤히 쳐다보았다. 마리는 혼자였다. 마리에게서 감정의 물결들이 흘러나왔다. 뜨겁고 조용한 물결들이었다. 그것은 지혜롭지만 모욕을 당한 외로움이었다. ("사람들이 원하는 건 절대 **네가** 아니야.") 우리는 연민도 슬픔도 없이, 젊고 쌀쌀맞은 얼굴로 마리를 쳐다보았다. 마리는 거기 앉은 채 기다리고 있었다. 마리의 눈빛이 우리 가운데 한 명, 또 한 명을 멍하게 스쳐갔다. 그러다 내게서 멈췄다. 나는 내 몸의 혼란이, 단단하고 비열하고 집요한 혼란이 솟아오르는 걸 느꼈다.

"네가 자초한 일이야." 나는 그렇게 말하고 고개를 돌렸다.

하지만 그 뒤로 아주 오랫동안 나는 마리를 계속 보아왔다. 내 기억 속에 웅크리고 앉아 있는 마리의 얼굴이, 모든 것을 안다는 듯한 그 여윈 얼굴이 여전히 나를 지나쳐 떠다닌다. 마리는 나와 함께 그 방에 영원히 갇혀 있다. 간수인 나는 그 문간에, 잔인한 무지로 만들어진 땅 위에 서 있다. 그 땅은 내가 마리의 외로움이 무슨 뜻이었는지 이해해보려고 무능한 분투를할 때마다 몇 번이고 다시 자리를 바꿀 뿐, 30년이 지난 지금도 여전히 무너지지 않았다.

그곳은 무분별한 갈망에 따라 앞날이 가늠되는 세계였다. 그곳의 모든 것이 그 무분별함에 달려 있었다. 무지한 채 남아 있기 위해서는 힘겨운 노력이 필요했다. 모르는 채 남아 있는 일에 실패한 사람들은 고립되었다. 그리고 성공한 사람들은 항상 누군가의 굴욕을 필요로 했다.

나는 경험이 너무도 부족한 수영 선수였다

로더 멍크가 지난주에 교통사고로 혼자 세상을 떠났다. 브레이크를 밟아야 했는데 액셀러레이터를 밟은 것 같다는 게 경찰의 견해다. 로더는 운전대 앞에 앉은 채, 몸에는 상처 하나 없이 부서진 앞유리 너머로 차분하게 앞을 바라보는 자세로 발견되었다. 나는 20년 동안 그를 알아왔고, 그중 상당 시간을 머릿속에서 그와 싸우고 거부하면서 보냈고, 그에게 내가 필요할 때 종종 등을 돌렸다. 하지만 그가 죽었다는 소식을 들으니 두 팔과 다리가 납으로 가득 차는 느낌이었다. 몸이 무거워져 땅으로 가라앉을 것 같았다. 자유로워지고 싶어 하던 한 커다란 존재가 이 세상을 떠났다. 나는 로더가 내게 어떤 의미였는지 그동안 알지 못했음을 깨달았다.

우리는 《여성과 권위》가 출간되고 몇 달이 지나 열린 어느 파티에서 만났다. 그 책은 번개처럼 다가왔다. 짜릿함과 위험이 뒤섞여 내면의 풍경을 환하게 밝혀주는 섬광처럼. 그건 마지막 페이지를 넘기고도 한참이 지나도록 책을 무릎에 올려놓은 채 허공을 응시하게 만드는 그런 종류의 글이었다. 뼈대는 복잡하지 않으면서도 지적이었지만, 그 뼈대 바로 위에 입혀진 육체는 시적인 지성이 만들어낸 작품이었다. 작가는 권위와 인류에 관한 이야기를 하기 위해 한 평범한 여성이 매일 하는 경험을 소재로 끌어왔다. 그 은유는 놀라웠다. 로더가 사용한 병치 기법의 독창성 덕분에 독자는 성장하고자 하는 욕망과 성장을 거부하고자 하는 욕망이, 세상에서 존재를 인정받고자 하는 갈망과 세상에서 존재를 인정받아야 하는 일에 대한 적대감이, 자기창조에 대한 열망과 증오가 권위라는 장치의 내부에 한데 엮여 있음을 알 수 있었다. 권위의 역사에는 정확히 모든 여성의 삶이 그렇듯 유년기가 연장되면서 생기는 타락의 무늬가 수놓아져 있었다. 그것은 처음부터 끝까지 자기분열의 이야기였다. 통렬하고 심오하며 입속에서 쇠처럼 쓰디쓴 맛을 느끼면서 써낸 이야기.

많은 사람이 불쾌하게 여겼지만(구성은 완전히 엉망이고, 어조는 정이 안 가며, 관점은 따라가기 힘들다고들 했다) 그 책에는 거스르기 어려운 힘이 있었다. 그 책의 발상에는 곧바로 알아볼 수 있는 일종의 천재성이 담겨 있었다. 작가는 고르지 않게 짠 커다란 그물을 던져놓았는데, 어떤 것들은 곧바로 그물 구멍 밖으로 빠져나왔고, 가장 놀라운 것들은 딱 맞았지만, 심층부를 계속 끌고 가는 건 밀도 있고 절박하며 눈부신 문장들이었다. 독자들은 책을 읽으며 자신이 생각하는 것을 **느꼈다.** 그 책은 수천 명의 사람들에게 열정적으로 몰두할 대상이 되었다.

나는 〈타임스〉지에 아낌없는 감탄을 담아 《여성과 권위》의 리뷰를 썼다. 이제 파티에 온 내 눈앞에는 대단히 중요한 작품이라 여긴 글의 저자가, 자신이 쓴 책과 놀랄 만큼 닮은 모습으로 서 있었다. 큰 키와 우아한 골격, 거칠거칠한 피부와 뚫어져라 응시하는 푸른 두 눈(사람을 꼼짝 못하게 하는 눈이었다), 예쁘장한 두상에 자연 그대로의 갈색 지푸라기 같은 머리타래를 접착제로 붙여놓은 듯한 여자. 그는 우울한 날의 바네사 레드그레이브Vanessa Redgrave 같았고, 타고난 미인이지만 어쩔 수 없이 엮여야 했던 삶 때문에 거칠고도 주의를 끄는 외모로 변한 듯한 사람이었다. 로더를 보면 그 점이, 그를 이루는 각 부분이 하나로 합쳐지기를 거부하는 태도가 곧바로 느껴졌다. 그렇게 느껴지게끔 하는 그의 행동도 눈에 들어왔다. 로더는 불안할 때면 옆얼굴에서 관자놀이 쪽으로 머리칼을 반복적으로 넘겨 올리는 버릇이 있었다. 그럴 때면 사람들은 그의 손을 알아차리게 된다. 붉고 벗겨진 피부에 손톱은 부러지고 더러웠지만, 손 자체는 길고 섬세하며 모양새가 멋들어졌다. 나는 언제나 그 가늘고 살갗이 벗겨진 두 손에 마음이 몹시 흔들렸다. 그리고 나중에는 그 두 손을 잡고, 입맞춤으로 뒤덮고, 울면서 내 뺨을 거기 지그시 누르고 싶었다.

"파티가 즐거우셨으면 좋겠네요." 내가 그에게 말했다. "사람들이 다 작가님 책 얘기만 하고 있어요." 그의 푸른 두 눈이 커다래지더니 얼굴이 떨리는 것처럼 보였다. 나를 너무 오랫동안 쳐다보기에 머리가 멍해진 걸까 생각했다. 그때 그의 입이 씰룩거리는 게 보였다. 맵시 있는 두 입술이 통제에서 벗어나 있었다. 내 리뷰가 마음에 안 들었구나, 나는 생각했다. 로더는 그 리뷰가 별로 영리하지 못했고, 내가 그의 작품의 핵심을 이해하는 데 실패했으며 사실 폐만 끼친 거나 다름없다고 말하기 직전이었다.

"아무도 그 책 가지고 아무것도 안 해요, 빌어먹을!" 로더가 폭발했다. "출판사도, 언론도, 여자들도. 아무도 안 해! 서점에 가도 찾을 수가 없어요. 편집자한테 전화를 걸어도 연결이 안 돼요. 강의 선정 계획도 할 수가 없고요. 진짜 끔찍해! 몇 년이나 쏟아부어서 쓴 책인데 하수구로 떠내려가고 있어. 이거 중요한 책이라고요…." 목소리가 차츰 잦아드나 싶더니, 그는 다시 나를 빤히 쳐다보고 있었다. 나는 말없이 그를 바라보았다. 그 감정의 폭발에 놀라고 내가 곤경에서 벗어났다는 안도감도 느끼지 못한 채로. 어떤 반응이 나와도 로더에게는 충분하지 못할 거라고 나는 생각했다. 절대로 충분할 리가 없을 것이다. 나오는 데 너무 오래, 정말이지 너무 오래 걸린 책이었다. 나는 나 자신의 동요에 놀랐다.

그 첫 달에 로더에 대한, 그가 얼마나 미친 것 같고 놀라웠

느지에 대한 생각으로 가득 차 F박사를 만나러 갔던 일이 기억난다. 상상해봐요. 로더가 《여성과 권위》를 쓰는 데는 12년이 걸렸지만, 놀랍지 않나요? 결국 그는 그 책을 **썼고**, **이제** 그건 멋진 모습으로 세상에 나왔고, **후대에** 남을 거고, 또…. "지금 얘기가 어디로 가는 거죠?" 정신분석가가 내 말을 잘랐다. "이게 다 무슨 얘긴가요?" "모르겠네요." 나는 연극적으로 앓는 소리를 냈다. "그 사람도 **당신처럼** 일을 안 하는 사람이라서 그런가요?" F박사는 알고 싶어 했다. "그것 때문이에요?" 그리고 물론, 정확히 그것 때문이었다.

우리가 만났을 때 나는 서른다섯 살이었고, 로더는 쉰 살이었다. 나는 인생 대부분을 여기저기 헤매며, 문이 잠긴 나 자신의 마음속으로 들어갈 수 없다고 느끼면서 보냈다. 사랑, 명성, 세속의 모험 같은 것들은 매일 아침 책상 앞에 앉아 생각이라는 걸 해보려는 내 안의 갈망에 비하면 아무것도 아니었다. 내 혼란스러운 정신은 내가 생각을 하지 못하게 하려고 작정한 것 같았다. 나는 소파에 앉아 글을 쓰고자 하는 내 욕망과 나 사이를 가로막는 것에 대해 격하게 화를 내고 울고 강박적으로 생각을 거듭하면서 수년을 보냈다. 절뚝거리며 나아가는 동안 스스로를 분석하며 "난 못해, 안 할 거야, 해야 돼, 못해"라고 불평을 반복해서 늘어놓았다.

이제 나는 로더를 만났고, 들떠 있었다. 나는 그 12년이 대체 어떤 시간이었을지 **알고 있었다.** 나는 내가 강렬하게 동일

시하게 된 로더의 불능 상태를 숭배하기 시작했다. 여기 그가 있었다. 눈부시고, 자석처럼 사람들을 끌어당기고, 나와 마찬가지로 일을 할 수가 없는 그가. 그 상태는 오직 로더에게만 고귀하고, 가슴 아프고, 시적인 것으로 보였다. 그것은 하나의 주장이었고, 나와 비슷한 무언가였고, 극적인 과격함이었다. 로더의 내면에 대단한 활력과 바닥없는 우울이 자리 잡고 있다는 걸 누구나, 어린아이라도 알 수 있었다. 섹스와 음식, 개념들, 음악, 자연, 정치적 견해, 그 전체가 만들어내는 웅장한 장관에 로더의 두 눈은 바삐 움직였지만(그럴 때면 그의 불꽃은 누구에게든 옮겨붙을 수 있었다), 그가 우울한 상태로 방 안에 있을 때면 실내 공기에서 산소가 빠져나가는 것 같았다. 로더는 음산하고 완고한, 분노가 담긴 침묵으로 공간에서 생명력을 빨아 마셨다. "난 이것보다 더 나은 대접을 받을 자격이 있어." 그 침묵은 큰 소리로 선언했다. "훨씬 더. 근데 **당신들은** 내가 받아 마땅한 걸 주지 않고 있잖아."

로더가 어떤 사람이었는지, 어디 출신이고 생계는 어떻게 유지했으며 결혼은 몇 번이나 했는지는 중요하지 않았다. 과격함이 가득 든 이 보물창고, 이토록 많은 분노와 욕망이 바로 로더였다. 섹스는 로더의 주된 욕망이었고, 로더가 세상을 보는 틀이었다. 로더는 내가 알던 다른 모든 사람처럼 남자들에게 화를 냈지만, 남자 때문에 넋이 나가기도 했다. 그는 결코 남자들에게서 눈을 떼지 못했다. 남자를 원하는 것만으로는 안 됐다. 로더에게는 남자들의 인정이 필요했고, 그들의 굴욕이 필요했다. "저 아담한 엉덩이 좀 봐." 그는 지나가는 젊은 남자를 보며 말하곤 했다. "사과처럼 꽉 깨물어주고 싶지 않아요?" 그러던 어느 날 밤 우리가 차를 타고 빗속을 달리고 있을 때, 로더는 3번로에서 신호를 무시하고 의기양양하게 길을 건너고 있던 몇 명의 소년을 들이받으려 하기도 했다. 그들의 놀란 얼굴이 앞유리에 나타나자 로더의 두 뺨은 부들부들 떨렸다. 운전대를 꽉 쥔 손가락 관절은 하얗게 변해 있었다. "난 저 쪼끄만 바보새끼들이 싫어." 로더가 욕을 했다.

✳ ✳ ✳

로더가 세상에 존재하는 방식은 처음부터 나를 놀라게 했고, 그를 싫어하게 했다가 다시 이끌리게 했으며, 그렇게 그에게 돌아갈 때면 나는 새롭게 삶의 힘을 느꼈다. 그날 만나고 나서 열흘이 지난 뒤 우리는 다시 만나 어퍼웨스트사이드의 어느 식당에서 저녁식사를 함께했다. 몇 시간 뒤 나는 걸어서 그를 집에 바래다주었다. 이른 봄이었다. 자기가 사는 건물 현관에서 로더는 머리를 뒤로 젖히고 두 눈을 감고는 막 찾아온 밤공기를 깊이 들이마셨다. 그의 눈꺼풀이 떨렸고, 꽤 오래라고 느껴지는 시간 동안 그는 머리를 뒤로 젖히고 있었다. 그 몸짓이 너무 길어져서 가식적이라는 생각이 들었다. 그러자 로더가 눈을 뜨고 내 얼굴을 똑바로 보며 미소 짓더니 열정적으로 말하는 것이었다. "참 기적적인 일이죠, 살아 있다는 건." 물론 로더가 옳았고, 그건 기적적인 일이 **맞았다. 나는** 왜 그 사실을 기억하지 못했던 걸까? 나 역시 그와 똑같은 공기를 맡으며 거기서 있었는데. 그러자 밤의 달콤함이 지난 몇 년간 내가 느낀 것보다 강렬하게 느껴졌다. 로더가 평범한 일들을 그런 방식으로 받아들였기에 그와 함께 있으면 그 경험이 내게도 남는다는 걸 깨달았다. 나는 그전보다 세상을 더 많이 감각할 수 있었다.

우리는 자주 만나기 시작했고, 만나서는 커피를 마시거나 저녁을 먹거나 오후 산책을 했다. 만날 때마다 로더의 기이한 아름다움은 내게 충격을 주었다. 그 수척하기 짝이 없는 우아함, 사람을 꿰뚫어 보는 푸른 두 눈이, 그가 세상을 받아들이는 방식에 배어 있는 기이한 굶주림이. 로더는 훨씬 더 활기가 생기고, 통찰력이 더욱 풍부하고 기민해지며, 말하는 방식 또한 점점 솔직해지고 길어지는 것처럼 보였다. 우리가 함께 보내는 시간이 20분이든, 두 시간이든, 저녁 내내든 점점 형태가 생겼다. 만날 때마다 우리는 그 형태를 조금 더 괜찮은 것으로 채워갔다. 나만 로더의 이야기를 들었던 것이 아니라, 로더도 나의 이야기를 경청했다. 약간의 시간이 흐르자 나는 우리가 서로 상대방이 하는 말에 집중하고 있다는 것을 알게 되었다. 그 집중의 경험은 너무나 매력적이었다. 대화 속에 그런 집중이 존재한다는 걸 이전에는 인지해본 적이 없었다. 나는 속으로 노래를 부르고 싶어졌나. 그와 헤어져 돌아오면서 나는 내가 그 럴듯한 말을 했는가보다 누군가가 내 말을 온전히 경청해주었음을 떠올렸다. 그런 온전한 경청의 경험 덕분에 나는 할 말이 있으면 뭐든지 할 수 있었다. 그러자 내 기억이 닿는 때부터 나는 누군가와 대화를 할 때 상대방이 내게 온전히 주의를 기울이게 하려고 투쟁해온 것 같다는 생각이 들었다. 이제 나는 온전한 경청을 얻었다. 편하게 숨을 쉴 수 있었다. 서둘러 말할 필요도 없었다. 충분히 생각한 다음에 말해도 괜찮았다.

로더는 나와 얘기할 때 종종 고개를 옆으로 기울였는데, 그럴 때면 마치 우리 두 사람의 목소리뿐 아니라 그 너머에 있는 것, 그가 내 주의를 끌고 싶은 무언가의 소리를 함께 듣고 있는 것 같았다. 그의 자세는 내게 이렇게 말해주었다. 봐, 우린 일상적인 행동을 하는 거지만, 그냥 한번 봐. 두 여자가 이렇게 서로의 이야기를 듣고, 자기들 사이에서 대화의 의미를 되살리고 있는 걸. 그것 역시 로더에게는 평범한 일 중 하나였다. 그 일은 내게 예전의 나보다 많은 나 자신을 되찾게 해주었다.

이미 알고 있던 것을 모두 잊고서, 나는 사람들이 로더의 말을 **항상** 경청해왔을 거라고 짐작했다. 누군가가 자신의 말을 경청해주기를 바라는 게 로더에게 당면 과제일 거라는 생각은 해보지 못했다. 그런데 어느 잊지 못할 밤에, 현실은 그 반대였다는 걸 알게 되었다.

레나가 전화를 걸어 로더를 만나고 싶다고, 자기 남편인 조니도 같은 생각이라고 했다. 그들은 페미니즘에 대해 늘 죄책감을 느끼던 좌파 커플이었다. 나는 그들의 노력이 가상하다고 생각했다. "좋아요." 내가 말했다. "이러면 어떨까요. 제가 저녁을 만들고, 케이먼도 초대할게요." "그거 멋지네요." 레나가 말했다. "그 사람을 만나고 싶다고 오랫동안 생각해왔어요." 우리는 각자 즐거운 일이 기다릴 것이라고 생각하며 전화를 끊었다. 열흘 뒤, 우리 집 식탁에는 여덟 명이 저녁식사를 하기 위해 앉아 있었다. 레나와 조니, 케이먼과 그의 아내 캐럴, 내 이웃인 마릴린과 그의 친구 토비, 나와 로더였다.

케이먼은 나이 많은 공산주의자로, 자기가 하는 말이 항상 사람들 한복판에서 관심을 받는 게 당연하다고 생각하는 남자였다. 자신과 같은 공간에 있는 사람은 누구든 자기 학생이라는 확신이 그의 삶을 지탱해왔다. 그 학생이라는 건 자신보다 젊거나, 경험이 부족하거나, 지적 능력이 떨어지는 사람들, 그도 아니면 여자거나 아이였다(마지막 두 부류는 무조건 '학생'에 속했다). 케이먼 같은 남자들은 태곳적부터 식탁에 군림해왔다. 이 저녁식사에 참석한 사람들 역시 자기 의견에 따를 거라는 그의 기대도 자연스러운 것이었다.

하지만 지금 이 방에는 그만큼이나 강력한 다른 개성의 소유자가 있었다. 《여성과 권위》가 지적으로 중요한 성과로 받아들여지고 있음을, 그리고 지친 얼굴로 식탁에 앉아 있는 아름다운 여자가 도전자고 돋보일 차례임을 모두가 알고 있었다.

내게는 그날 저녁의 주인공이 로더라는 것이 분명해 보였다. 로더의 차례였다. 모두들 그걸 알 수 있었다. 아닌가? 그런데 그게, 아닌 것으로 드러났다.

나는 요리를 싫어하고 거의 하지 않는다. 우리 집 저녁식사에 사람들을 초대할 때면 늦은 시간이 되어서야 나는 파티의 손님이 될 수 있었다. 음식을 식탁에 올려놓기 전에는 사람들이 뭐라고 하는지 귀에 들어오지도 않는다…. 그래서, 그들 모두 거기 있었다. 케이먼이 식탁 한쪽 끝에 앉았고, 그의 양쪽 옆에는 로더와 조니가 앉아 있었다. 모두들 얘기하고 얘기하고 또 얘기하고 있지만, 내게는 뉴욕 저녁식사 모임에서 이루어지는 수다 특유의 웅웅거리는 소리로만 들릴 뿐 어떤 단어도 귀에 들어오지 않았다. 내가 닭고기와 그린빈스 요리를 식탁에 내려놓는데, 갑자기 로더가 모두의 말을 자르며 낮고 분명한 목소리로 말한다. "왜, 이 쪼끄맣고 추한 인간아. **나한테** 말 끊지 말라는 말 하지 마."

모두의 입술과 손과 목소리가 동시에 멈춘다. 로더는 조니에게 말을 하고 있었다. 레나의 얼굴이 하얗게 질린다. 케이먼이 의자 뒤로 기대앉더니 로더 쪽으로 몸을 돌리고는 고개를 옆으로 기울인 채 진심으로 흥미롭다는 듯 로더를 바라본다. 캐럴은 식탁을 내려다보면서 원을 그리며 포크를 돌리기 시작한다. 나는 너무 놀라서 음식을 떨어뜨릴 뻔한다.

"제발!" 토비가 소리친다.

"뭐예요?" 내가 묻는다. "무슨 일이에요?"

조니가 로더를 죽일 듯이 노려본다. "무슨 일이냐고요?" 여전히 그를 노려보며 조니가 내게 말한다. "로더가 계속 케이먼 얘기를 끊잖아요. 한 문장도 제대로 말하게 놔두질 않는다고요."

로더가 격렬한 웃음소리를 낸다. "웃기네요." 그가 말한다. 식탁을 둘러보는 그의 푸른 두 눈동자는 차갑고 내가 그를 처음 만난 날처럼 뚫어져라 응시하는 눈이다. **대체 누가,** 그가 차분하게 말한다. "**이** 사람이 문장을 말하는 걸 막을 수 있겠어요. 전 제가 상황이 진행되는 걸 돕고, 독백을 대화로 바꿔놓고 있는 줄 알았는데요. 이 자리에 한 남자를 온통 떠받드는 또 다른 남자가 있는 줄은 몰랐네요. 여기서 그런 일이 일어나고 있는 줄은 몰랐어요."

마릴린이 두 손에 얼굴을 파묻는다. "최근에 이런 일이 **끊임없이** 일어나는 것 같거든요. 우리, 이제 저녁 식탁에서 교양 있는 대화를 더 이상 할 수 없는 건가요?"

"'교양 있는'이 무슨 뜻인지에 따라 다르겠지요." 로더가 말한다. "교양 있다는 게 식탁에서 한 사람이 무조건 무시당하고, 그 일에 대해 침묵해야 한다는 뜻이라면, 네, 제 생각엔 교양 있는 대화는 더 이상 불가능할 것 같네요."

"맙소사." 레나가 말한다.

"무조건 무시당한다니!" 조니가 폭발한다. "그건 여자라서 무시당한다는 얘기 같은데. 뭐라고 말 좀 해봐요." 그가 식탁에 앉은 사람들을 두루 둘러본다. "이 여자분이 모든 여자를 대변하나요? 이분이 하는 말이 그런 뜻이에요? 이분이 무시당한다고 느끼면 모든 여자가 무시당하는 게 되나요? 그리고 도대체 왜 이 모든 개소리를 한 번 더 되풀이하기 위해 흥미진진한 대화가 방해를 받아야 되는 거죠?"

"이 모든 개소리라." 로더가 경멸로 떨리는 목소리로 말을 자른다. "정확히 **그게** 무슨 개소린데? 멀쩡한 저녁식사 모임에서 영혼을 죽이는 온갖 사소한 일들을 틀렸다고 지적하는 개소리 말인가요? 그게 당신이 말하는 개소리야?"

"제 생각엔 그 말에도 일리가 있는 것 같아요." 케이먼이 천천히 말한다. "그리고 어쩌면 그 문제에 관해선 로더의 생각이 맞는 것 같네요." 나이 든 스탈린주의자는 이 방에서 유일하게 뼛속까지 정치적인 사람이다.

"로더 말이 맞아요." 내가 조용히 말한다. 화를 내며 그 말을 하고 싶지만 그럴 용기는 없다. 여기서 일어나고 있는 일에 나는 겁을 먹는다. 결국 이건 내가 차린 저녁 식탁인 것이다. 내 식탁에서 사람들이 서로를 모욕하고, 내가 그 모욕에 일조한다는 생각만으로도 끔찍하다. 너무나 받아들이기가 힘들다….

내가 이 일을 현재 시제로 쓰는 이유는 그날 저녁 느꼈던 그 역겹고 건조한 흥분이 입안에서 여전히 느껴지기 때문이다. 심지어 우리가 이야기를 할 때조차 내가 알던 세상이 저절로 산산조각 나고 있다는 무시무시한 감각도.

그날 밤 나는 여성과 남성 사이의 감상적인 애정이 종말을 맞을 징조를 마치 처음인 양 목도했다. 우리 사이에 이루어지던 익숙한 합의는 끝나 있었다. 맞받아치지 않고, 침묵하고, 뺨을 돌려 대주던 태도는 이제 없었다. 만약 로더가 저녁 식사를 하면서 할 말을 할 수 없었다면 식탁을 떠나야 했을 것이다. 식탁을 떠날 수 없었다면 식탁을 엎어버려야 했을 테니까. 앞으로 로더가 살면서 사람들이 자기 말을 온전히 경청해주지 않는데 가만히 참고 앉아 있는 일은 다시는 없을 것이었다.

그다음 날, 처리할 일이 있어 시내를 분주히 돌아다니다가 오후 중반쯤 정신을 차려 보니 나는 그랜드센트럴역을 바쁘게 가로지르고 있었다. 높은 곳에 있는 발코니에서는 뉴어크의 어느 교회에서 나온 복음성가대가 부활절 찬송가를 부르고 있었다. 바흐와 서양 문화에 바치는 열광적인 찬양이었다. 나는 음악을 들으려고 멈춰 섰다. 몸이 아프고 지치는 느낌이었다. 로더의 매혹적인, 유린된 얼굴이 내 눈앞으로 헤엄쳐 올라왔다. 그 차갑고 푸른 두 눈에 담겨 있던 일그러진 분노와 그 목소리에 묻어 있던 경멸의 고통이("**나한테** 말 끊지 말라는 말 하지 마, 이 쪼끄맣고 추한 인간아."). 갑자기 눈물이 흐르기 시작했다. 상실이라는 낭만적인 감각이 커다란 기차역 한복판에 서 있는 나를 압도했고, 여전히 고요한 내 두 뺨에 눈물이 흘러내렸다. 로더의 괴로움이 내 심장을 조여왔다. 그것은 거대하고 위엄 있게, 그리고 중요하게 느껴졌다. 나는 내가 그 괴로움을 언제나 사랑하게 되리라는 것을 알았다.

"섬에 조그만 집이 한 채 있어요." 어느 늦은 봄날 로더가
말했다. "여름에 거길 쓸 거라서 다음 주말에 가서 열어두려고
해요. 나랑 같이 갈래요?"

"그거 좋네요." 내가 말했다. 선택받은 기분이 들었다.

"좋아요. 토요일 아침 아홉 시에 여기서 만날 수 있을까요?"

"그럴게요." 내가 말했다. "원하시면 어디든 갈 수 있어요."
처음부터, 당신이 원하면 어디든지 갈 수 있었어요.

토요일 아침, 우리는 로더의 작은 빨간색 차에 올라타고 도
시를 빠져나가 달렸다. 날씨는 눈부실 정도로 좋았다. 온화하고
찬란했다. 로더는 빠르고 능숙하게 운전을 했다. 부주의할 때
도 있었지만 그럴 때도 통제력을 잃지 않는 것처럼 보였다. 우
리의 대화도 그의 운전 솜씨 같아서 빠르고 능숙하게 진행되었
고, 좀 위험해진다 싶을 때에도 두렵다는 생각은 들지 않았다.
운전대를 잡은 로더와 함께 있으면 아무 일도 일어나지 않을
것만 같았다.

두 시간 뒤, 우리는 도로를 벗어나 바다 쪽으로 굽어지기
시작하는 좁은 흙길로 접어들었다. 길은 탁 트인 벌판에 움푹
팬 바퀴 자국 위로 울퉁불퉁 이어지다가, 울타리로 둘러싸인
나무가 빽빽하게 들어선 땅으로 들어갔고, 양치식물과 이끼가
늘어지고 뒤틀린 뿌리와 부드러운 풀들이 자라는 축축한 늪 같

은 신비한 숲 한복판으로 계속 이어졌다. 1킬로미터 넘게 달리는 동안 우리의 머리 위에는 나무들이 우산처럼 덮여 있었다. 길은 나뭇가지들로 빽빽하게 엮이고 햇빛이 가득한 터널로 변했다. 그러다 나무들이 갈라지더니, 풀로 덮인 녹색 절벽이 우리 앞에 불쑥 모습을 드러냈다. 돌투성이 해변과 그 너머의 드넓은 바다를 향해 똑바로 떨어져내리는 절벽이었다. 거기에 우리의 두 눈과 폐와 심장을 가득 채우며 펼쳐져 있는 것은 따스한 봄 햇살 속에 빛나는 은빛 바다였다. 나는 선명하고도 살아 있는 아름다움을 지닌 장소에 불려 와 있었다.

절벽 위에 로더의 집이 서 있었다. 옛날식 캠핑용 별장이었는데, 갈색 널빤지로 지붕을 이었고 땅에 가까울 만치 낮게 지어진 집이었다. 주방 문 앞의 계단은 풀 덮인 땅으로 이어졌고, 그 뒤의 벽은 검고 가느다란 덩굴식물로 덮여 있었다. 내가 알기로 그 덩굴들은 한두 달 뒤면 녹색으로 변해 엄청나게 많은 꽃을 피워낼 것이었다. 집은 합판으로 만든 덧문으로 둘러져 있었다. 우리는 차에서 내렸고, 로더가 현관문을 열었다.

별장에서 가장 넓은 공간은 중앙에 있는 큼직한 방이었는데, 거기에는 방충망이 쳐진, 한쪽에 따로 마련된 슬리핑 포치* 하나와 칸막이로 반쯤 둘러싸여 바다 쪽을 향한 다른 포치가 또

• 현관이나 출입구 바깥쪽에 튀어나와, 바깥 공기를 쐬면서 잠들 수 있게 유리나 칸막이로 둘러싸인 공간.

하나 딸려 있었다. 중앙의 방을 지나면 얇은 칸막이로 분리된 세 개의 작은 침실, 시방이 칭(그중 하나에는 금이 가 있었다)으로 된 조그만 주방, 뒷문이 열리지 않고 온수기가 녹슬어 있는 대충 만든 욕실이 있었다. 주방에는 깨진 접시 조각들이 조리대 위에 쌓여 있었고, 벽에 달린 등에 씌워진 종이 갓에는 열기에 그을려 생긴 구멍이 하나 나 있었다.

로더는 큼직한 방을 가로질러 바다를 향한 포치로 걸어갔다. 낮은 나무 칸막이 위에 놓인 긴 막대 하나를 발견한 그는 그걸로 덧문 하나를 열어 받쳐놓았다. 선명한 바다 빛깔을 한 작은 정사각형 하나가 방 안으로 쏟아져 들어왔다. 로더는 나머지 덧문들을 하나씩 차례로 열어 일렬로 된 나무 차양처럼 만들었고, 그러자 방은 그늘을 품은 빛으로 둘러싸였다. 포치에는 테이블 하나와 의자 몇 개가 놓여 있었다. 그중 하나에 앉자 세상은 내 눈높이에서 녹색 절벽과 은빛 바다, 푸르디푸른 하늘로 구성된 하나의 작은 작품으로 변했다. 기쁨이 내 심장을 가득 채웠다. 그늘지지 않은, 알록달록한 원색으로 칠해진 기쁨이었다. 나는 생각했다. 이 테이블에라면 영원히 앉아 있을 수도 있겠어. 영원히 앉아 있고 싶어. 그리고 이 자리를 떠난다면, 오직 로더와 함께 저 아래 돌투성이 해변을 걸으며 여자와 남자, 그리고 우리가 발견하는 세상을 이야기할 때였으면 좋겠어.

그 장소는 로더가 창조해낸 작품이었다. 들판과 숲과 습지를 지나고 얽혀 있는 식물들과 울타리로 둘러싸여 그늘진 땅을 통과해 도착한 집은 허름하지만 아름다웠다. 그 집은 풍경을 세련되게 바꿔놓았다. 그 집이 없는 세계는 엄청나게 공허했지만, 그 집이 있으면 창조된 우주 한복판에 앉아 있는 것 같았다. 그 우주는 정연한 논리를 부여해주었다. 이 집 안에서라면 누군가의 말을 경청할 수도, 생각을 할 수도 있었다. 나는 여기서부터 내가 앞으로 나아갈 거라고 느꼈다.

우리가 만난 그 첫 번째 여름, 로더는 해변에 있는 별장을 함께 쓰자고 나를 초대하면서 나 같은 친구가 집에 있으면 일이 더 잘될 거라고 했다. 초대를 받은 나는 행복해졌다. 나는 **정말로** 선택받은 것이었다. 나는 해변을 걸으며 끝없는 대화를 이어가고 또 이어가는 우리를 꿈꾸었다. 나와 함께 있으면 로더의 생각은 자유롭게 돌아다니고, 그 생각의 풍요로움을 받아들이기 위해 내 생각도 넓어질 것이었다. 나는 로더에게 그가 자주 접해보지 못한 인상적인 반응을 해줄 테고, 그는 내게 내가 여전히 갈망하는 현명한 조언들을 해줄 것이었다. 눈부시게 아름다운 여름이 앞에 놓여 있었다.

우리는 6월에 해변으로 갔다. 가져오고 싶은 물건을 가져오고 초대하고 싶은 사람들도 있으면 불러요, 로더는 그렇게 말했다. 그거 멋지겠네요, 나는 대답하고는 그것에 대해서는 더이상 생각하지 않았다. 나는 내가 이럴 때 늘 가져가는 것, 여행 가방 하나와 거기 들어갈 만큼의 책들을 가져가고 아무도 초대하지 않을 생각이었다. 내게 필요하거나 보고 싶은 사람이 누가 있을까? 아무도 없었다. 나는 로더와 함께하려고 거기 있었다. 대화에 집중하고, 듣는 일의 의미를 극대화하려고 말이다. 분명 로더 역시 같은 것을 원했다. 결국 그것이 우리 둘 사이에 일어날 일이고, 우리의 엄청난 계획이고, 로더가 나를 초대한 이유가 아니었던가?

첫 일주일은 상상 속에서 그려보던 것이 그대로 눈앞에 실현되는, 삶에서 믿기 힘든 순간 중 하나였다. 다 허물어져 가는 별장에 함께 틀어박힌 채 이야기를 나누고, 작업을 하는 데 행복하게 익숙해져 가는 로더와 나. 나는 2년인가 3년째 조금씩 조금씩 읽던 책을 붙잡고 있었고, 로더는 《여성과 권위》를 1부로 계획해둔 3부작의 2부를 쓸 준비를 하고 있었다. 다음 책은 심지어 《여성과 권위》보다도 중요한 책이 될 것이었다. 로더의 관심사의 폭과 상상력의 범위를 명료히 드러내줄 책이었다. 로더는 몇 년 동안 그 책을 구상해오고 있었다. 개념은 아직 정립되지 않았지만 막 시작한 단계도 아니었다. 로더는 작업에 착수하기 직전이었다. 그가 당장이라도 시작하리라는 걸 우리는 알았다. 로더가 나를 마음을 가라앉히고 생각을 모으는 데 도움이 되는 존재로 생각한다는 게 영광스러웠다.

우리가 함께한 첫 나날은 서로 공유하는 고독의 만족스러운 리듬 속에서 흘러갔다. 아침이면 우리는 각자 분리된 공간으로(로더는 슬리핑 포치로, 나는 작은 침실 중 하나로) 가서 작업을 하려고 앉았다. 오후 한 시에 우리는 함께 점심을 먹었다. 점심식사 후에는 다시 떨어져서 책을 읽었다. 방충망이 쳐진 슬리핑 포치 사이로 오후의 바다가 희미하게 빛을 냈고, 고양이들은 우리 무릎 위를 마음대로 가로지르며 자유롭게 서성거렸다. 로더의 고양이들에 대해 말하자면, 로더는 이 동물에 애착이 있어서 별장에서 네 마리나 기르고 있었다. 고양이란 아름다우며 그 사실을 스스로도 잘 알고 있고, 그게 자기가 녀석들을 사랑하는 이유라고 로더는 말했다. 고양이들은 노력해서 존재감을 얻어낼 필요가 전혀 없었다. 충분히 오랫동안 바라보면 고양이들이 꼭 알아야 하는 무언가를 말해주기라도 할 것처럼 로더는 끊임없이 녀석들을 바라보곤 했다.

늦은 오후가 되면 우리는 고양이들을 바닥에 내려놓고 해변으로 가서 산책을 하고, 책을 읽고, 바닷가의 바위들을 스쳐 지나가고, 물가에서 그리 멀지 않은 곳을 헤엄쳐 다녔다. 수영은 로더에게 일종의 종교였다. 그는 매일 아침과 저녁에 의식을 치르듯 물속으로 걸어 들어갔다. 로더는 면으로 된 긴 겉옷을 걸치고 챙이 넓은 밀짚모자를 쓰고 해변에 서서 수평선을 내다보곤 했는데, 그럴 때면 그의 내면에 특별한 종류의 고요함이 모여드는 것 같았다. 로더는 천천히 옷을 벗고 물가로 간 다음 물에 걸어 들어가서, 한참을 움직이지 않고 서 있곤 했다. 그러고는 물에 뛰어들어서 사랑스런 두 팔을 한 번에 하나씩 들어올려 높이 호를 그리면서 먼 곳으로 나아갔고, 이내 주술적인, 의심할 여지 없이 주술적인 리듬을 만들어냈다. 그는 바다와 교감하고 있었다. 자연 세계에서 스스로를 재건하고 있었던 것이다. 오후에 내가 로더와 합류할 때면, 물속에서 함께 장난을 치며 돌아다니는 건, 물장구를 치고 서로를 소리쳐 부르고 공기를 가르는 서로의 목소리를 들으며 웃는 건 오직 우리 두 사람뿐이었다. 우리의 기쁨은 커져가는 우정이 되었다. 저녁 일곱 시가 되면 우리는 별장으로 돌아와 저녁을 만들었다. 자정 무렵, 나는 평온하고 행복한 상태로 잠자리에 들었다. 아침이 되면 따스함 속에서 기대를 가득 품고 깨어났다. 평화가 내 안으로 새어 들어오기 시작했다.

금요일 오후가 되었을 때 어떤 공지나 경고도 없이 로더의 친구인 캐런이 도착했다. "아." 로더가 멍한 표정으로 말했다. "내 친구가 올 거라고 내가 말 안 했나요?" 몇 시간 뒤에는 로더의 조카인 마크가, 다음 날 아침에는 로더가 나가는 학교의 학생회 서기인 캐리가 도착했다. 이렇게 도착한 사람들 중 누구에 대해서든 어떤 설명도 뒤따르지 않았다. 로더의 태도는 침착하고 무관심했으며 어째선지 확신에 차 있었다. 우리 다섯 명은 주말을 함께 보냈다. 마크와 캐리는 모노폴리 게임을 했고, 캐런은 뜨개질을 했으며, 나는 책을 읽었고, 로더는 음식을 만들었다. 만들고 또 만들었다.

이미 알고 있듯이 주방은 집에서 중요한 공간이었다. 우리가 도착했을 때 로더가 짐을 풀면서 가장 많은 시간을 보낸 곳이 주방이었다. 로더는 천천히, 신중하게 가방들을 차례로 열었고, 플라스틱과 나무와 알루미늄으로 만든 도구와 주방용품, 돌과 철사와 베이클라이트로 만든 장치, 세라믹이나 짚을 짜서 만든 컵과 접시, 유리와 구리와 도자기로 만든 병과 단지 들을 끄집어냈다. 음식이 담긴 상자들도 있었고, 차와 외국산 양념과 집에서 만든 마요네즈가 든 통과 그물 가방들도 있었다. 양팔 소매를 걷어 올리고 주방에 있는 물건의 절반 정도를 신중하게 쓰면서 공들여 식사를 준비하는 것은 로더가 가장 사랑하는 일 같았다. 요리는 예술작품을 만들어내는 동시에 사랑을 줄 수 있는 한 가지 방법이라고 로더는 말했다.

그 첫날, 로더는 착실하게 일을 했고, 모든 물건들을 제자리(선반과 고리와 천장에 매달린 줄)에 가져다 두고 걸어놓으면서 혼자서 만족스럽게 콧노래를 불렀다. 주방은 순식간에 쾌활한 어수선함으로 가득 찼다. 선명하고 복잡한 어수선함이었다. 너무 선명하고, 복잡해도 너무 복잡하다고 나는 한두 번쯤 생각했다. 주방에 있는 모든 것이 동시에 내 감각을 침투해 들어올 때면 눈이 부담스러울 지경이었다. 로더 역시 그 시각적인 요란함 때문에 멍해 보일 때가 있었다. 그는 가끔 조리대 앞에 서서 주위를 빙 둘러보며 필요한 물건을 찾곤 했다. 어디 보자, 그 컵이 어디 갔지? 여과기는? 마늘 압착기는? 그러다 그는 그 어수선함 **안으로** 들어가는 길을 찾아내고는 필요한 물건을 손에 넣곤 했다. 그럴 때 로더의 얼굴은 커다란 미소로 밝아졌다.

이 의식을 거행하는 일은 로더에게 기쁨을 주었다. 가끔은 그 기쁨이 너무 커서, 의식을 거행하기 위해 그 어수선한 풍경을 만들어낸 게 아닌가 싶을 정도였다.

음식들은 말할 것도 없이 (말 그대로) 이야기 속에나 나올 만큼 근사했고, 언뜻 보기에는 같이 앉아 있을 이유가 하나도 없어 보이는 사람들에게 간단하게나마 같이 있을 이유를 부여해주었다. 식탁에 앉은 사람들은 로더가 말할 때면 각자 애정을 갈구하는 강아지처럼 그를 향해 몸을 돌렸고, 다른 누군가가 입을 열면 지쳐빠진 늙은 개처럼 외면했다. 하지만 그들에게도 **정말로** 공통점이 있기는 했는데, 주말이 진행됨에 따라 그 공통점이 천천히 모습을 드러냈다. 그들은 모두 수년 동안 로더를 알아온 사람들이었고, 모두 로더와의 우정이 시작된 첫 여름을 이 별장에서 보낸 사람들이었다.

일요일 아침이 되자 식사하는 일은 이미 부담스러워졌다. 아무도 자신이 그 자리에 있는 이유를 기억하지 못하는 것 같았다. 너무 우울해진 나머지 스스로가 비현실적으로 느껴지기 시작했다. 괴로움 속에서 위안을 찾아보려고 나는 바다로 향했지만, 바다의 근사함 역시 그 자체로 이미 하나의 비현실적인 관념이 되어 있었다.

그 두 번째 주말을 시작으로 사람의 물줄기가 하나씩 둘씩 계속 흘러들기 시작했다. 썰물처럼 빠지지도, 지치지도, 속도를 늦추거나 말라버리지도 않는 물줄기였다. 사람들은 두 명 혹은 세 명씩, 한 명 혹은 네 명씩 찾아왔다. 젊은 사람도 나이 든 사람도 있었고, 여자도 남자도 있었으며, 흰 피부도 갈색 피부도 노란 피부도 있었다. 로더의 학생도 이웃도 사촌도 있었고, 로더와 잠깐 알고 지낸 사람도 평생의 친구도 전에 시누이였던 사람도 로더에게 버림받은 연인도 있었다. 교직에 있는 동료들과 《여성과 권위》의 팬들도 있었다. 곧 누군가가 도착할 거라고 알려준 적도, 누구를 초대했다는 이야기가 나온 적도 없었다. 사람들은 그냥 나타났다.

로더는 어떤 사명을 받은 것처럼 주방을 차지했고, 작업을 할 시간이 없다고 종종 불평했다. 식사 준비는 우리끼리 할 수 있으니 서재로 가라고 내가 권하자 로더는 자리를 뺏긴 사람처럼 흥분해서 길길이 날뛰었다. 안 돼요, 안 돼. 로더가 소리쳤다. 그는 그럴 수 없었다. 이 사람들은 그의 **손님**이었고, 그는 손님들이 뭔가를 하게 내버려둘 수가 없었다.

내 불행한 가슴속에서는 당혹스러움이, 그리고 내가 부적합한 사람이라는 비참한 감각이 하루에 두 번 밀물과 썰물처럼 일어났다. 맨 처음부터 내가 완전히 잘못 생각한 것이 틀림없었다. 로더는 이제 나와의 우정을 원치 않을 뿐 아니라 피하는 것처럼 보였다. 로더가 사람들을 초대하는 건 나와 단둘이 있을 일을 확실하게 없도록 하기 위해서였다. 그리고, 따지고 보면 그래서는 안 될 이유가 뭐가 있겠는가? 내가 누구기에? 내가 감히 어떻게 로더의 관심을 붙잡아두길 바랐던 걸까? 말할 것도 없이 나는 부족한 사람이었다. 그럼에도 언제든 **실제로** 우리 둘만 있을 때면, 아침나절 동안 오후 동안 심지어는 하루나 이틀 동안도, 로더는 나와 함께 해변을 돌아다니면서 최고로 행복해 보였다. 우리의 멋진 대화는 꾸준히 흘러갔으며, 우리가 함께 있는 조용한 순간들은 편안하고 자연스럽게 느껴졌다. 나는 그 수수께끼를 풀 수가 없었다.

　어느 날 저녁, 늘 그렇듯 서로 어울리지 않는 여섯 명의 목적 없는 수다로 채워진 긴 하루의 끝에, 나는 로더의 수영 의식을 위해 그와 함께 해변으로 걸어 내려갔다. 로더는 돌들을 밟으며 조심스레 물가로 걸어갔고, 나는 곁에서 그를 쳐다보지 않고 걸었다. 우리 둘 다 아무 말도 하지 않았다. 그날 저녁은 서늘하고 눈부셨으며 가슴이 아플 만큼 감미로웠다. 그러다 내가 로더를 향해 몸을 돌렸다. 사라져가는 빛 속에서 로더의 얼굴이 보였다. 그는 거기, 물가에 수평선을 내다보며 서 있었다. 그의 뒤로는 사람들이 있었고, 앞으로는 자연의 세계가 펼쳐져 있었다. 로더의 얼굴에는 강렬한 안도감이 담겨 있었다. 그 의식을 하게 만드는 것은 그 강렬함이었다. 문득, 로더가 혼자 갇혀 있는 것 같다는 생각이 들었다. 로더가 자연을 사랑하는 것이 아니라, 사람들과 함께 있을 때의 외로움을 잊도록 자연이 로더를 도와주는 것이었다.

　그러자 알 수 있었다. 로더는 나를 좋아하지 않는 게 아니라 사실 매우 좋아했다. 하지만 그가 나를 혹은 다른 누군가를 얼마만큼 좋아하는지, 나 혹은 다른 누군가와 무엇에 관해 이야기를 했는지, 그런 것들은 로더에게 중요하지 않았다. 오래지 않아, 정말이지 오래지 않아 로더는 다시 외로워지고, 자신이 텅 비었다고 느낄 것이었다. 로더가 아는 그 누구도 그를 채워줄 수는 없었다. 설령 우리 모두를 한꺼번에 삼킨대도 그는 여전히 허기를 느낄 것이었다. 로더는 끊임없이 누군가의 빈자리를 다른 사람으로 채워야 했다. 그렇게 대체되는 사람 중 어떤 이들이 다른 이들보다 조금 더 재능 있고 흥미롭고 재미있을지는 몰라도, 결국 우리 모두는 대체될 운명이었다. 로더를 위해 우리가 이뤄주어야 할 과업을 달성할 수 있는 사람은 아무도 없었다.

내가 뒤로 물러나는 걸 느끼고 그에 대한 대답으로 로더 역시 뒤로 물러난 건지, 아니면 그 해변에서 내가 로더에 대해 알게 된 사실이 그가 내게서 멀어지리라고 이미 결정해놓았던 건지 나는 절대 알 수 없겠지만, 노동절 무렵이 되자 우리 우정의 허니문은 끝이 났다. 그 여름 이후로 나는 내가 로더의 특별하고 절친한 친구일 거라는 생각을 두 번 다시 하지 않았다. 결국 나는 주말 식탁의 잡다하게 뒤섞인 친구들에게 합류했다.

그들은 분명 친구들이었다. 다들 로더에게 이끌리고, 한동안 특별해진 기분을 느꼈다가 친밀한 관계 바깥으로 급속하게 떨어져 나온, 그럼에도 관계의 현실이 아니라 환상에 여전히 애착을 갖고 있는 사람들이었으니까. 로더를 통해 만나게 된 우리는 가끔 모이곤 했고, 그럴 때면 어쩔 수 없이 로더에 대해 이야기를 하곤 했다.

이런 모임들에서 나는 나 자신을 차별화하기 시작했다. 모두들 로더가 우울증을 앓고 있다고 알고 있었다. 나만이 그가 평생 계속되는 분노에 시달리고 있다고 주장했다. "그 우울이라는 건 사실은 분노예요." 나는 말했고, 그 말을 계속했다. 가끔씩 내가 말할 때 누군가가 눈을 빛내거나, 눈썹을 치켜올리거나, 격한 공감의 뜻으로 고개를 끄덕이기도 했지만, 그 문제에 나만큼 집중하는 사람은 아무도 없었다.

"맞아요, 맞아." 반응은 이렇게 돌아오곤 했다. "근데 이 얘기 좀 들어봐요. 요 전날 밤에 로더가 이야기를 하는데, 로더는 **정말** 뛰어나단 말이에요. 여러 가지를 조합하는 방식이…."

나는 듣는 척했다. 그러면서 그 일화에 내가 치고 들어갈 부분이 나오기를 기다리고 있었다. 그러다 아니나 다를까, 그런 부분을 발견하면 의기양양하게 선언하곤 했다. "로더가 한 그 말은 사실은 분노 때문에 나온 거예요."

로더의 분노라는 주제에 관해서는 나는 얼마든지 독백을 늘어놓을 수 있었고, 실제로 그렇게 했다. 내게는 주목하지 않을 수 없는 통찰이 있었고, 그걸 포기할 생각이 없었다. 로더를 아는 사람들과 함께 있으면 내 통찰은 충동으로 발전했다. 가끔씩 나는 마치 무아지경에 빠진 것처럼, 오직 그 하나의 주제에만 전념하는 내 분석의 아름다움에 마음을 완전히 빼앗긴 상태가 되었다.

사람들은 늘 같은 말로 이루어진 내 분석을 받아들이지 못했고, 심지어는 짜증을 내기도 했다. 어째서일까? 나는 늘 궁금했다. 결국 나는 그저 무언가를 바로잡고 있을 뿐이었다. 그건 명백한 사실 아닌가? 여기 있는 모든 사람들은 로더를 숭배하기 위해 와 있었다. 나 혼자만 다른 사람들이 보지 못한 것을 보고, 다른 누구도 이해하지 못한 것을 이해하고 있었다. 왜 내가 말하면 안 되지? 왜 이런 말은 이해받지 못하지?

세월이 흘러갔다. 로더와 나는 계속 만났지만, 만남은 점점 뜸해졌고 대체로 불만족스러워졌다. 나는 로더가 나와 함께 있을 때 딴 생각을 하는 걸 느꼈다. 나는 나 자신에게 되뇌었다. 로더는 내게서 복종을, 혹은 구원을 원했던 거라고. 하지만 그 둘 중 어느 것도 나는 줄 수가 없으니… 거기까지 생각한 나는 마음속으로 어깨를 으쓱하고는, 우리가 여전히 함께 있는 동안, 걷거나 이야기를 나누거나 식사를 하는 동안 나 자신으로 돌아오곤 했다. 그럼에도 그와 만나기로 약속할 때면 언제나 기대감이 따라붙었다.

작업을 해보려는 내 삶 속에서 계속되어온 몸부림은 그러는 동안 빠른 속도로 진행되었고, 계속되고, 또 계속되고, 또 계속되었다. 로더와 나의 관계와 마찬가지로 그것은 해결할 수도 포기할 수도 없는 문제였다. 어쨌든 나는 구름이 걷혀 내가 리뷰 한 편을 써내거나, 에세이 한 편을 끝내거나, 책 한 권을 써나갈 수 있는 때가 오기를 끊임없이 기다리며 절뚝절뚝 나아 갔다.

그리고 사람들은 모두 로더가《여성과 권위》의 속편을 쓰 기를 기다리고 있었는데, 당연히 어느 누구도 그가 그 책을 써 낼 것을 의심하지 않았다. 그 두 번째 책은 우리 모두가 여행 목표로 삼은 성배와 같았다. "로더가 책을 쓰면…"은 내가 아는 사람들 사이에서 늘 나오는 후렴구가 되었다. 그 말의 의미는 다음과 같았다. '그때가 되면 우리는 통찰력 있는 명석함을 만 나게 될 것이다. 모든 것을 이해하고 용서하게 될 것이다.'

세월이 더 흘러갔다.

로더는 인도로 여행을 갔다가 새 남편을 얻어 돌아왔다. 로 더는 이제 쉰여덟 살이었고, 그와 결혼한 남자는 마흔 살이었 다. 그 남자는 인도의 어느 언덕 꼭대기 마을에 살던 자동차 정 비공이었다. 갈색 피부와 맑은 두 눈을 지닌 잘생긴 남자로, 시 크교도 터번을 쓰고 단조로운 억양의 영어를 했으며 영리해 보 였지만, 그는 뉴욕시에 있는 아파트에서 일어난 자신을 발견할 때면 절망적이라 할 만큼 혼란에 빠졌다. 그의 얼굴을 보면 하 늘이 어디로 가버린 건지, 세상을 이루고 있던 산맥과 계곡이 어떻게 다 사라질 수 있는지 그가 끊임없이 궁금해하고 있다는 걸 알 수 있었다. 그는 로더가 자신에게 마법을 건 거라고 생각 했다. 그는 찾아온 사람에게 씩 웃고는 "저는 그 사람을 열 - 렬 - 히 사랑해요" 하고 선언하곤 했다. 셀림이 "저는 그 사람을 열 – 렬 – 히 사랑해요"하고 말할 때마다 나는 조만간 로더가 살해된 채 발견되는 게 아닐까 하는 생각이 들었다. 하지만 로더는 그저 웃음을 터뜨리고는 만족스러운 듯 기지개를 켤 뿐이었다. 나는 나이 육십이 되어 셀림에게 빠진 지 2년째에 접어든 로더를, 아침에 슬리핑 포치의 엉망이 된 침대에서 몸 위에 올라앉은 고양이들을 둔 채로 깨어나 벗은 몸을 반쯤 드러내고 있는 로더를, 매끄러워지고 아름다운, 성적인 쾌락으로 완전히 채워진 로더의 얼굴을 여전히 그려볼 수 있다. 로더는 콜레트 Colette에게서 나온 피조물 같았다. 그 결혼은 4년 동안 유지되었다.

셀림이 로더와 함께 지내던 두 번째 여름에, 로더는 별장으로 와서 열흘간 함께 지내자고 나를 초대했다. 첫 번째 토요일, 로더의 학생이었던 안드레아가 주말 동안 지내러 도착했다. 안드레아는 빛나는 두 눈과 끊임없이 뒤로 넘겨 버릇하는 검고 풍성한 머리칼을 지닌 자그만 체구의 여자로, 도시의 대학에 재직 중인 심리학자였다. 안드레아가 자기 혼자 힘으로 커리어를 만들어가고 있다는 이야기를 듣긴 했지만, 내가 유일하게 알았던 그의 모습은 새로 시작한, 그러나 그 자신이 무의식적으로 망치고 있던 열병 같은 사랑 때문에 제정신이 아닌 모습뿐이었다. 로더는 안드레아를 엄청나게 좋아했다. 안드레아는 로더 자신의 젊은 시절을 떠올리게 하는 사람이었던 것이다.

로더가 꼬박 두 시간을 들여 준비한 늦은 저녁식사가 끝나고, 안드레아는 자정이 된 시각에 별장의 큼직한 거실 안을 서성거리며 우리에게 제이슨이라는 남자에 대해 이야기했다. 그들은 사귄 지 3개월째였는데, 제이슨은 벌써 불만이 많아지고 있다고 했다. 그 전 주말에 그들은 함께 캠핑을 갔었다. 제이슨은 황야에서의 삶에 조예가 깊은 사람이고, 안드레아는 야외 생활에 대해서는 아무것도 몰랐다. 제이슨이 그날 밤을 위해 텐트 자리를 준비하는 동안 안드레아는 나무 그루터기에 걸터앉아 그에게 〈뉴욕 리뷰〉의 기사를 큰 소리로 읽어주었다고 했다(여기서 나는 웃음을 터뜨렸다. 안드레아가 나를 보았다. "뭐 잘못된 거라도 있나요?" "아뇨, 아니에요." 나는 고개를 흔들었다. "계속해요."). 안드레아는 자신이 읽고 있던 기사에 마음이 들떴다. "이것 좀 들어봐." 그는 그것이 동료다운 행동이라고 생각하며 제이슨에게 말했다. 하지만 제이슨은 안드레아가 문장을 읽어주는 도중에 몸을 돌렸다. 안드레아가 화를 내자 그는 퉁명스럽게 말했다. "무슨 차이가 있어? 넌 그저 네가 공연을 선보이는 동안 거기 있어 주는 누군가를 원할 뿐이잖아."

"아이고 저런." 내가 말했다.

"그러게 말이에요!" 안드레아가 연극적으로 눈썹을 둥글게 찌푸리며 내게 몸을 기대왔다. "그리고 전 그 사람 말이 무슨 뜻인지 알게 됐어요!" 그는 머리칼을 뒤로 넘겼다. "그 사람 말이 옳다는 걸 알게 됐다고요." 그는 섬세한 손가락들로 머리칼을 얼굴에서 떼어냈다. "전에는 이렇지 않았거든요." 안드레아가 신음소리를 냈다.

"이렇지 않았다고요?" 내가 물었다.

"네! 처음에는 그 사람, 제가 가진 책들을 읽었고 자기가
읽은 걸 좋아했어요. 똑똑한 사람이고, 예리하기도 했는데. 지
금은…." 안드레아가 다시 신음했다. "제가 그동안 너무 비난을
많이 했어요. 그 사람도 그렇게 말해요. 저한테 이러더라고요.
'넌 부드러운 부분, 약한 부분들을 온통 찾아내서는 마치 재앙
처럼 비난하는 말을 퍼붓잖아. 넌 지금껏 나를 물어뜯고 물어
뜯고 또 물어뜯었어.' 그 사람, 저를 사랑했었는데! 제가 다 망
쳐버렸어요."

나는 마룻바닥을 빤히 쳐다보았다. 안드레아는 두 손에 얼
굴을 파묻고 있었다. 로더는 셀림이 저녁 먹은 접시들을 설거
지하고 있는 주방 쪽을 내다보았다. 셀림이 그릇을 치우는 데
는 몇 시간이나 걸렸는데, 나는 그 이유를 알고 있었다. 찻주전
자도, 바구니도, 에그 타이머도 늘어나서 내가 기억하던 것보다
주방이 훨씬 더 어수선해졌다. 로더가 자신이 계속 늘려온 시
각적 요란함 속으로 전보다 느리게 빠져드는 걸 지켜보고 있노
라면 넋이 나가버릴 정도였다. 이제 셀림은 싱크대 앞에 서서
빈자리라고는 없는 조리대위에 설거지가 끝난 냄비나 접시를
내려놓으려고 필사적인 곡예 중이었다. 어쩔 수 없이 거미줄에
걸린 것처럼 조심조심 움직이면서.

"난 남자들의 에너지가 마음에 안 들어." 로더가 주방을 바

라보며 생각에 잠긴 말투로 말했다. "너무 세고, 과격하고, 직접적이잖아. 몸짓하며, 움직임하며, 그 모든 레퍼토리가. 너무 뻔해. 여자들이랑 있을 때와는 달라. 뉘앙스도 없고, 변화도 없다니까. 매력적이지가 못해. 그리고 가끔씩은 숨이 막히지…." 마치 완성할 수 없는 어떤 생각에 도달한 것처럼 로더는 갑작스레 말을 멈췄다. 그는 자기 머릿속에 있는, 약간 떨어져 보이지 않는 곳으로 눈을 돌렸다. 그러더니 앉아 있던 의자에서 자세를 바로 하고는, 고개를 흔들고 헝클어진 머리칼 속에 손을 집어넣어 빗더니 웃음을 터뜨리는 것이었다. "내가 젊었을 때는 말이야." 그가 안드레아에게 말했다. "남자들이 메인 요리였어. 하지만 지금은 그냥 양념일 뿐이지. 조언하자면, 가능한 빨리 그 단계에 도달하길 바라. 인생은 그때가 돼야 해볼 만해지거든."

그건 사실이 아니지, 사실일 리가 없잖아, 나는 그렇게 생각했다. 로더는 안드레아에게 자기가 남자들을 그다지 혹은 아예 의미 없게 여긴다는 인상을 주고 싶은 모양이었는데, 난 그렇게 바보는 아니었다. 그런데, 로더에게 남자들은 **정말로** 어떤 의미였던가? 사랑이 메인 요리였다고 말할 때, 로더는 자신이 원하는 것을 주지 않는 남자들을 갈망했던 때를 떠올리고 있었고, 사랑이 양념이라고 말할 때는 사실 자신에게는 필요 없는 남자로 하여금 자신을 필요로 하게 만든 일을 떠올리고 있었다. 남자들은 의심할 여지 없이 로더의 해묵은 분노와 여전히 얽혀 있었다. 하지만 로더가 이토록 단순하기 짝이 없는 성적인 권력 쟁취의 단계에 여전히 몰두하고 있는 것이 그 분노 때문일까? 그가 인도에서 셀림을 데려온 것이 이런 분노, '저 남자가 굴욕을 당하든지 내가 당하든지' 하는 식의 분노 때문이었나? 그런 극단적인 행동 뒤에 숨은 동기가 그거였다고? 믿기 어려운 사실이었다.

내가 별장에서 머무르는 기간이 끝나가던 어느 날 아침, 나는 주방에서 들려오는 로더의 시끄럽고, 신경질적이고, 슬픔에 잠긴 목소리에 잠에서 깨어났다. 로더가 셀림에게 소리치고 있었다. "네가 어떻게! 네가 어떻게 그럴 수가 있어! 너, 그렇게 **멍청해**? 아니면 나를 죽일 셈인 거야? 그런 거야? 네가 나를 죽여버리라고 내가 너를 내 집에, 인생에, 침대에 들여놓은 거야? 내가 그러려고 너를 여기 데려온 거냐고?" 나는 침대에서 튀어나와 그의 목소리가 들려오는 쪽으로 달려갔다.

낡아서 닳아빠진 잠옷을 입은 로더가 주방 한가운데 서서 머리를 쥐어뜯고 있었다. 두 눈은 매서웠고, 입술은 비참함으로 떨리고 있었다. 주방 건너편에는 셀림이 그를 마주 보고, 두 손으로 벽을 짚은 채 사나운 눈을 하고 서 있었다. 주방은 회오리바람이 쓸고 지나간 것 같았다. 선반에서 쓸려 나오고, 쓰레기통에서 빠져나오고, 조리대에서 떨어진 물건들이 사방에 어질러져 있었다. 로더의 다리 사이에는 구깃구깃해진 쇼핑백이 두 개 세워져 있었는데(그중 하나에는 커다란 기름얼룩이 있었

다) 종이조각이 꽉 차서 흘러넘치고 있었다. 청소를 하다가 커튼이 처진 벽감 뒤에서 쇼핑백들을 발견한 셀림이 그것들을 버리려 했던 모양이었다. 그 종이조각들은 로더가 아직도 집필하지 못한 두 번째 책을 위해 해놓은 메모들이었다. 만약 로더가 방광이 꽉 차는 바람에 잠에서 깨어나지 않았다면, 이리저리 방황하는 생각 때문에 오래된 메모 하나를 찾으러 오지 않았다면…. 로더는 쇼핑백들을 찾느라 주방을 온통 뒤집어놓았다. "너, 너, 너." 그는 분노로 떨리는 목소리로 셀림에게 소리쳤다. 풀리지 않는 그의 분노, 그 소중한 분노를 담아.

나는 주방에, 쇼핑백 속에, 그리고 로더의 목소리에 자리잡은 혼돈 속에서 주위를 둘러보았다. 그 혼돈의 끝에는 쓰여지지 않은 로더의 책이 있었다. 나는 이제 셀림이 여기서 하고 있는 역할을 알 수 있었다. 셀림은 로더가 어떤 사람인지 전혀 몰랐다. 오직 로더가 누구인지 모르는 남자만이 그와 같은 일을 할 수 있었다. 일어나도록 로더가 **놔둘** 필요가 있었던 일을. 로더는 자신의 혼돈을 유지해줄 남자를 데려오기 위해 지구 끝까지 갔던 것이었다. 왜냐하면, 의심의 여지 없이, 로더가 자신의 일을 망치는 데는 여전히 한 남자가 필요했으니까.

그들을 지켜보며 주방에 서 있자니 불현듯 별장을 처음으로 보았던 때가 기억났다. 그때 내가 어떤 생각을 했는지도. 나는 여기서부터 내가 앞으로 나아갈 거라고 느꼈었다. 그 기억이 내 입속에 쇠처럼 쓰디쓴 맛으로 남아 있었다.

그 여름 이후로 나는 2년 동안 로더를 만나지 않고 지냈다.

우리가 다시 만났을 때 셀림은 인도로 돌아간 뒤였고, 로더는 여전히 두 번째 책 집필을 시작하지 않은 상태였다. 뉴욕에 있는 로더의 집 주방에 들어간 어느 날, 나는 그가 절대 그 일을 시작하지 않으리라는 걸 알았다. 주방의 무질서는 다른 차원으로 접어들어 있었다. 표면이란 표면은 걱정스러울 만큼 마구잡이식으로 늘어놓은 물건들로 빼곡했다. 주스기와 강판, 컵받침과 열쇠, 알약들과 고양이 사료, 앤초비 페이스트와 사인펜, 크래커와 점안액, 시간을 측정하는 도구들, 발열 장갑, 메모 패드. 눈을 둘 빈 공간이라고는 손톱만큼도 없었다. 심장이 빠르게 뛰기 시작했다. 로더는 싱크대 앞에 서서 한 손에는 과일 칼을, 다른 손에는 감자 한 알을 들고 일을 하면서 열심히 내게 이야기를 하고 있었다. 그러다 한번, 나를 보려고 몸을 돌렸다. 다시 싱크대로 몸을 돌렸을 때, 로더는 움직임을 멈췄다. 그는 혼란에 빠진 듯했다. "칼 어디 있지?" 그가 물었다. 나는 그를 빤히 쳐다보았다. "당신 손에요." 내가 천천히 말했다. "아." 로더가 말하고는 웃음을 터뜨렸다. 그는 머리를 맑아지게 하려는 것처럼 고개를 흔들었다. 2분 뒤, 나는 그가 다시 집중력을 잃었다는 걸 알 수 있었다. 이번에 그는 들키지 않을 만큼은 약삭빠르게 행동했다. 로더는 싱크대 속을 들여다보며 무리하게 노력을 한 끝에 결국 칼이 있는 곳을 알아냈다. 노망 속으로 스스로를 몰고 가고 있구나, 나는 차분하게 생각했다. 분노를 포기하느니 로더는 차라리 노망이 들기를 바랄 것이었다.

그 집을 나설 때 내 심장은 더욱 빠르게 뛰고 있었다.

장례식에 참석한 사람들이 이야기를 나누었다. 로더의 학생들과 동료들과 연인들, 독자들과 팬들과 수영 친구들, 어린 시절의 친구들과 어른이 돼서 만난 친구들이었다. 어떤 이야기도 서로 비슷하지 않았지만, 그럼에도 오직 몇 가지 주제만이 모습을 드러냈다. 주제의 반복은 생생했고, 변형은 듣는 이를 빠져들게 했다. 여자들은 오로지 로더의 '강력한 에로스'에 관해서만, 남자들은 그의 '날카로운 지성'에 관해서만 말하는 듯 보였다. 두 집단은 각각 상대 집단이 아는 것에 대해 일종의 심술궂은 경멸을 드러내 보였다.

내 옆에는 로더의 별장에서 내가 지냈던 다음 해 여름에 나를 대체했던 여자가 앉아 있었다. "당신도 들으면서 비슷한 생각 하고 있나요?" 여자가 속삭였다. 나는 여자에게 고개를 끄덕였다. "이건 정말이지 로더가 인생을 보내면서 바라보았던 풍경하고 똑같네요." 그러자 여자가 말했다. "로더는 키츠Keats 같았어요. 로더가 한 일이라곤 자기 주위에 있는 것들을 관찰하는 일뿐이었죠." 나는 앉은 채 몸을 돌려 동지를 빤히 쳐다보았다. 로더에 관해 그런 생각을 해본 지 천년쯤은 지난 것처럼 느껴졌다. 여자는 자리에서 일어나더니 말하기 시작했다.

"제가 그저 머리 좋은 여자애에서 생각할 줄 아는 사람으로 바뀐 건," 여자가 말했다. "로더와 대화를 하면서였어요. 로더와 함께 있으면서 제 몸 바깥으로 통찰의 선이 저절로 그어지기 시작했어요. 보폭이 넓어지고, 이해력도 확장되었죠."

로더의 학생 한 명이 일어섰다. "그분은 제 머릿속에서 일어나는 대화를 듣는 방법을 가르쳐주셨어요." 그가 말했다. "그분께 저는 저 자신에게 말을 거는 일이 제가 할 투쟁이 되리라는 걸 배웠습니다."

학생 또 한 명이 말했다. "로더 선생님은 언제나 우리를 놀라게 해주셨어요. 어느 밤 선생님이랑 〈플래툰Platoon〉을 보러 갔었는데요. 다들 그 영화가 마음에 안 들었고, 그 작품이 전쟁을 미화한 방식에 대해 계속 이야기했죠. 그런데 로더 선생님이 그러시는 거예요. '나는 영화 좋았는데.' '뭐-라-고-요!' 우린 모두 선생님을 향해 소리를 질렀어요. 선생님은 우리에게 활짝 웃으셨어요. '남자들의 비참한 순응을 이만큼 훌륭하게 묘사해낸 작품을 **본** 적이 한 번이라도 있나요?' 선생님이 그러시더라고요. 우리끼리는 그런 생각은 절대 못했을 거예요."

"로더한테는 하고 또 하는 이야기가 두 가지 있었어요." 로더와 30년간 친구였다는 한 여자가 말했다. "로더는 우화라면 질리는 법이 없었죠. 첫 번째 이야기에서는 어떤 여자가 원양정기선 갑판 밖으로 추락해요. 몇 시간이 지나 사람들은 여자가 없어진 걸 알게 되죠. 선원들은 배를 돌려 왔던 길을 돌아가서 여자를 찾아낼 수 있었죠. 여자가 계속 헤엄을 치고 있었거든요. 두 번째 이야기에서는 한 젊은 남자가 자살을 하기로 마음먹고 높은 다리 위에서 뛰어내리는데, 공중에서 마음을 고쳐 먹고는 몸을 바로잡아 다이빙 자세를 취해서 살아나요. 로더는 언제나 기회를 잡아서는, 마치 내게 한 번도 한 적 없던 이야기인 양 둘 중 하나를 시작하곤 했어요. 가끔씩은 로더 **자신도** 그 이야기를 전에 한 번도 들어본 적이 없는 것 같았죠. 아마도 그 점이 다른 무엇보다 로더의 삶에 대해 더 많은 걸 이야기해주는 부분일 거예요. 그 절망, 권태, 외로움. 그것들은 로더에게는 모두 이렇게 번역되었죠. '인류의 운은 다했고, 인간들은 스스로 파멸하겠지만, 그래도 계속 헤엄을 쳐야 해.'"

말도 안 되는 소리, 나는 나 자신에게 되뇌기 시작했다. 분노야말로 로더가 떠다니던 바다였는걸, 그 바다는 로더가 절대로….

갑자기 말들이 내 안에서 죽어버렸다. 익숙한 생각이 스스로 완성되기를 거부했다. 나는 내가 실은 나 자신에 대해 말하고 있었다는 걸 깨달았다. 내가 하고 있던 이야기는 언제나 나 자신에 관한 것이었다. 나는 결코 로더를 진정으로 알지 못했고, 그의 전체를 바라본 적도 없었다. 나는 필요할 때마다 그를 이용해왔다.

로더는 내 우울이었다. 내 내면의 분열, 나를 아래쪽으로 끌어당기는 힘, 내가 가장 조금밖에 이해하지 못하는 것. 로더의 분노를 확실히 규정하면서 몇 년을 보내는 일은 나를 기쁘게 했다. 나는 마치 로더 안에서 분노를 찾아냄으로써 내 안의 분노를 줄이려는 것 같았다. 로더와 함께 지내는 동안 나는 정말로 그의 불능 상태를 숭배하게 되었다. 그런 식으로 내가 가장 싫어하는 자신의 일부에 계속 몰두할 수 있었다.

나는 장례식장에 놓인 로더의 관을 바라보았다…. 내가 밑바닥으로 가라앉혀버린 수년 동안의 멋진 대화를, 침몰해버린 황금과 건져낸 쓰레기들을…. 나는 자리에서 일어섰다. 누군가가 말하고 있었다. 모두의 시선이 나를 향했다. 내가 무엇을 할 수 있을까? 배는 벌써 몇 시간 전에 가라앉았고, 나는 경험이 너무도 부족한 수영 선수였다. 나는 몸을 돌려 열린 문을 향해 걸어갔다.

영혼을 죽이는 사소한 일들

얼마 전 뉴욕에서 열린 어느 파티에서 샬럿과 우연히 마주쳤다. 다음 날에는 식당에서 대니얼을, 그다음 날에는 우체국에서 마이라를 만났다. 나는 이 사람들을 무척 좋아했는데(얼마나 좋아했는지 모른다!) 이유는 한 가지였다. 그들 머릿속에 들어 있는 문장들이 간절히 듣고 싶었으니까.

우리가 나누는 대화는 내가 그들을 사랑하게 만들었다. 그들이 말하는 문장의 형태에 반응할 때면 내 문장들도 풍요로워지고 자유로워진다. 생각은 풍부한 표현으로 넘치고, 감정들은 명확해지고, 다른 어느 때보다도 행복해진다. 내게 곧바로 반응해주는 누군가의 지성이 있는 곳에서 내 지성이 작동하는 소리만큼 나를 살아 있다고 느끼게 하는 것은 이 세상에 없다. 샬럿이나 마이라, 대니얼과 대화할 때면 서걱거리는 느낌이 씻겨나간다. 나 자신에게 연결된 나는 이제 다른 사람들과도 연결된다. 고독이 사라진다. 피부 아래, 나의 내면은 평화롭다.

하지만 나는 그들과 우정을 계속 유지할 수 없었다. 그들에게 자극이 되지도, 위안을 주지도 못했다. **그들은** 나와 함께 있을 때 명료해지지 않았다. 내가 곁에 있을 때 그들은 더 연약하고 복잡하고 자기중심적으로 변했으면 변했지, 그 반대로 변하지는 않았다. 나는 그들이 바라고 필요로 하는 만큼 그들 자신을 되찾게 해주지 못했다. 사랑과 마찬가지로, 우정에도 짜릿함만큼이나 평안함이 필요하다. 그 두 가지가 모두 갖춰지지 않으면 마음의 접붙이기는 이루어지지 않는다. 연결은 신뢰할 수 없는 순간의 문제로 남는다. 꾸준히 연결되지 않으면 우정에는 미래가 없다. 뉴욕에서 미래가 없는 것은 무엇이든 미칠 듯한 마음의 동요 속으로 곧바로 다시 내던져진다.

나는 생각이 비슷한 사람들과 연결되는 데 실패한다는 문제에 집착하고 있다. 내가 아는 사람들은 모두 말하기를 좋아하는 사람들이다. 생명을 유지하는 데 있어 대화가 반드시 필요한 이들, 말을 하지 않으면 자신이 살아 있다고 느끼지 못하는 종류의 사람들인 것이다. 그럼에도 모임이 끝난 뒤에 지난 몇 시간이 남긴 공허한 감정을 노려보며 의자에 앉아, "우리 같은 사람들" 사이에서 오가던 말들에 대해 생각했던 저녁이 내게는 여러 번 있었다. 그 말들은 우리에게 서로를 열어주어야 마땅했지만, 오히려 서로의 마음을 닫아걸게 만들었고, 멍하고 의기소침한 감정을 남겨놓았다.

늦은 밤, 나는 혼자 앉아 궁금함에 사로잡힌다. 나는 자극이 되라는 의미로 꺼냈는데 상대방이 공격으로 받아들인 문장은 어떤 것이있을까? 내니얼의 마음을 끌어당기지 못하고 미움을 사고 만 뉘앙스는 무엇이었고, 샬럿의 통찰력을 흐트러뜨리고 마이라의 기분을 맥빠지게 만든 내 대답은 또 무엇이었을까? 왜 이런 일이 이토록 쉽게, 그리고 자주 일어나는 걸까? 우리는 왜 이토록 가까워졌는데도 여전히 의견이 분열될까? 그 방에 있던 사람들은 모두 품위 있고 지적이며 박식했다. 우리는 모두 기표소에서 같은 레버를 당겼고*, 〈타임스〉지에 실린 같은 책 리뷰를 읽었다. 우리 중에 부동산업계에 있거나 시에서 일하는 공무원인 사람은 아무도 없었다. 여기서 무엇이 잘못되었던 것일까? 대답은 언제나 같았다.

좋은 대화는 지성과 정신의 단순하지만 신비로운 어울림에 달려 있는데, 그 어울림은 노력해서 얻을 수 있는 것이 아니라 그저 우연히 탄생하는 것이다. 그것은 공통의 관심사나 계급적 이해관계, 혹은 공동으로 세운 이상의 문제가 아니라 기질의 문제다. 기질이란 항의하는 투로 "그게 무슨 뜻이야?"라고 묻는 대신 본능적으로 이해한다는 듯 "네 말이 무슨 뜻인지 정확히 알겠어" 하고 대답하게 하는 무언가다. 기질이 같은 사람과 함께 있으면 자유롭고 솔직한 대화의 흐름이 거의 끊기지 않는

---

* 1890년대 후반부터 1980년대 중반까지 뉴욕에서는 후보자의 이름 옆에 부착된 레버를 당기는 방식으로 투표했다.

다. 반면 기질이 다르면 언제나 누군가는 눈치를 보게 된다. 기질을 공유한다는 것은 한 벌의 톱니바퀴가 작동하는 방식과 비슷하다. 발상은 복잡하지 않아도 톱니바퀴의 맞물림은 완벽해야 한다. 거의 정확한 정도로는 안 되고, 완벽해야만 한다. 그렇지 않으면 톱니바퀴는 돌아가지 않는다.

내가 기질에 대해 생각하게 된 것은 대학에서 강의하며 보낸 몇 년 때문이다. 대학 도시에서는 내가 '대충 만들어낸 반응 증후군'이라고 부르는 고립 속에서 평생을 살아가는 "우리 같은 사람들"을 수없이 볼 수 있다. 그들은 동료나 이웃의 입에서 나오는, 사람의 세계를 확장시키기보다는 움츠러들게 만드는 구절과 뉘앙스와 문장을 반복해서 듣는 일에 매일같이 적응하며 살아간다. 그것은 대학 사람들이 익숙해지는, 일종의 삶 속 죽음이다.

한번은 남부에서 어느 문예창작 프로그램에 참여해서, 뉴욕에서 온 내 또래 여성 작가와 함께 일하게 됐다. 거기에 마술적 리얼리즘 소설을 쓰는 소설가와 철학적인 자연 에세이를 쓰는 작가뿐 아니라 블랙 마운틴* 시인도 한 명 속해 있다는 게 이 학과의 자랑거리였다. 내가 뉴욕을 떠나기 전 사람들은 내게 말했다. "대단한 사람들하고 한 팀이 되었네요. 멋진 대화를

* 기존 시의 닫힌 형식에서 벗어나 시의 내용을 정확하게 반영하는 즉흥적인 형식으로 된 시를 쓸 것을 제안한 20세기 미국의 포스트모던 시인 그룹.

하며 겨울을 보내겠는데요?" 하지만 알고 보니 누구도 서로에게 그다지 할 말이 없었다. 뉴욕에서 온 여성 작가는 독실한 종교인이었고, 마술적 리얼리즘 작품을 쓰는 소설가는 알코올의 존증 환자였으며, 시인은 페미니즘에 극단적으로 사로잡혀 있었고, 자연 에세이 작가는 사회적인 교류를 지독히도 싫어했다. 내가 하고 싶은 말은 이렇다. 그들이 정말로 어떤 사람인지 누가 알겠는가? 적어도 나는 모른다. **내가** 아는 것이라고는 그들과 함께 있을 때 내가 멍한 기분이 되었고, 그들 역시 나와 함께 있을 때 그랬다는 것뿐이다.

뉴욕에서 온 작가는 나처럼 유대인이면서 이스라엘에 가본 적이 있었다. 어느 날 밤 열린 저녁식사 모임에서 그와 나는 다른 사람들에게 그 나라에 대해 설명했다.

"이스라엘에서는 현대의 삶으로 힘든 자신을 치유할 수 있어요." 그가 말했다.

"사람 사는 세상 같다고 느껴지는 곳은 텔아비브뿐이에요." 내가 말했다.

"그 나라는 우리를 본래의 가치로 다시 이끌어주죠." 그가 말했다.

"19세기에서 온 것 같은 정치적 견해들 때문에 질식할 것 같을걸요." 내가 말했다.

"가족의 힘과 아름다움을 되찾을 수 있는 곳이에요." 그가 말했다.

"성적으로 그렇게 미성숙한 나라가 있다니 믿기 힘들 정도죠."내가 말했다.

내가 입을 열 때마다 그의 대답 속에서"그게 무슨 뜻이죠?"하는 목소리가 들렸고, 그 역시 내 대답 속에서 같은 목소리를 들었다.

우리는 모두 기질적으로 잘못 짝지어져 있었다. 우리는 서로에게서 고립된 채 고독한 남부의 공간에 각자 매달려 있는 한 무리의 추방된 사람들로 남았다.

내게 그 시기는 유배 기간이나 마찬가지였다. 그건 내가 사람들과 연결되지 못해서가 아니라, 사람들과 연결되지 못하는 상태에 대해 말할 수 없었기 때문이다. 내가 문제를 제기할 때마다 동료들은 처음에는 어리둥절한 표정으로, 그다음에는 불편한 표정으로, 마침내는 무시하는 표정으로 나를 쳐다보았다. 나는 별것 아닌 일을 가지고 유난을 떤다는 말을 들었다.

"그렇게까지 남들하고 친해지고 싶어 하는 사람이 누가 있다고 그래요."마술적 리얼리즘 소설가가 말했다.

"혼자 있을 수 있다는 건 다행스러운 일인데요."에세이 작가가 말했다.

"무슨 말씀을 하시는 건지 모르겠네요."시인이 말했다.

가르치는 일을 드문드문 해온 지 이제 10년이 넘었다. 나는 다른 지역으로 나갔다가 돌아오고, 다시 나갔다가 또 돌아온다. 나는 오랫동안 뉴욕을 떠나 있을 수 없어서 내가 맡은 일들은 대부분 3개월이나 4개월 정도면 끝났지만, 그 4개월에는 내가 전에 상상했던 것보다 더 많은 시간이 들어가 있다. 대학에서는 주말 휴가 같은 시간이 3년씩 이어진다는 얘기가 아니다. 따지고 보면 그런 일은 어디서든 일어날 수 있다. 뉴욕에서도 제대로 우울해지는 날이면 언제든 몰아치던 삶의 속도는 어렵지 않게 늦춰진다. 꿈속을 헤매는 몽유병 환자의 속도로 떨어지기도 한다. 하지만 어째서인지 뉴욕에서는 하루를 얼마나 녹초가 되어 보내든 간에 시간이 여전히 현실감 있게 느껴진다. 고립이라는 개념에 한계가 정해진다. 누군가와 사랑을 나누고 있지는 않더라도 내가 호흡하는 공기 속에 격렬한 감정이 가득하다. 내가 정치활동을 하고 있지는 않지만(이건 사실이다) 매일의 대화 속에 정치가 담겨 있다. 내 욕망이 강렬하지 않지만, 욕망은 분명 이 도시에서 통용되는 화폐다. 대학 도시에 있을 때 시간이 길게 늘어지면 나는 사람이 없는, 조용하고 움직임 없는 거리를 걷는다. 몽롱한 느낌이 짙어진다. 곧, 인간의 존재를 떠오르게 하는 모든 것이 사라진다. 나는 아무렇게나 떠다니기 시작한다. 나무들이 늘어선 햇빛 가득한 거리를 걸어가며 달 위를 걷는 기분이 된다.

나를 유독 괴롭히는 것은 침묵이다. 하루하루, 한 주 한 주가 쌓여갈수록 침묵은 더욱 깊어간다. 그것은 피부 밑으로 가라앉고, 뼈를 짓누르고, 귓속에 압력을 생겨나게 하며, 그 압력은 윙윙거리는 소리로 되돌아온다. 그것은 대화가 매일의 필수품이 아닌 까닭에 섹스와 정치가 때 이른 죽음을 맞는 거리에서 만들어지는 침묵이다. 자신을 표현하기 위한 언어는 일상적 용도로 쓰이지 않게 되었고, 사람들은 서로 연결되기 위해서가 아니라 정보를 전달하기 위해서 이야기를 한다.

대학에서의 시간을 헤쳐나가는 여정은 내게 마치 순례길과도 같았다. 나는 지역 인사들, 존경받는 사람들, 귀하신 분들 사이를 이리저리 오갔다. 때로는 환영받았고, 때로는 무시당했으며, 또 때로는 동등한 사람을 대하는 정중한 태도로 받아들여졌다. 만남마다 제각기 다른 결과가 뒤따랐다. 나는 받아들여지면서 무언가를 배웠고, 무시당하면서 또 다른 무언가를 배웠다. 하지만 필연적으로 어떤 경우든 나는 매일의 대화가 굴러떨어지는 텅 빈 공간에, 열렬한 수다를 둘러싼 그 윙윙거리는 침묵에 충격을 받는다. 내가 학교에서 알게 된 것이 있다면 그 침묵의 역사다.

메인주에 있는 스털링은 영화 세트장 같은 대학 도시였다. 흰색 목조 집들과 수백 그루의 단풍나무, 낮은 돌담으로 둘러싸인 잔디밭들이 특히 그랬다. 어떤 동네는 근사했고 다른 동네는 더 근사했다. 변두리 동네들은 문자 그대로 변두리에 있었다. 도시 가장자리까지 차를 몰고 가야 페인트가 벗겨진 벽이나 엉망으로 방치된 앞뜰이 있는 집을 볼 수 있었다. 교수가 살고 있을 것 같다는 생각이 드는 집들은 한결같이 안진하고 온화하며 부유한 분위기를 풍겼고, 거기서부터 세상이 사방으로 뻗어 나가는 듯했다. 교수 중에는 여자들이 있었고, 캠퍼스에는 흑인들이 있었으며, 이혼도 흔한 곳이었지만, 극심하고 뿌리 깊은 보수성이 분위기를 지배했다. 남편은 일하고 아내는 육아를 하는, 세상의 정치적 견해들이 비현실적인 관념으로 변해버리는 동네의 보수성이었다.

나는 그해 문예창작 프로그램에 유일하게 초청된 작가였고, 내 정체성 가운데 그곳의 종신 교수들과 쉽게 친해지게 해줄 만한 것은 하나도 없었다. 나는 여자이고 뉴요커이며 주로 글을 써서 먹고사는 사람이었던 반면, 그들은 스털링에서 오랫동안 살아온 남자들이자 글을 쓰더라도 드물게만 쓰며 학자의 삶을 사는 사람들이었다. 그래도 그들은 알고 보니 술을 많이 마시는 패거리여서, 그들 한가운데 등장한 이방인을 기꺼이 환영해주기는 했다. 금요일 오후 네 시마다 작가들은 캠퍼스를 나서면 바로 있는 단골 호텔 바에 모였는데, 그때마다 그들 중 누군가가 내 사무실에 들러 "올 거지, 꼬마야?" 하고 묻곤 했다.

그 말투는 그들이 받아들인 스타일의 일부였다. 술을 엄청나게 마셔대고, 터프가이 말투를 쓰고, 빈정거리며 권태를 표현하는 일종의 시대착오적인 스타일. 1980년대 미국의 대학 캠퍼스가 아니라 제2차 세계대전을 배경으로 한 영화에나 나올 법한 것이었지만, 사는 곳에서 자신을 분리하기 위해 이 남자들이 가진 수단이었다. 나는 곧 그들이 금요일 오후마다 모이는 이유가 버림받은 자신들의 처지에 대해 국외로 추방된 사람들처럼 격렬한 분노를 토해내기 위해서라는 걸 깨달았다. 나는 사람들이 자기가 살아온 환경에 대해 그토록 난폭하게 열변을 토하며 경멸을 표출하는 것을 들어본 적이 없었다. 도저히 가르칠 수 없는 인간들을 가르치며 살아왔다고 스스로를 그리고 서로를 헐뜯기 시작하자 경멸 어린 어휘들은 훨씬 더 풍부해졌다.

문예창작 프로그램의 한 남자 작가는 금요일 오후 모임에 참석하지 않아서 눈에 띄었는데, 고든 콜이라는 소설가였다. 보아하니 고든과 스탠리 멀린(금요일 오후에 항상 참석하는 작가였다)은 서로 말을 하지 않았고, 그런 지 몇 년은 된 듯했다. 고든이 참석하는 곳에는 스탠리가 나타나지 않았고, 스탠리가 주된 역할을 하는 자리에는 고든이 반드시 불참했다.

두 남자 사이의 불화는 창작을 공부하는 학생들에게 어떤 강의를 배정할지 하는 문제와 관련돼 있었다. 스탠리는 글쓰기를 배우는 학생이라면 시와 소설, 논픽션 등 모든 것을 배워야 한다고 했고, 고든은 그게 말도 안 되는 소리라고 했다. 이제 막 소설을 쓰기 시작한 사람이 왜 결코 쓸 일이 없을 에세이 쓰는 법을 배우느라 시간을 낭비해야 하는가? 몇 년이 지나 이 철학 차이를 두고 두 남자는 심하게 부딪쳤고, 너무도 굳건한 교착 상태에 도달한 나머지 이제 그들은 서로에게 말을 건네거나 동료들과의 모임에서 함께 앉아 있지도 않게 되었다.

　그 두 사람의 지성과 폭넓은 세계관 그리고 문학적 열정이 얼마나 잘 어울리는지 여러 차례 깊은 인상을 받아왔던 내게는 그런 반목이, 그 깊이와 집요함이 곤혹스럽게 느껴졌다. 상대방의 지성에 기쁨이 되는 일을 거부당하다니 서로에게 얼마나 딱한 일인가, 나는 종종 생각했다. 프로그램에 고든과 스탠리 두 사람만큼 책과 글쓰기에 대해 자유롭고 생생하게 의견을 펼치는 사람은 없었다. 아무도 자신의 생각을 큰소리로 말하는 일을 그들만큼 즐기지 않았다. 둘 중 한 명과 커피를 마실 때면 내 마음은 고차원적인 대화가 주는 즐거움에 힘입어 하나부터 열까지 필연적으로 따뜻해졌다. 그런데도 두 사람 모두 내게는 그토록 쉽게 해주었던 그 일을 서로에게는 해줄 수 없었다. 그들에게 상대방이 말하는 문장은 고통으로 다가왔고, 그 뒤에는 상처로 남았다. 한쪽에게 다른 쪽을 언급하면 눈앞에 있는 사람의 얼굴이 곧바로 가면처럼 굳어졌다. 두 사람 모두 그 가면 뒤에 숨으면 닿을 수 없는 사람이 되어버렸다.

　스탠리 멀린은 내가 기억하기로는 괴팍한 구식 노인네 같은 방식으로 글쓰기를 가르치는 사람이었다. 글쓰기를 신성하게 여기는 그는 종종 여학생들을 울렸다. 그는 뛰어났지만 세상 물정을 몰랐고 오만했으며, 학생들 앞에 서서 이렇게 읊조릴 수 있는 사람이었다. "작가는 자기 살점을 뜯어내야 해. 고통에 자신을 열어놓아야 한다고. 그 괴로움에 말이야. 그렇게 쓰라리게 살점을 뜯어냈다는 걸 독자가 **느껴야만** 해." 그런 다음 갑자기 미사여구를 내려놓고는 권위가 묻어나는 직설적인 목소리로 이렇게 말하는 것이다. "좋은 글에는 두 가지 특징이 있다. 페이지마다 생생함이 느껴진다는 것, 작가가 무언가를 발견하는 항해를 하고 있다고 독자가 설득된다는 것이지." 이런 목소리로 말할 때면 스탠리는 누구에게나 본보기가 되었다.

하지만 스탠리가 여학생들만 울린 건 아니었다. 스털링에서 30년을 보내는 동안 그는 마주치는 대부분의 사람에게 같은 행동을 했다. 그의 지성은 강철 덫 모양으로 되어 있었다. 그는 특유의 방식으로 사람들을 격려해 빠른 속도로 마음을 터놓게 만들었다. 그가 날카로운 호기심을 드러내며 수많은 질문을 퍼부으면 누구든 겨우 몇 분 만에 자랑스레 자기 얘기를 털어놓곤 했다. 그러면 스탠리는 그 사람의 작업이나 주장이나 성격 속 결함을 찾아내서는 공격하려고 죄어들었다. 상대방은 빠른 속도로 바보짓을 했다고 느끼게 되곤 했다. 말을 하고 또 한 끝에 스스로 목을 매달고 싶어져버리는 것이었다.

스탠리에게는 독창적인 지성에서 나오는, 사람의 마음을 끄는 힘이 있었다. 그 힘은 놀랄 만큼 부정적인 정신과 짝지어져 있던 나머지, 사람들은 그가 하는 말의 쾌락에 이끌려 다가갔다가 그의 논평에 담긴 악의에 상처를 받았고, 그런 말을 더 들으러 그에게 돌아가는 자신에게 놀라곤 했다. 물론 결국에는 다들 그 폄하하는 혀로부터, 영리하지만 경멸 가득한 지성으로부터, 혹평을 퍼부어 모든 사람을 끌어내리려는 욕구로부터 등을 돌렸다. 오래지 않아 남자들 모두와 여자들 대부분이 스스로를 너무도 무능한 인간이라고 느끼며 스탠리에게서 멀어졌고 더 이상 그를 찾지 않게 되었다.

스탠리는 외로운 사람이었다. 그가 자신의 고립 상태를 벗어나기 위해 아무것도 할 수 없다는 사실을 내가 이해하는 데는 시간이 걸렸다. 그의 화려한 조소 뒤에는 엄청난 양의 수동성이 숨어 있었다. 스탠리 멀린은 방이 정전되면 계속 어둠 속에 가만히 있는 사람이었다. 아침에 집을 나섰다가 자동차 타이어가 펑크난 걸 발견하면 몸을 돌려 들어가서 하루 종일 집에 있는 사람이었고, 여자가 허심탄회한 대화를 할 수 없으니 떠나겠다고 말하면 나가는 길에 잊지 말고 문을 닫아달라고 대꾸하는 사람이었다. 스탠리가 할 수 있는 일이라고는 나 같은 사람이 동네에 들어오기를 기다리는 게 전부였다. 다른 사람들은 다 사용해버린 뒤였으니까.

스탠리가 세상을 피하는 만큼, 고든 콜은 사람들과 어울리기를 좋아했다. 그의 아내는 한 달에 한 번씩 사람들에게 저녁 식사를 대접했고, 대학이 초청한 작가나 지식인이 도시에 와 있을 때면 관례적으로 여덟 명에서 열 명쯤이 참석하는 저녁 모임을 마련했다. 이런 저녁식사 모임은 20년 동안 계속됐다. 늘 참석하는 커플이 한두 쌍 있었고, 두세 번에 한 번씩 모습을 드러내는 사람들이 대여섯 명쯤 됐다. 남자들은 대부분 영문과 교수였고, 여자들은 대부분 교수 부인이었다. 모이는 사람들의 나이대는 마흔 살에서 예순 살에 걸쳐 있었고, 그들의 대화는 거의 예외 없이 교양 있다고 일컬어질 만했다. 식탁에서 의견을 강하게 드러내는 일은 환영받지 못했고, 대화가 계속 이어지는 것은 지루한 일로 여겨졌다.

나는 사람들이 슬쩍 언급하기 위해 화제를 꺼낼 뿐 그 화제에 대해 논하려 하지는 않는다는 걸 깨달았다. 주요 뉴스들에 대해 3분쯤 이야기한 다음, 유럽 여행에 7분, 금요일 밤의 콘서트에 2분을 할애하는 식이었다. 부동산 이야기는 족히 10분이나 15분쯤 이어지는 일이 잦았고, 세금이나 아이들 교육비 이야기도 마찬가지였다. 책이 화제로 거론되는 일은 전혀 없었고, 학생들 이야기도 마찬가지였다.

이런 저녁식사 자리에서 고든이 보여주는 모습은 나를 곤혹스럽게 했다. 의자를 뒤로 빼주고, 요리를 건네주고, 음료수 잔을 채워주며 손님들을 배려하는 그의 매너는 한결같이 다정했다. 식탁에 앉은 누군가가 재미있을 것 같은 이야기를 하기 시작하면 고든은 상냥하게 미소 지으며 앉아 있었다. 그 이야기의 요점이 재미있다고 하기에는 너무 단순하다는 사실이 명백해지고 한참이 지난 뒤에도 미소를 풀지 않아서, 나는 그의 미소가 꾸며낸 것임을 알아보곤 했다. 그는 이야기 중간에 듣기를 멈춘 것이었다. 그의 정중함은 그야말로 무관심한 사람의 정중함이었다. 어떤 의미에서 그는 자기 집에 찾아온 사람들을 환대했지만, 또 다른 의미에서는 그 공간에서 나보다 더한 이방인이었다.

고든의 집 거실 벽난로 위 선반에는 가죽 장정인 발자크의 책들이 일렬로 꽂혀 있었다. 한번은 그중에서 《사촌 베트Cousin Bette》를 꺼내 책장을 넘겨보다가 근사하게 낡은 페이지들과 책장의 여백에 적힌 흡입력 있는 통찰에 나도 모르게 감동받은 일이 있었다. 그 책 자체가 사랑의 행위였다. 이게 우리 단 둘이 학교에 있을 때 대화를 나눴던 고든의 모습, 문학을 여전히 살아 있는 것이자 사람들을 살아 있게 하는 것으로 여기는 한 남자의 모습이었다. 하지만 여기 저녁식사 모임에서 이런 고든은 모습을 감췄고, 그 자리에는 속을 알 수 없는 정중함을 지닌 한 남자가 앉아 있었다. 식탁에서 가면을 쓴 고든의 얼굴을 지켜볼 때면 나는 종종 그가 그 순간 어디에, 누구와 함께 있는지 궁금해지곤 했다. 그러던 어느 날 밤, 나는 그가 어디에도 없고 누구와도 함께 있지 않다는 걸 깨달았다. 자기 집 저녁 식탁에 앉아 있는 고든 콜은 어둠 속, 더 이상 울리지 않는 전화기 옆에 기운 없이 앉아 있는 스탠리 멀린에 대응하는 존재였다.

이윽고 두 사람은 내게 하나의 상징이 되었다. 내 마음의 눈에 그들의 모습이 보였다. 그들은 고독에 에워싸인 채 홀로 앉아 있었다. 그 고독은 도시의 조용한 거리들을 따라 펼쳐지다가, 페인트가 벗겨진 벽과 엉망으로 방치된 앞뜰이 있는 변두리 동네까지 닿아 있었다. 두 사람 모두 쳐다볼 필요도 없는 그곳까지 말이다. 내 안에서는 당혹스러운 감정의 물결이 솟아오르곤 했다. 여기 그들이 있었다. 이 조그맣고 빈틈없는 세계에 함께 던져져, 상대방이 해줄 수 있는 종류의 대화를 갈망하면서, 그러면서도 불과 1킬로미터밖에 안 되는 거리를 두고 각자의 모멸감과 마음의 상처 속에 갇힌 채로. 그 순간 삶의 보잘것없음이 견딜 수 없게 느껴졌다. 그 사실이 주는 충격은 거대하게, 그 결과는 불가피하게 느껴졌다.

내가 스털링을 떠나기 1주일 전, 바서미언이라는 이름의 역사학 교수가 구속되었다. 월러스타인이라는 이름의 또 다른 역사학 교수의 차 타이어를 칼로 긋다가 붙잡힌 것이었다. 그 사건은 지역 신문에 실렸다. 기사에서 기억에 남는 세부사항이 있다면 바서미언과 월러스타인이 15년 전에 어떤 가치관을 두고 다투었다는 것이었다. 두 남자는 몇 년 동안이나 서로 말을 하지 않았다.

그들이 몇 년 동안이나 서로 말을 하지 않았다는 그 문장을 바라본 일이 기억난다. 이렇게 생각한 일도 기억난다. 그 시간 동안 월러스타인은 지난 일을 곱씹는 바서미언의 마음속에 가장 중요한 존재로 생생하게 살아 있었던 거라고. 복도에서 서로를 마주치거나, 위원회 회의를 하려고 같은 방에 앉아 있거나, 교수회관에서 서로의 테이블을 스치고 지나가는 날마다 곪아버린 상처의 원인으로 감각되면서.

나는 뉴욕의 무시무시할 만큼 병적인 측면에는 익숙했지

만, 이건 달랐다. 이건 체호프Chekhov적이었다. 이 사람들은 자신들을 호의적으로 이해해주지 않는 분위기에 영혼이 훼손되었다고 느꼈고, 그 훼손이 그들 내면의 풍경을 채우게 되었다. 다시금 내 안에서 당혹감이 일어났다. 그렇게 지적이고 품위 있는 사람들이 그런 괴상한 행동을 할 만큼 자신의 수준을 떨어뜨리다니, 나로서는 상상조차 하기 힘든 일이었다. 왜 이런 일이 일어나는 걸까?

이런 생각들은 스털링에서 함께 강의를 하던 사람들로부터 나를 떨어뜨려놓았다. 나를 서술자로, 그들을 캐릭터로 바꿔놓았다. 작별인사를 하면서, 나는 사람들을 둘로 나눈다면 그 한쪽에 내가, 다른 쪽에 그들이 있을 거라고 느꼈다. 나는 그들과는 다른 성분으로 만들어져 있었다. 그들 안에 있는 것은 내 안에 결코 있을 수 없었다.

그 상황은 정말로 '체호프적'이었다. 〈제6병동〉에 나오는, 그 자신이 수감된 다음에야 마침내 감금이라는 상태를 이해하게 되는 의사처럼. 바로 다음번이 내 차례였다.

스털링에서 사람들은 '데리다Derrida'를 보험설계사와 구분하지 못했다. 하지만 여기 극서부 대학의 사람들은 데리다가 누군지뿐 아니라 그의 책 발행인 이름과 그가 최근에 받은 선인세 규모까지 알고 있었다. 스털링은 시간이 뒤틀린 곳이었다. 그곳에서 중요한 일들은 모두 일어난 지 수년이 지난 뒤였고,

사람들은 오래 전에 정해진 삶의 결과물을 가지고 살아가고 있었다. 극서부에서는 어떤 것도 결정돼 있지 않았으며 타협한 상태에 도달한 사람도 없었다. 학과 전체가 만족을 모르는 야망으로 꿈틀거렸다.

극서부 대학에서는 남자 여덟 명과 여자 한 명이 글쓰기를 가르쳤다. 그들은 50대 중후반의 소설가와 시인으로, 1960년대에 명성을 얻은 사람들이 많았다. 곧 나는 그들이 제대로 된 평가를 받지 못해서 지금의 자리를 지키고 있다는 사실을 발견했다. 모두들 자신이 더 나은 어딘가에 있어 마땅하다고 여겼다. 그곳의 분위기는 음울한 정중함과 그 이면에 흐르는 긴장으로 지독한 악취를 풍겼다. 나는 내가 보고 있는 것이 정확히 무엇인지 오랫동안 이해하지 못했다. 전에는 한 번도 그런 대규모의 우울에 맞닥뜨려 본 적이 없었던 것이다.

어느 금요일 오후, 대학원생 한 명이 공항에서 나를 픽업해 내게 배정된 기숙사 방까지 차로 데려다주었다. 나는 삭막한 작은 방을 최소한의 욕구가 충족될 만큼만 정리한 다음 산책을 나갔다. 도시는 고요하고 널찍하면서 서부다웠고, 거리는 대로만큼이나 넓었으며, 산맥은 하늘을 배경으로 근사하게 어울렸다. 이번에도 집들과 나무들은 있었지만 사람들은 보이지 않았다. 스털링에서와 마찬가지로 모든 것이 고요했고 움직임도 없었지만, 선명한 빛과 달콤한 공기가 너무도 강렬해서 그 존재가 느껴질 정도였다. 나는 월요일 아침이 되고 나서야 내가 뉴욕에서 걸려온 몇 통의 전화를 받은 것을 빼고는 주말 내내 사람들과 말을 하지 않았다는 걸 깨달았다.

그 주에는 다음과 같은 만남이 차례로 일어났다.

키가 크고 뚱뚱한 한 남자가 활짝 웃으며 내 방 문간에 서 있었다. "데니스 뮬먼이라고 합니다." 그가 말했다. "책을 열아홉 권 썼는데 모두가 저를 싫어하죠." 나는 웃었고, 그는 내게 어떻게 지내고 있느냐고 물었다. 나는 아직 아무도 만나보지 못해서 잘 모르겠다고 대답했다. "여기 사람들이 그렇다니까요." 그가 씁쓸해하며 말했다. "아무도 다른 사람한테 관심이 없어요. 다들 자기 자신의 비참한 자아에만 몰두하고 있죠." 그는 곧 연락하겠다고 약속하고는 물러났다.

"루이스 월드먼입니다." 영문과 사무실의 비서 책상 앞에 서 있는데 누군가가 내 귀에 대고 말했다. "아, 안녕하세요." 과장된 몸짓으로 몸을 돌려 보니, 청바지와 트위드 재킷 차림의 소년처럼 보이는 한 남자가 서 있었다. 나는 그의 이름이 프로그램 책임자의 이름과 같다는 걸 알아차렸다. "뭐든 필요한 게 있으면 알려주세요." 그는 파이프를 든 손을 나를 향해 흔들더니 자리를 떠나 걸어갔다.

우편물실에서 한 여자가 내게로 달려왔다. "안녕, 안녕, 안녕하세요." 여자는 커다랗고 친근한 목소리로 말했다. "사비나 모리스예요. 만나서 반가워요! 우리 언제 한번 만나야 되겠다. '누욕' 얘기도 하고요. 여기, **말도** 안 되지 않아요? 난 여기

12년 동안 처박혀 있었어요. **그 점**에 대해 잠깐만 생각해봐요.”
그는 천장을 향해 두 눈을 굴렸다. “있죠, 우리 한번 만나야 되
겠어요.” 나는 고개를 끄덕이고는 내게 있는 거라곤 자유시간
밖에 없다고 대답했다. “그럴 리가.” 허공에 손을 내저으며 그
가 말했다. “당신처럼 유명한 작가가요?” 그가 손가락을 튕겨
딱 소리를 냈다. “눈 깜짝할 새에 약속이 꽉 찰 걸요. 있죠, 내가
전화할게요. 우리 언제 만나요.”

　거리에서 통통하고 순진하게 생긴 한 남자가(발그레한 뺨
에 반백의 수염, 청바지와 스니커, 다 낡은 스웨터 차림이었다) 내
게 다가왔다. 충분히 가까워지자 그의 선명한 푸른 두 눈에 불
안이 보였다. “안녕하세요.” 그가 말했다. “저는 소니 콜먼입니
다.” 그는 내가 알기로 극서부에서 최근 20년을 보낸 세 명의
뉴욕 출신 소설가 중 한 명이었다. “지내기는 좀 어떠신가요?”
“괜찮아요.” 내가 머뭇거리며 말했다. “음, 여기가 좋은 점이 하
나 있다면요. 사람들이 가만히 내버려둔다는 거예요.” 그는 내
게 온화하게 인사를 건네고는 가던 길을 계속 갔다.

　1주일이 지나갔고, 2주가, 그리고 3주가 지났다. 나는 내
학생들을 만났고 도시의 거리를 걸어다녔다. 공기와 빛이 여전
히 나와 함께하는 것처럼 느껴졌지만, 난 결국 네 번째 주말을
여는 금요일 오후에 루이스 월드먼의 우편함에 쪽지 한 장을
남겼다. “제가 초청 작가라기보다는 불법침입자가 된 것처럼
느껴지기 시작하네요.” 나는 그렇게 썼다. “무슨 일 있어요?”

일요일 오전 느지막이 전화기가 울렸다. "아이고." 월드먼이 말했다. "쪽지 보고 놀랐어요. 여기저기 다니면서 사람들을 만나시나 보다 했죠." 나는 명랑한 목소리로 아니라고 대답했다. 그렇지 않으며, 아무도 만나지 않고 아무데도 가지 않은 채 4주 연속으로 주말을 맞고 있자니 그에게 알려야 할 것 같다는 생각이 들었다고. "음." 그가 말했다. "오늘 밤 어윈 스토너랑, 그 사람 파트너인 여자분이랑 함께 저녁이나 먹는 건 어떨까요?" 그것 참 멋지겠다고 나는 대답했다. 이제는 모든 것이 괜찮아질 거라고 생각하며 전화를 끊었다.

7시 정각이 되자 월드먼이 트위드 재킷과 청바지 차림으로 도착했고, 우리는 차를 타고 스털링과 비슷하게 대학 교수들이 만남의 장소로 이용하는 어느 낡은 호텔의 지하 식당으로 갔다. 우리가 식당에 들어서자 매력적인 한 쌍의 남녀가 자리에서 일어났다. 여자는 키가 크고 머리는 온통 곱슬거리는 금발이었다. 남자는 중키에 얼굴은 섬세했고 회갈색의 두꺼운 머리카락 한 줄기를 한쪽 눈 위로 드리워지게 다듬어 놓았다. 우리는 서로서로 악수를 하고 자리에 앉았다.

어윈 스토너는 문예창작 프로그램의 유명인사였다. 그는 25년 동안 여섯 권의 장편소설을 썼는데 모두 대항문화對抗文化 출판사에서 출간했다. 처음 세 권은 박수갈채를 받았고, 그다음 세 권은 정중한 리뷰를 받았다. 그는 극서부에서 여러 해 동안 강의를 해오고 있었고, 나는 그를 만나는 일을 기대해왔다.

그다음 몇 주 동안 나는 그날 저녁에 일이 흘러간 방향을 되짚어보면서 우리가 다르게 행동할 수도 있었던 특정한 시점이 있었는지 알아내려고 애썼지만, 그 순간이 언제였는지 결코 알 수 없었다. 사실 그런 순간은 없었던 게 아닐까 하는 생각이 든다. 우리는 그저 우리 자신답게 행동했다. 몇 번이고 서로 의견을 말하고 대답을 들은 뒤, 우리 사이의 거리는 더욱 벌어졌다.

"뉴욕에서 벗어날 수 있어서 정말 마음이 편하시겠네요." 스토너가 말했다.

"별로 그렇지는 않아요." 내가 말했다. "그냥 뉴욕에서 일하는 것만으로는 생계를 꾸려갈 수 없을 뿐이죠."

"여긴 정말 좋아요. 사람들이 혼자 있게 내버려두거든요." 월드먼이 말했다.

"저는 혼자 남는 게 싫어요." 내가 말했다.

"문학권력의 감시를 받으면서 어떻게 글을 쓰실 수 있죠?"

"저는 14번가 아래쪽에 살아요. 문학권력은 미드타운을 떠나지 않고요."

"그 쓰레기 같은 제도권 글들이 출판되는 걸 맨날 보게 되잖아요. 기운 빠지는 일 아닙니까?"

"요즘은 무엇이든 출판 되죠. 제도권에 속한 글들만이 아니라요."

"어떻게 그런 말씀을 하시는 거죠! 세상에, 조금이라도 훌륭한 작가는 주류문학 출판사들에서 **절대** 제대로 읽어주지 않는다고요."

"농담하시는 거예요?" 내가 말했다. "인류 역사상 이렇게 많은 글이 출판된 시기는 없었는데요. 좋은 글이든 나쁜 글이든 똑같이요."

"무슨 말씀이세요! 똑똑한 언론들은 수전 손택이 온통 꽉 잡고 있는데요. 그 여자 허락 없이는 아무것도 받아들여지지 않는다고요."

"정말로 그렇게 믿으시는 건 아니죠?"

스토너와 함께 사는 스페인어 교수인 애비게일 더피가 그 만두게 하려고 팔에 손을 얹었다. "제발, 어원." 더피는 계속 그렇게 말했다. "제발." 하지만 스토너는 그 손을 뿌리쳤다. 이제 그의 얼굴은 상기되어 있었고, 두 눈은 번뜩였다. 그는 도발을 수용했다. 나는 내 존재가, 분명 내 관점이, 전기 자극처럼 작용해 생생한 고통으로 그를 비명 지르게 만드는 걸 보았다. 그는 새로운 분노로 뺨이 붉게 물들었다. 그렇게 생각하자 외로워졌다. 반박을 하던 도중에 나는 입을 다물었다. 다시 입을 연 나는 이렇게 말했다. "어쩌면 그 말에 일리가 있는지도 모르겠네요." 나는 타협했고, 그러자 논쟁은 서서히 멈췄다. 우리는 엉망이 된 분위기를 나아지게 해보려고 열심히 애를 썼지만, 이내 모두가 거리로 나섰다. 차가운 밤공기를 들이마실 수 있어서 감사하는 것처럼 보였다.

어원 스토너는 다가올 모든 일들의 시작이었다.

극서부에서는 하고 싶은 대로 해서는 사람들과 연결될 수 없었다. 나는 나를 알고 싶어 하는 사람들이 아무도 없는 가운데서 누군가를 방문할 권리를 놓고 투쟁했고, 성공한 것처럼 보였다. 학과에 소속된 사람들과 한 번씩은 커피를 마시고, 점심식사를 하고, 우편물실에서 수다를 떨었다. 끔찍한 일은 일어나지 않았지만, 그런 만남이 반복되지도 않았다. 우리가 나눈 대화는 즐거웠고 상냥하기까지 했지만 언제나 나를 아득하게 했다.

내 이야기가 사람들에게 어떻게 들리는지 들어보려고 했지만, 그건 불가능했다. 학교 복도나 캠퍼스에서 다른 작가나 교수와 마주칠 때면 멈춰 서서 잡담을 나누곤 했고, 나는 지내기 어떠냐는 질문을 받곤 했고, 그러면 사람들이 들었을 내 소문대로 세 개의 단락을 꽉 채울 만큼의 말들로 대답하곤 했다. 아마 그 세 단락 때문인지도 몰랐다. 내가 사람들에게 후하게 베풀 수 있는 재산이라곤 넉넉한 대답뿐이라고 언제나 생각해왔다. 하지만 극서부에서 사람들은 내게 한 문장으로만 대답했고, 내 말이 세 번째 단락에 접어들 때면 그들의 눈이 따분해하는 게 보였다. 따분해하는 그 눈동자들은 나를 힘 빠지게 했다. 내가 그들에게서 떨어져 나가게 했다. 일단 떨어져 나가면 나는 길을 잃었다. 나 자신에 대해서든 주위의 누군가에 대해서든 아무것도 배울 수가 없었다.

나는 수업을 하고, 책을 읽고, 오랫동안 산책을 하고, 책상 앞에 앉아 있었고, 거의 매일 뉴욕에 있는 누군가와 통화를 했다. 그러면서도 나는 내 수위의, 내가 말을 걸지도 함께 산책이나 식사를 하지도 **않는** 사람들을 점점 더 의식하게 되었다. 우편물을 모아 오면서 정신을 차려 보면 나는 '**이 사람은** 왜 나를 알고 싶어 하지 않지?' 생각하고 있었다. 캠퍼스를 가로질러 걸어가다가도 생각했다. '왜 **저 사람은** 나와 커피를 마시고 싶어 하지 않을까?' 학생이 제출한 페이퍼를 읽는 도중에도 생각했다. '왜 **그 사람들은** 나를 저녁식사에 초대하지 않는 거야?' 무관심한 동료들의 얼굴이 내 눈앞 허공에 떠올랐고, 내 생각이 아니라 내적 통찰의 영역에서 한 공간을 차지했다. 조금씩 조금씩, 그 얼굴들은 너무도 자주 떠올라 그 공간에 일렁였고, 그러자 내 비참한 걱정을 받아들이기 위해 그 공간 자체가 넓어졌다. 상상 속 뉴욕이 멀어졌다. 친구들이 전화기 속의 목소리로 변했다. 이제 내게 말을 걸어주는 사람들보다 내게 말을 걸지 않는 사람들이 날마다 더 크게 다가왔다. 나는 지난 일을 곱씹기 시작했다.

반응의 부재는 내 삶에서 하나의 존재로 변했다. 이 존재에서는 고립의 감각이 흘러나왔고, 그 감각은 점점 더 꾸준하게 구석구석 스며들었다. 그 스며듦에서 하나의 진공 상태가 만들어졌다. 그 진공 상태 속에서 나는 외로움뿐 아니라 내가 단절되었음을, 피해야 할 인간 본연의 상태가 됐음을 느꼈다. 사람들과 연결되고 싶다는 극심한 욕구에 사로잡힌 나머지, 나는 스스로 생각해왔던 것보다 한층 더 즉각적인 경험을 중시하는 사람으로 변해갔다. 나는 내면의 균형을 잃어가고 있었는데, 그 균형의 불안정함은 나를 놀라게 했다.

나를 거부하는 세계의 상징이 된 사람은 17세기 문학을 가르치는 한 여자 교수였다. 나는 그가 대단히 뛰어난 교수이며, 인자하고 박식한 데다 문학과 여성학에 귀중한 자산이라 할 만한 사람이고, 내가 틀림없이 알고 싶어 할 사람이라는 이야기를 들어왔다. 우리가 만났을 때 이 여성은 매우 친절했지만, 그 뒤로는 내가 있는 자리에서 말을 하지 않았다. 복도에서 나와 마주치면 그는 시선을 돌렸다. 그가 라운지에서 신문을 읽고 있는데 내가 들어간다면, 그는 잠깐 나를 힐끗 쳐다보고는 한마디 말도 고갯짓도 없이 읽던 신문으로 다시 눈을 돌리곤 했다. 어쩔 수 없이 내 얼굴을 쳐다봐야 하는 상황이면 그는 마지못해 잠깐 차가운 미소를 지었다. 그에게선 비판을 뿜어내는 냉담한 분위기가 흘러나왔다. 그건 내가 오래전에 받아들이지 않기로 결정한 태도였는데, 이제 극서부에서 그것이 내 삶을 비집고 들어오기 시작했다. 매일 아침, 잠에서 깨어날 때면 그 여자의 얼굴이 내 눈앞에 어른거렸고 분노로 뒤덮인 고통이 마음을 가득 채웠다. 몇 년 전, 어느 작가 공동체에서 비참할 만큼 소외감을 느끼던 한 젊은 시인이 내가 중심이 되어 일부러 자신을 배제시키는 거라고 망상을 했던 적이 있었다. 그 시인이 나에 대해 오해했던 것처럼 내가 자신을 그렇게 생각한다는 걸 알게 되면 17세기 문학 교수는 놀라지 않을까.

내 힘든 상태는 강의 시간에도 반영될 수밖에 없었다. 학생들은 진지했고, 금발머리에, 말이 없었다. 내 목소리에서 점점 힘이 빠지면서 과장이 심해지는 게 내 귀에도 들렸다. 공허함 속에서 독창성과 중요성을 강조하지 않아도 그 사실이 자명한 책들에 '심오하다' '독창적이다' '중요하다'라고 한 시간에 50번쯤 말했던 것 같다.

나는 뉴욕에 있는 친구에게 전화를 걸었다. 그는 내가 아는 가장 현명하고 재능 있는 교사였다.

"학생들이 나를 그냥 빤히 쳐다보기만 해." 내가 말했다. "나는 말하고, 학생들은 빤히 쳐다본다니까."

"친구야." 앤이 말했다. "학생들은 말을 **하고 싶기는** 한데 방법을 모르는 거야. 그 애들한테는 그게 어려운 일이거든. **다 큰 성인들조차** 그 방법을 몰라. 알잖아, 어떤 책이나 그 비슷한 다른 뭔가에 관한 질문을 받았을 때 너랑 나처럼 몇 초 만에 완전한 대답을 정리해낼 수 있는 사람은 드물어. 그리고 학생들은 아직 **애들**이야. 그 애들한테는 그게 순전한 공포란 말이야. 그 애들도 대답을 해서 너를 기쁘게 하고 싶을 거야. 책도 읽었어. 감정도 있는 존재들이고. 하지만 아무리 해도 방법을 찾아낼 수가 없는 거야. 그러니 어리둥절한 표정으로 얼굴을 찡그리고 그냥 거기 앉아 있는 거지…. 학생들이 입을 열게 하는 질문들을 찾아낼 수 있다면 그 애들을 남은 삶 동안 자유롭게 해주는 거야. 그 애들 이 **부모에게서** 벗어나 자기 주장을 할 수 있도록 해방시켜주는 거고."

"맙소사." 내가 신음했다. "난 그런 거 못 해."

앤은 수화기에 대고 웃음을 터뜨렸다. "몇 년 걸릴 거야." 앤이 말했다. "몇 년쯤."

나는 전화를 끊고 전화기를 노려보며 앉아 있었다. 내 머릿속에 전등 하나가 켜졌다. 학생들한테 가봐야겠어, 나는 생각했다. 너희의 침묵 맞은편에는 고통받는 한 인간이 있다고 그 애들에게 말할 것이다. 그들은 이해할 거고, 행동하겠지.

그런데 그때 17세기 문학을 가르치는 여자의 얼굴이 나와 내 영리한 생각 사이에 끼어들었고, 희망의 불꽃은 사그라져버렸다. **그 여자가** 몇 주째 나를 쳐다보면서 한 마디 말도 하지 않고 고개를 끄덕이지 않아도 된다면, **학생들이** 내게 입을 열어야 할 이유가 뭐가 있겠는가?

어느 대학 리셉션에서 나는 한 손에 잔을 들고 과학자 한 명과 역사학자 한 명을 마주한 채 서 있었다. 과학자는 나이가 많았고 유럽계였다. 목소리에는 상류 사회에 편안하게 적응한 사람 특유의 낭랑함이 묻어 있었고, 교양 있는 스몰 토크의 대가였다. 역사학자는 시시한 일화들을 보태는 것으로 자기 몫을 하면서 적절한 순간마다 고개를 끄덕였다. 두 남자는 내게 몸을 돌렸고, 대화에 무언가를 더하거나 빼거나 하고 싶은 걸 하도록 나를 이끌었다. 나는 입을 열었지만 아무 말도 나오지 않았다. 갑자기, 이 세상에서 할 말이 아무것도 없어졌다. 그 순간 나는 내게 할 말이 있었던 적이 있었다고, 내 말이 대화를 생기 있게 혹은 더 나아지게 만들거나 기쁨을 선사한 적이 있었다고 상상할 수가 없었다. 나는 두 남자의 얼굴을 멍하니 바라보았다. 그러다가 양해를 구하고 그 자리를 떠났다.

우리는 우리 자신이 상대적으로 말할 때만 흥미로운 사람일 수 있다는 사실을 아는 듯하면서도 실은 잘 모른다. 그리고 은밀하게 그 반대가 사실이라고 믿는다. 내가 실은 **조금도** 흥미로운 사람이 아닐지 모른다는 의심을 매일 직면하면서 뚫고 나가기란 겁나는 일이다. 처음에는 이렇게 생각한다. 저 사람들이 문제일 거야. 내가 문제일 리 없잖아. 그런 다음에는 이렇게 생각한다. 아냐, **정말로** 문제인 건 저 사람들이 아니고 나야. 세 번째 생각 '문제는 저 사람들과 나 양쪽 모두에 있어'에 도달하는 데는 약간의 노력이 필요하다. 극서부에서 나는 첫 번째와 두 번째 생각 사이를 이리저리 오갔고, 세 번째 생각은 근처에도 갈 수 없었다.

리셉션이 끝나고 몇 주가 지난 어느 날, 나는 유럽계 과학자와 우연히 마주쳤다. 그는 어떻게 지내고 있느냐고 내게 물었다.

"괜찮아요." 난 적절한 타이밍보다 10초쯤 늦게 대답했다.

과학자는 책들을 한 손에서 다른 손으로 옮겨 들고 안경을 고쳐 쓰더니 나를 바라보았다.

"그 교수들에 대해 한 가지 알아두셔야 할 게 있는데요." 그가 말했다. "당신이 그 사람들한테 너무 과분하든지, 그 사람들이 당신한테 너무 과분하든지 둘 중 하나라는 거예요."

이번에는 내가 그를 바라볼 차례였다. 나는 다른 손으로 옮겨 들거나 고쳐 쓸 물건이 없었다. 그 순간이 한없이 길어지는 느낌이 들었다.

"그러니까 저는 내성적인 교수들한테는 지나치게 유명하고, 야망 넘치는 교수들한테는 충분히 유명하지 못하다는 거군요."

"바로 그거예요." 그가 말했다.

"하지만 세상은 절대 내성적인 사람들과 야망 넘치는 사람들로 딱 나눠지지 않는걸요."

그는 대답하지 않았다. 대신 보이지 않는 모자챙이 거기 있는 것처럼 손을 들어 올리더니, 내게 인사를 하고 가던 길을 계속 갔다.

나는 그를 눈으로 좇으며 서 있었다. 내 안에서 무언가가 빠져나가더니, 그 자리에 격렬한 분노의 불길이 솟아올랐다. 부당해! 나는 자신에게 소리쳤다. 부당했다.

사비나 모리스가 통로를 따라 서두르며 걸어오다가 아니나 다를까 나와 마주쳤다. 그는 언제나 서두르는 모습이었다. 내가 여기 온 뒤로 그는 일주일에 한두 번씩 큰 소리로 인사를 건네며, "우리 언제 한번 만나요" 하고 말하고 황급히 나를 지나쳐가곤 했다. 예상대로, 오늘도 그는 큰소리로 이렇게 말했다. "내가 전화할게요. 언제 같이 점심 먹어요." 나는 손을 내밀어 그를 붙잡았다. "있잖아요." 내가 말했다. "그냥 인사만 하셔도 돼요. 우연히 마주칠 때마다 그렇게 마음에도 없는 말을 하실 필요는 없죠." 그러자 그가 바로 소리쳤다. "여기서 **산다는** 게 무슨 의민지 아시기나 해요? 당신 같은 귀한 손님들은 여기 와서는, 우리가 당신들을 재밌게 해줘야 하는 줄 알죠. 난 **쉬지도 않고** 일을 한답니다. 강의를 안 하면 페이퍼를 채점해요. 페이퍼 채점을 안 하면 위원회 회의에 참석하고요. 여기서 난 **너무** 바빠요, 너무나도 바쁘다고요! 당신은 이해 못 해요! 아무도 이해 못 해! 누구도 우릴 조금도 이해해주지 않는다고요!" 그렇게 말한 그는 서둘러 자리를 떠나버렸다.

이틀 뒤 과학자가 나를 저녁식사에 초대했다. 그의 아내는 그 도시에서 심리학을 연구하는 학자였다. 나는 그의 아내에게 사비나 모리스와 마주친 일에 대해 말했다.

"그 사람은 정말 그렇게 믿어요." 심리학자가 말했다. "자기한테 시간이 없다고요. 하지만 사실은 이런 거죠. 그 사람이 아무것도 할 수 없는 건, 자기가 그저 가끔씩만 관계를 맺는 학생들, 동료 교수들, 학과장들 같은 사람들이랑 **항상** 얘기를 나누는 듯한 기분에서 매일매일 회복해야 하기 때문이에요. 그게 교수들 **대부분**이 시간이 없는 이유예요. 오직 교수들만 그 사실을 모르죠. 그걸 모르기 때문에 그렇게 불행한 거고요.

그 사람들이 자기들이 **누군지** 그리고 **어디** 서 있는지를 안다면 좋은 점과 나쁜 점을 함께, 좀 더 침착하게 받아들일 테고, 그러면 훨씬 더 활기찬 삶을 살 수 있을 텐데. 하지만 지금은 끊임없이 걱정하고 마음 졸이는 상태로 살고 있는 거죠. 이런 게 그 사람들이 하겠다고 계약한 일은 아니겠지만요. 그들이 하겠다고 계약한 일은 '지적인 삶'을 사는 일이었죠…. 아무도 이런 걸 깊이 생각해보지 않아요, 종신 재직권을 따서 내리막길에 들어서기 전에는요…. 그 사람들은 다들 지적인 재능을 키우게 될 거라는 환상을 품고 대학에 오죠. 하지만 알고 보면 그 사람들 대다수는 사상가도 학자도 아니고 그냥 가르치는 일을 하면서 격무에 시달리는 사람들이에요. 이런 부분에 적응하기 불가능한 게 현실 같아요. 주위의 온갖 끔찍하고 못난 사람들 때문에 자기가 대학 내에서 재능을 인정 받지 못한다고 **느끼거든요.** 사비나 모리스는 남은 평생을 잘못된 삶에 물어뜯기면서, 그리고 학생들이랑 학과장·교무처장·총장을 미워하면서, 철저하게 **미워하면서** 보낼 거예요. 전부 다 **그 사람들** 때문이라고 생각하니까."

나는 나도 모르게 심리학자의 이야기에 기쁨을 느끼고 있었다. 그 일을 그런 식으로 바라보고, 사비나 모리스가 수동적인 데다 비겁한 사람이라고, 꿈은 컸지만 자기기만 때문에 하찮아지고 옹졸해진 여자라고 여기니 기분이 좋았다. 이곳에서의 일들이 이 모양인 건 **그 여자가** 자기 환경을 받아들이지도,

초월하지도 못하기 때문이라고 나는 생각했다. **그 여자가** 달라지면 이곳에서의 삶도 달라질 것이다. **그 여자가** 좀 더 활기차고 경험이 풍부하고 초연한 사람이라면 **나는** 이렇게 갑갑하고 비열한 세계에 갇혀 있다고 느끼지 않을 것이다. 내가 그 순간 깨닫기로 그 여자만큼이나 속에서 끓어오르는 불만을 품고 말이다. 하지만 나는 그 잠깐의 순간을 놓아버렸다. 사비나 모리스의 도덕적인 그리고 심리적인 결점들을 생각하니 너무나도 즐거웠다. 나 자신의 고통이 고결하다는 생각이 내 안에서 불타올랐고, 나는 그 불꽃을 소중히 여겼다. 사실, 그 불꽃 더 가까이로 끌려갔다.

그날 밤 나는 재대여한 아파트의 소파에 누워 두 손을 머리 뒤에서 깍지 낀 채 하얀 정사각형 모양의 텅 빈 천장을 올려다보고 있었다. 내가 스스로에게 굴욕감을 주며 괴롭히고 있다는 걸 알았지만, 그것을 제어할 힘이 없었다. 아니, 힘이 없는 게 아니라 제어할 마음이 들지 않았다. 풍만하게 살이 붙었지만 지금은 좁고 앙상하게만 여겨지는 내 흉벽 안쪽을 그 굴욕감이 종양처럼 짓누르고 있었다. 그 굴욕감이 있어야 나 자신이 채워지는 느낌이었다.

자정이 되었을 때, 나는 왜 바서미언이 윌러스타인의 타이어를 칼로 그었는지 이해할 수 있게 되었다.

임팔라 대학은 미국에서 가장 부유한 학교 중 하나고, 대단히 훌륭한 문예창작 프로그램을 갖추고 있다. 교수진은 꾸준히 책을 펴내며 물 흐르듯 끊임없이 낭독회와 컨퍼런스, 심포지엄을 열어 사람들을 초대한다. 캘리포니아 사막 한가운데 자리잡은 그 대학은 초록빛 잔디밭, 석조 분수, 붉은 타일로 된 지붕, 야자나무로 눈부시게 빛난다. 여기서 강의를 하는 사람들은 누구도 다른 어디에 있기를 원하지 않는다. 모두들 이곳이야말로 자신이 있을 곳이라고 생각한다.

임팔라에서는 주마다 한 번씩 점심식사 모임이, 달마다 한 번씩 낭독회가, 그리고 피크닉과 축제, 박물관 개장 행사와 영화제가 있었다. 의사 부인들과 변호사 부인들은 이사회에 속해 있었다. 교수진은 이사회가 작가들과 만날 수 있게 해주었고, 그러면 이사회는 자금을 조달해 학생들을 위한 장학금을 마련해주었다. 교수진은 이런 방식을 즐거워했고, 학생들·학교 직원들·주민들이 함께 어울리는 학교 주변의 가벼운 모임들뿐 아니라 계획해서 열리는 행사들 역시 무리 없이 받아들였다. 느슨하게 연결된 동지애가 널리 퍼져 있었고, 그 안에는 편안한 정중함이 흘렀다. 우리는 여러분에게 편의를 제공할 만큼 안전한 사람들입니다, 그 정중함이 말했다.

친절한 랭귀지 시인*이자 프로그램의 총 책임자인 맥 디엔스택이 내게 아파트를 구해주고, 시내 구경을 시켜주고, 환영의

• 미국의 전위적인 시인 그룹.

뜻으로 즐거운 저녁식사 자리를 마련해주었다. 그 저녁식사 자리에는 똑같이 30대 후반의 시인들인 로이드 레빈과 폴 브라운, 프로그램에서 가장 유명한 소설가인 커미트 킨널, 그리고 40대의 비평가이자 에세이 작가인 캐럴 라이스먼이 있었다. 그들은 서로가 있어서 즐거운 것처럼 보였다. 곧 그들 사이에 오가는 정감 어린 농담에는 속도가 붙었고, 방향도 생겨났다. 몇 분이 지나자 대화에는 저절로 하나의 관점이 생겨났다. 우리는 자기 귀에 들려오는 자신의 말이 지적이라고 느끼게 되었다. 나는 얼마나 멋진 시간을 보내고 있었던가! 식탁에 앉아 있던 사람들에게 그 저녁식사 모임이 의무적인 행사였다는 것을 나로서는 알 길이 없었다. 앞으로의 몇 달이 기대됐다.

아파트는 쾌적했고, 일정은 무난했으며, 임팔라에서의 사교 생활의 전반적인 성격은 나와 제법 잘 맞았다. 나는 작가들 중 한 명과 영화를 보기도 했고, 꼭 그만큼 자주 의사 부인이나 대학원생으로부터 저녁 초대를 받기도 했다. 어느 쪽이든 똑같이 즐거웠다. 극서부에서 그랬듯 밤마다 집에 혼자 앉아 있지 않을 수만 있다면 내가 어디에 초대되든, 누가 나를 초대하든 결국에는 무슨 상관이겠는가? 그럼에도 그 첫 번째 저녁 모임의 즐거움은 정말로 기억에 남았고, 그런 즐거움은 왜 다시 느낄 수 없었던 건지 나는 가끔씩 궁금했다.

나는 그 모임의 식탁에 앉아 있던 사람들을 그 뒤로 거의 매일 만났지만, 엄밀한 의미에서는 전혀 만나지 못했다. 때때로 나는 로이드 레빈의 사무실로 들어가 말하곤 했다. "언제 한번 봐요." 그는 언제나 대답하곤 했다. "그럽시다. 이번 주는 손님들이 너무 많아서 어려운데 다음 주에는 확실히 괜찮아요. 아무튼 화요일 학과 점심식사 모임이랑, 금요일 오후 리셉션에서 봐요. 그때 다시 얘기하죠." 그다음 날이 되면 나는 맥 디엔스택이나 캐럴 라이스먼과 똑같은 대화를 주고받은 뒤 헤어졌고, 기대가 되면서도 불안한 마음으로 걸음을 옮기곤 했다. 점심식사 모임에서의 대화는 어쩔 수 없이 문예창작 프로그램에 관한 업무 이야기가 되곤 했고, 리셉션에서의 대화는 저녁식사 모임 특유의 잡담이었다. 지역 전시회 오프닝에 대해 3분, 런던과 뉴욕의 비교에 7분, 백악관에 있는 멍청이에 대해 6분 하는 식으로 대화가 이어졌다. 언제나 결국에는 피곤해져서 그저 그 자리를 떠나고 싶다는 생각만 들었다. 이런 자리에서 맥이나 캐럴이나 로이드를 만나는 건 어떤 의미에서는 그들을 전혀 만나지 않는 것만 못했다.

일주일에 세 번씩 애매하게 가까운 사람들을 만나면 저녁에 진짜 대화를 나눌 상대를 찾고픈 욕구가 전혀 들지 않게 된다. 나는 그 사실을 임팔라에서 깨달았다. 부정적인 감정의 기억은 신경 속에 남아 있다가 나중에라도 공허한 행위를 함께한 사람들을 다시 보면 되살아나 족히 24시간은 지속된다. 이런 모임들에서는 아무도 나중에 다시 만나 뭔가 하자는 제안을 하지 않았다. 난 모임 다음 날 누구 두 사람이 학교에서 마주치더라도 서로 아무 제안도 하지 않는다는 사실을 알아차렸다. 강박적인 사교 활동은 계속 소란스럽게 퍼지기만 할 뿐 없앨 수는 없는 불만을 불러일으킨다는 걸 이해하기 시작했다. 누군가와 가깝게 지낸다는 것은 집에 말벌집이 생기는 것과 마찬가지였다.

어느 날 오후 새러베스 킨널이 내게 전화를 걸어 뉴욕에서 온 손님이 자기 집에 와 있는데 한잔하러 건너오지 않겠느냐고 했다. 나는 두고 온 책을 가지러 맥 디엔스택의 집에 가려던 참이었으나, 알겠다고 잠깐 들르겠다고 대답했다. 그날 시간이 지나고 맥의 집에 갔을 때, 나는 지나가는 말로 조금 전까지 킨널 부부네 집에 있다 왔다고 언급했다. "그래요?" 맥이 말했다. "그 집에서 오늘 모임이 있나요?" 그의 목소리에 담긴 무언가가 내게 경고음을 울렸다. 그렇진 않아요, 내가 말했다. 그냥 즉석에서 이루어진 초대였어요.

"거기 누가 있었어요?" 맥이 조심스럽게 물었다.

왜요? 나는 그를 놀렸다. 밖에 좀 나가시고 싶은가 봐요?

"아뇨." 맥이 말했다. "전 집을 나서고 싶을 때가 **좀처럼** 없어요. 집에 있는 걸 **사랑**하거든요." 그는 조금 망설였다. 그러더니 말했다. "그냥, 소외당하는 걸 참을 수 없을 뿐이에요."

"지금 농담하시는 거죠?" 내가 말했다.

"아뇨." 그가 웃었다. "농담 아닌데요."

"소외당하다니 무슨 뜻이에요?"

"미친 소리 같다는 거 알아요. 제가 생각해도 미친 소리 같지만, 그런 게 있어요. 저는 보통은 모임 같은 건 지루한 일이라고 생각해요. 집에서 책이나 읽는 쪽이 더 좋아요. 근데 이유가 뭐든 간에 다른 사람들이 모임에 저를 초대하지 않는다고 생각하면, 견디기 힘들어요. 그 생각이 머릿속을 갉아먹는다고요."

"다른 사람들 누구요?"

맥이 얼굴 가득 무거운 미소를 지었다. "중요한 사람들이요." 그가 비꼬듯 미소 지으며 말했다.

"이해가 잘 안 되는데요." 나는 포기하지 않고 말을 이었다. "정말로 집에 있는 게 좋으시면, 누가 누구랑 모임을 하든 뭐가 중요한가요? 그리고 집에 있고 싶지 **않으시면,** 어디를 가든 뭐가 다른가요? 어디든 갈 곳만 있으면 되죠. 키츠가 말한 것처럼, 어떤 집단 사람들이든 다른 집단과 마찬가지로 괜찮은 법이에요."

"정말 그렇게 생각해요?" 맥이 말했다. "어떤 집단 사람들이든 다른 집단과 마찬가지로 괜찮다고?"

"물론이죠." 내가 단호하게 말했다.

그는 한숨을 쉬고는 내 책을 건네주었다.

"여기가 어떤지 당신은 이해 못 해요." 그가 말했다. "그리고 제가 설명하기도 어렵군요."

이런 말들이 내게는 놀랍게 다가왔다. 극서부에서는 내가 좋아하지 않는 사람들이 나를 저녁식사에 초대하지 않아서 지난 일을 곱씹어야 했다. 하지만 여기 임팔라에서는 설령 이상적이지는 않을지 몰라도 모임이 많기는 했다. 누가 자신을 저녁식사에 초대하고 누가 안 하는지 전전긍긍하는 건 배부른 행동 아닌가. 나는 그렇게 생각했다. 나는 이때쯤에는 알았어야 했다. 고통받는 동료로부터 그토록 오만하게 나 자신을 분리하는 행위는 나 역시 구별 짓기로 인해 피해를 입을 수 있다는 뜻이라는 걸.

임팔라의 저녁식사 모임들은 처음에는 위안이자 위로로 다가왔다. 그 다정함이 내게 끼치는 효과가 너무도 강렬했기에, 내가 대부분의 자리에서 느끼는 것을 동료들은 느끼지 않는다는 걸 알게 되었을 때는 놀랐다. 내가 딕슨 부부네 집에서 들은 재미있는 이야기를 언급하면 맥은 이렇게 말하곤 했다. "아, 그 사람들 만나시나 봐요?" "네. 그 사람들 안 만나세요?" 나는 이렇게 되묻곤 했다. "전에는 만났었죠." 그는 이렇게 대답했다. "그중에 많은 사람들을 만나곤 했죠. 근데 이제 안 본 지 몇 년이나 지났네요." "무슨 일 있으셨어요?" 내가 이렇게 물으면 그는 "저도 정확히는 모르겠어요" 하고 대답했다. "그냥 더 이상 서로 안 보게 된 것 같네요…." 그 말은 내가 반복적으로 듣게 되는 문장이었다. "그냥 더 이상 서로 안 보게 됐어요." 임팔라에서 무르익은 우정에 관한 이야기를 듣는 일이 없지는 않았지만 드물었다. 우정에 관한 이야기는 언제나 지쳐버린 마음들이 도달하게 된 지점에 관한 것이었다.

그들이 그렇게 말하는 걸 듣는 일은 재미있었지만, 그 재미는 어느 날 저녁 갑자기 사라져버렸다(딕슨 부부네 집에서였다). 불현듯, 내가 내 생각을 조금이라도 담은 문장을 입 밖으로 내면 반드시라고 해도 좋을 정도로 어떤 협상을 해야만 한다는 생각이 머리를 스쳤다. 방해받지 않는 생각으로 통하는 길은 결코 훤히 뚫려 있지 않았고 항상 막혀 있었으며, 어디에나 "그게 무슨 뜻이죠?"라는 질문이 흩뿌려져 있었다. 너무 많은 대화가 시작 단계에서 교착 상태에 빠져버리는 바람에 그 여정이 이해하기 어렵고도 지치는 일, 특히 지치는 일이 되는 것 같았다. 나는 이 점을 왜 전에는 보지 못했던 걸까? 그리고 왜 이제는 이 점 말고는 아무것도 내 눈에 들어오지 않는 걸까?

내가 처음으로 '대충 만들어낸 반응 증후군'을 구분하게 된 것은 임팔라에서였다. 그때는 내가 그 증후군의 피해자라는 생각밖에 들지 않았다. 그러다가 어느 날 밤, 이번에는 나 자신이 다소 큰 규모로 '대충 만들어낸 반응'을 보였고, 그러자 그 역학이 뚜렷하게 다가왔다. 일의 앞뒤가 딱 맞았다. 학기가 진행될수록 낭독회의 객석이 점점 비어가는 이유를 이해할 수 있었다. 맥 디엔스택이 왜 소외당하는 문제에 사로잡혀 있는지도.

어느 유명한 이스라엘 시인이 낭독을 하러 왔다. 미남에다 과묵하고 마음을 터놓지 않는 사람이었다. 입가에는 공손한 미소가 걸려 있었지만, 다른 사람들이 이야기를 할 때 그는 눈에 띄게 지루해했다. 낭독회 전 저녁식사 자리에 폴 브라운은 나타나지 않았고, 맥과 커미트도 마찬가지였다. 세레나와 로이드 레빈 부부, 캐럴과 그의 남편은 참석했고, 나도 거기 있었다. 로이드는 쉬지 않고 떠들어댔다. 그는 그 시인의 작품을 외우고 있었고, 작가라면 누구나 듣고 싶어 할 교양 있는 감탄의 말을 그에게 들려주려고 준비해 왔다. 시인은 로이드가 표하는 존경을 상냥하게 받아들이기는 했지만 응답으로 내놓는 것은 거의 아무것도 없었다.

테이블에서 일어나는데 세레나 레빈이 내게 말했다. "저 남자 귀엽지 않아요?" 나는 세레나를 쳐다보았다. "아뇨." 내가 말했다. "안 귀여워요. 매 순간 자기가 누군지 의식하고 있던데요." 세레나의 두 눈이 부드럽게 내 얼굴에 머물렀다. "내 말 믿어요." 그가 말했다. "매 순간 자기가 누군지 의식하는 남자치고는 귀엽다고요." 나는 감탄하며 세레나를 바라보았다. 세레나도 나름대로 **들인** 시간이 있었던 것이다.

그때 시인이 낭독을 시작했다. 그의 차가운 입술에서 아름답고 힘 있는 이미지들이 흘러나왔다. 낭독이 진행되는 동안 나는 전에 이곳에서 종종 느꼈던 것을 되풀이해 느꼈다. 그러니까, 평범한 남자 내면에 자리잡은 원대한 자신감이 솟구쳐 나올 때의 기이함을. 그는 시인치고는 해도 너무 할 정도로 말을 많이 했는데, 그 말들은 매번 잘난 척 쪽으로 조금씩 더 움직여갔다. 그러다 또 시를 한 편 낭독하곤 했다. 통찰과 다정함이 담긴, 간결하면서도 대단히 멋진 시어들이 약간 쏟아지고,

그러면 사람들은 처음부터 다시 그에게 빠져드는 것이었다. 그 퍼포먼스는 기분을 돋우는 동시에 마음을 불편하게 했다.

그 뒤에는 리셉션이 있었는데, 참석하는 사람은 거의 없었다. 교수들은 서둘러 자리를 떴고, 학생들도 마찬가지였다. 아무도 그 '대단하신 분'을 감당하려 하지 않았다. 로이드는 지쳐 보였고, 캐럴은 정신없이 서두르면서 모두 자기네 집에 다시 모여서 한잔해야 한다고 고집했다. 그 시인이 임팔라가 따분하고 촌스러운 곳이라고 생각하면서 뉴욕으로 돌아가는 것을 캐럴은 참을 수 없었다. 캐럴의 집 거실에서 시인은 의자에 무겁게 몸을 기대고 앉아 있었는데, 얼굴은 무표정했고 두 눈은 더 이상 상냥한 기색 없이 반쯤 감겨 있었다. 저녁 먹은 값도 했고 스몰 토크도 나눴으니 그가 이제 그만 나가고 싶어 한다는 걸 누구나 알 수 있었다.

로이드는 방 건너편 소파에 털썩 앉아 자기 구두를 내려다 보고 있었다. 그 역시 저녁 먹은 값은 했지만 더 이상은 뭘 해야 할지 모르고 있었다. 그 분위기는 내게도 옮아왔다. 사람들을 즐겁게 해줘야 할 것 같다는 생각이 들었다. 나는 로이드와 시인 사이의 중간쯤에 놓인 쿠션 위에 앉았고, 그들 사이에서 능숙하게 앞뒤로 몸을 돌려가며 명랑하고 빠르고 유창한 어투로 이스라엘 여행 이야기를 시작했다. 시인은 뒤로 기대앉은 채 관자놀이에 한 손가락을 올리고 취한 두 눈으로 나를 지켜볼 뿐 조금도 도와주지 않았다. 나는 요세프 브레너 Josef Brenner

이야기를 하면서, 시인의 작품이 내게 예루살렘에 대한 브레너의 복잡한 감정을 떠오르게 한다고 말했다. 브레너가 현대 초기의 뛰어난 유대인 소설가고, 미국에는 별로 알려져 있지 않지만 막 재발견되고 있는 작가라고 사람들에게 소개했다. 이야기의 끝에 다다른 나는 착한 소녀처럼 시인을 향해 몸을 돌렸다. 시인이 너무 오랫동안 나를 빤히 쳐다보는 바람에 나는 그가 영어를 잊어버린 게 아닌가 생각했다. 그때 그가 입을 열었다.

"사실은," 여전히 관자놀이에 한 손가락을 올린 채 그가 말했다. "브레너의 작품은 제 작품과 전혀 비슷한 점이 없습니다. 전혀요. 그게 뭐든 그 사람하고 저는 닮은 데가 없어요. 그리고 그 사람은 뛰어나지도 않아요. 사실은 따분해요. 상당히 따분하지요. '재발견되고' 있는 작가도 아니에요. 항상 활동을 해왔으니까요. 우린 그 사람이 얼마나 따분한지 알고, 그래서 관심을 갖지 않아요. 하지만 미국인들은 그를 둘러싸고 호들갑을 떨죠. 그를 **발견**한다나⋯." 그는 어깨를 으쓱하고는 말을 멈췄다.

캐럴의 얼굴에선 반쯤 핏기가 가셨고 로이드는 몹시 화가 난 것처럼 보였다. 나는 고개를 뒤로 젖히고 큰 소리로 웃고 싶어졌다. 똑똑해 보이지만 멍청한 사람이 나와 누군가를 엉성하게 비교하는 실수를 저질렀는데 나는 그 사람을 구해줄 기분이 아닐 때 내가 느꼈던 감정을 그 시인도 느낀 것이다. 내가 원한 것을 시인도 원했다. 자신에게 영양분이 될 만한 대화를. 하지만 그는 정크 푸드를, 영양가 없는 칼로리를 얻고 있었다. 그리고 우리 역시 마찬가지였다. 나는 로이드 쪽을 힐끗 건너다보았다. 그의 얼굴은 피로로 무너져 있었다. 우리 중 누구도 자신에게 필요한 것을 얻지 못했다. 그 순간 나는 학자들이 이런 자리에 참석하지 않는 이유를 알 것 같았다. 이런 대화를 많이 나누면 마음이 죽어버릴지도 모른다는 생각이 들었다.

나는 또한 무엇이 소외당하는 문제에 역설적으로 집착하게 만드는지도 알 것 같았다. 형편없는 식사를 자주 하다 보면 어딘가 다른 곳에서는 사람들이 **틀림없이** 훌륭한 식사를 하고 있을 거라는 생각에 중독되고 마는 것이다. 조그맣고 빈틈없는 세계에서, '어딘가 다른 곳'이란 필연적으로 그 전날 밤 당신이 초대받지 못한 모임 테이블에서 당신 양쪽에 앉았을 사람들을 뜻하게 된다.

나는 나도 모르게 내 주위 사람들을 딱하게 여기고 있었다. 그리고 그다음은, 당연하게도 내가 당할 차례였다.

어느 화요일, 매주 함께 하는 점심식사가 끝나고 문예창작학 교수들이 재빨리 흩어지고 있을 때, 로이드가 말하는 게 들렸다. "캐럴, 어젯밤에는 프루스트처럼 굴어서 미안했어요." "프루스트처럼 굴다니요?" 폴이 물었다. 로이드가 그에게 몸을 돌렸다. "기억할지 모르겠는데 내가 식당 종업원을 불러서 뭐라고 했냐면…." 그 문장의 뒷부분은 내 귀에 들어오지 않았다. 머릿속이 온통 흐려졌다. 저녁을 같이 먹었구나, 나는 생각했다. 이 사람들 셋이서, 나는 초대하지 않고. 이 사람들은 항상 같이 어울리면서 나는 절대 초대하지 않아. 남은 길을 함께 걸어 사무실로 돌아가는 동안 나는 뭐라고 말을 했지만 내 귀에는 아무것도 들리지 않았다. 내가 하는 말도, 다른 누군가가 하는 말도.

그날 저녁 나는 책 한 권을 손에 들고 소파에 누워 있었다. 책장을 한 장 넘기면 그 페이지에는 이렇게 적혀 있었다. '로이드와 캐럴과 폴은 항상 같이 저녁을 먹으면서 나는 절대 초대하지 않는다.' 두 번, 전화벨이 울렸다. 뉴욕에 있는 에이전트가 영국에서 책이 잘되고 있다는 이야기를 했고, 의사 부인이 전화해 나를 저녁식사에 초대했다. 전화를 끊을 때마다 나는 잠깐 동안 행복했다. 그다음에는 불안이 되돌아왔다. 로이드와 캐럴과 폴은 같이 저녁을 먹으면서 나를 절대 초대하지 않는다.

나는 커피를 한 잔 타려고 일어났다. 이건 **바보 같은** 짓이야, 나는 물이 끓어오르기 직전인 주전자에 대고 단호하게 말했다. 하지만 책망해봐도 아무 소용이 없었다. 안 좋은 생각은 몇 시간이나 며칠 동안이나 계속되었다. 내가 무엇을 하든, 강의를 하든, 책을 읽든, 운전을 하든 갑자기 '로이드와 캐럴과 폴'이 기억났고, 그 생각은 바늘처럼 내 마음을 찔러댔다. 내가 원하는 것이라고는 오직 **그들**과 함께 있는 것, **그들**의 관심, **그들**의 즐거움뿐이었다. 다른 모든 것은 꼴찌에게 주는 상처럼 감흥이 없었다.

그 주말에 내가 잘 아는 작가가 나를 찾아왔고, 우리는 멋진 저녁을 함께 보냈다. 내 말들은 정확히 내가 말한 대로 받아들여졌다. 내가 하는 말들에 반응해주는 사람이 있으니 더욱 할 말이 많아졌다. 그리고 더욱 할 말이 많아졌기에 나 자신이 채워지는 느낌이 들었다.

저녁이 끝날 무렵, 배가 부른 나는 식당을 나섰다. 늦은 시간이었다. 열기는 사라져 있었다. 나는 사막의 깨끗한 공기에 숨을 깊이 내쉬며 잠깐 걸었다. 임팔라 어느 곳에서도 나 자신을 되찾게 해주는 대화를 할 수 없다는 걸 처음으로 깨달았다. 그런 대화를 많이 바라는 것은 아니었다. 한 번 정도만 있어도 충분할 텐데, 그 한 번이 내겐 없었다. 비슷한 대화는 많이 나눴지만, 정확히 그런 대화는 나누지 못했다. 그러니 로이드와 캐럴과 폴에 관한 생각을 곱씹을 수밖에.

이 조그맣고 빈틈없는 세계와 뉴욕의 차이점이 극명하게 느껴졌다. 뉴욕에서는 내가 어떤 자리에 초대받지 못해서 기분이 나쁘더라도 곧 전화벨이 울리고, 꼭 초대받지 못한 그 자리만큼 근사한 다른 어딘가에 초대를 받는다. (거기서는 여섯 번 중 한 번의 대화만으로 나는 괜찮을 것이다.) 안 좋은 생각은 몇 분, 길어도 한 시간쯤이면 사라진다. 금방 잊을 수 있다. 나는 계속 열려 있고, 유연하며, 계산적이지 않은 사람이 될 수 있다. 하지만 여기, 대학에서는 고통이 이어진다. 잊어버릴 수가 없다. 나아지기도 어렵다. 나아지기 어렵기 때문에 나는 자신을 방어해야 한다. 차단하고, 반흔 조직scar tissue을 기르고, 껍질을 두껍게 만드는 것이다. 말하기가 조심스러워진다. 나는 표현력 있는 사람이 되기를 포기했다.

그도 아니면 미치광이로 변해버렸다.

나는 내가 미쳐가고 있다는 걸 알았다. 나는 생각할 만큼 생각했고, 그러다가 어느 날은 이야기도 들을 만큼 듣게 되었다. 세레나 레빈이 점심을 먹자고 나를 데려가더니, 자신들이 보기에 내가 임팔라, 대학 그리고 문예창작 프로그램에 대해 **폭력적일 정도로** 비판적인 사람 같다고 말해주었다. 다들 나와 거리감을 느끼기 시작했다고. 내 말들은 그들의 삶을 평가하는 것으로 받아들여졌다. "당신은 그냥 머릿속에 있는 생각을 말로 한다고 생각하겠죠." 세레나가 씁쓸한 목소리로 말했다. "하지만 당신은 자기를 믿고 속마음을 터놓게 만들어놓고는 그 사람의 나라를 맹비난하는 외국인 같아요." 세레나의 말은 계속 그런 식으로 이어졌다. 나는 화를 내며 대답을 했다. 그러다 우리는 동시에 말을 멈췄다. 태양이 정오의 하늘 높이 떠올라 있었다. 짙어진 아지랑이가 사방을 달구었다. 세레나는 자기 접시를 빤히 내려다보았다. 나는 조금 떨어진 허공을 내다보았다. 대학 건물들이 어른거리기 시작했다. 우리 사이에 침묵이 쌓여갔다. 지적인 삶에 봉사한다는 기관에서 일어난 마음의 고립 때문에 각자 신경과민 상태가 된 채, 외로운 작가와 불안한 교수 부인으로 우리는 거기 마주앉아 있었다. 침묵이 내 머릿속에서 윙윙거렸다. 열기가 참을 수 없이 심해졌다.

　결혼은 친밀감을 약속하지만, 뜻대로 되지 않으면 유대감은 부서져 내린다.

　공동체는 우정을 약속하지만, 뜻대로 되지 않으면 참여는 끝이 난다.

　지적인 삶은 대화를 약속하지만, 뜻대로 되지 않으면 그 삶의 신봉자들은 괴상해진다.

　사실은 **정말로** 혼자 있는 게 더 쉽다. 욕망을 불러일으키면서 그것을 해결해주려 하지 않는 존재와 함께 있는 것보다는. 그럴 때 우리는 결핍과 함께하게 되는데, 그건 어째선지 참을 수 없는 일이다. 그 결핍은 가장 나쁜 방식으로 우리가 정말로 혼자라는 사실을 일깨워준다. 다시 말해 우리의 상상을 억누르고, 희망을 질식시킨다. 우리가 처음에 갖고 있던 활기를 억누른다. 사기가 꺾이고 무기력해진다. 무기력은 일종의 침묵이다. 침묵은 공허함이 된다. 사람은 공허함과 함께 살아갈 수 없다. 그 압박감은 끔찍하고, 사실 참기 힘들며, 견뎌서는 안 되는 것이다. 그 압박감을 견디다 보면 사람은 폭발하거나 무뎌지고 만다. 무뎌진다는 것은 슬픔 속으로 떨어지는 것과 같다.

자신을 온전하게 표현할 수 있는 사람으로

남아 있는 것이야말로 고귀한 일이다

1920년, 열여덟 살이었던 내 어머니는 로어맨해튼에 있는 어느 대규모 베이커리 도매상의 경리팀에서 일했다. 경리팀장은 어머니와 마찬가지로 책을 읽고 음악을 듣는 유럽계 이민자였다. 브롱크스에서 행복하지 못한 결혼 생활을 하고 있던 레빈슨 씨는 로어이스트사이드에 사는 활기찬 젊은 여성이었던 내 어머니에게서 자신과 동류인 영혼을 발견했다.

하루 일이 끝나고 그들이 헤어질 때에도 어머니와 대화하고 싶었던 레빈슨 씨의 욕구는 종종 다 해소되지 않았고, 그는 밤늦게 어머니에게 편지를 쓰는 습관이 생겼다. 이 편지들은 분위기와 내용에 있어 놀랄 만큼 다채로웠다.

편지는 그날 그들의 대화가 끝난 시점을 반영하면서 시작되기도 했고, 그가 극장에서 알 수 없는 그 무언가에 대한 갈망에 흠뻑 젖었노라고 갑작스레 알리기도 했으며, 아이가 아파서 집이 혼란스럽고 인생이 지옥 같다고 털어놓기도 했다. 편지에 적힌 언어는 시적일 때도 냉소적이거나 자포자기한 어조일 때도 있었는데, 그가 오직 글에서만 드러낼 뿐, 베이커리에서 얼굴을 마주하고는 드러내지 않는 다양한 반응들이었다. 주제가 무엇이든, 분위기가 어떻든, 자정에 자리에 앉아 레빈슨 씨는 '나의 소중한 친구에게' 길게 그리고 느긋하게 편지를 썼다.

그는 만약 극장에 갔다면 그 공연과 배우들의 연기와 14번가에 모인 사람들을 묘사했고, 아이가 아프면 방 안의 분위기와 아픈 아이의 안색, 의사가 어떻게 해주었는지를 털어놓았으며, 전에 나누던 대화를 이어갈 때면 뉘앙스와 여담을 넉넉하고 자유롭게 섞어 넣었다. 필연적으로, 그는 자신이 얼마나 생각이 많은지, 그리고 자신의 영혼이 얼마나 갈망에 차 있는지를 드러내곤 했다. 그는 바로 그 순간의 날씨를, 그가 앉아 편지를 쓰고 있는 테이블 너머 창문으로 보이는 거리의 모습이 어떤지를 글로 옮겨놓기도 했다. 그리고 내 어머니가 다음 날 출근해 그를 만나기 한 시간 전인 아침 8시에 받아 읽을 수 있도록 길모퉁이로 내려가 이 편지를 부칠 거라고 말하는 것으로 글을 끝맺곤 했다. 이 마지막 부분의 어머니가 다음 날 아침에 편지를 받아볼 것이라는 예상에는 그가 가질 만도 한 확신이 담겨 있었다. 당시 뉴욕에서는 우편물이 하루에 다섯 번 배달되었던 것이다.

오늘 아침 9시에 내 전화벨이 울렸다. 내 친구이자 학자인 로라가 자신이 일하며 지내는 아이오와시티에서 전화를 걸어

온 것이었다. 내가 말했다. 여보세요. 로라가 말했다. 여보세요. 내가 말했다. 별일 없어? 로라가 말했다. 으으응. 내가 말했다. 무슨 일이야? 로라는 익숙한 불만을 토로하기 시작했다. 남편과 지금보다 더 기운 나는 대화를 하고 싶다는 것이었다. 그 주제는 오랜 시간에 걸쳐 여러 번 다뤘던 영역임에도 여전히 우리 둘에게 흥미진진했고, 사실 유용하기도 했다.

로라와 나의 우정은 20년 넘게 친밀하게 이어져 왔는데, 우리 삶의 일상성에 대한 논평 거의 대부분이 전화선을 통해 이루어져 온 것이 특징이다. 이야기를 할 때면 우리는 각자 거치대에 수화기를 놓고는 아무것도 안 보이는 척 자기 방의 텅 빈 곳을 노려보면서 대화에 집중한다. 이 대화들에는 문학, 정치, 분석처럼 우리가 공통으로 몰두하는 주제들이 필연적으로 엮여 있지만 산만해지지는 않는다. 몇 분이 지나면 대화가 진정한 행복의 본질이라는 우리의 지속적인 관심사를 다시 따라가고 있다는 사실이 분명해진다. 마치 둘이서 장거리 전화로 어떤 세미나에 영원히 참여하고 있는 것만 같다.

오늘 아침에는 로라가 결혼 생활을 지속하는 것에 대한 익숙한 찬반 토론을 반복했다. 그동안 우리의 의견 교환은 기민하고 박식하며 호의적인 말들로 이루어졌다. 그것이 우리에게 즉각적인 카타르시스를 전해주었다. 우리는 함께 나누는 통찰의 현명함에, 참조할 만한 것으로 언급하는 주제들의 광범위함에, 공유하는 가십의 세련된 성격에(여기에 필요한 질감은 비슷한 상황들이 제공해준다) 즐거워진다. 생기를 되찾은 우리는 이내 우리가 앞으로 나아가고 있다고 스스로 납득했다. 한 시간의 전화통화 끝에 로라는 새로워진 느낌을, 나는 정화된 느낌을 얻었다. 다가오는 하루의 불안에 맞설 용기를 얻은 우리는 수화기를 제자리에 되돌려놓았다.

70년 전 레빈슨 씨는 넘쳐흐르는 자신의 마음을 덜어내고 싶었을 때, 내 어머니에게 편지를 썼다. 오늘 아침 똑같은 욕구가 로라를 움직였을 때, 로라는 수화기를 들고 내게 전화를 걸었다. 두 행위의 결과 역시 어떤 의미에서는 같았지만(연결이 생기고, 생생한 대화가 펼쳐지고, 삶에 대한 용기가 회복되었다) 차이가 분명 중요하다. 레빈슨 씨의 편지는 두서가 없었고, 본질적으로 이야기체로 되어 있었다. 주제가(즉, 편지를 쓰는 이유가) 있었지만, 그는 거리낌 없이 횡설수설하고, 곁다리로 빠지고, 눈에 들어오는 모든 것을 묘사하고, 기분의 변화가 살짝만 끌어당겨도 가만히 있지 못하고 끌려갔다(편지들 속에서 그는 한숨을 내쉬고, 그리워하고, 비난을 퍼붓는다). 편지를 쓸 때 그는 시인의 황홀감에 잠긴 채 스스로를 홀로 세상 속에 두었다. 로라의 전화는 하나의 주제에 집중되어 있었고, 본질적으로 분석에 가까웠다. 로라는 곁다리로 빠지는 일이 별로 없었다. 전화선 바로 너머에 내가 있으므로 내게 폐를 끼쳐가면서까지 기분의 변화에 빠져들 수도 없었지만, 로라 역시 말을 할 때 자신을 어딘가에 두고 있었다. 정신분석을 받는 사람 특유의 몰두하는 태도로 로라가 들어가 있던 곳은 자기 머릿속의 풍경이었다. 레빈슨 씨의 편지는 100년 전의 사회 소설을 닮았고, 로라의 전화는 20세기의 미니멀리즘 작품을 닮았다. 그 둘은 비슷하지만 동등하지는 않은 인간 지성의 탁월한 과업을 수행한다. 그런데도 그중 하나는 다른 하나를 거의 대체했다. 왜일까? 그리고 그것은 무엇을 의미할까?

영국 작가 존 베일리John Bayley는 헨리 제임스Henry James•와 윌리엄 제임스William James• 사이에 오간 편지들에 관한 최근의 비평에서 "사람들이 성실하게 편지를 보내고 탐욕스럽게 수신했던 세계, 전화가 값비싸고 저속한 소통 방식이었으며 … 매일의 생활의 고난과 분투하기 위해 사람들이 편지에 의존했던 세계"를 재현한 영국 시인 필립 라킨Phillip Larkin의 시 한 편을 회상했다. 베일리는 "'어떤 편지들을 갈망한다는 것'은 온전히 인간이 되는 것이며, 보통의 인간임을 인정하는 것"이라는 오든W. H. Auden의 말을 우리에게 상기해준 다음, 편지 쓰기가 "과학기술이 그 형식을 거의 없애버린 시대가 될 때까지" 끊임없이 지속되어온 고귀한 일이라고 말하며 결론을 맺었다.

베일리의 마지막 말들은 내 내면의 대화를 활성시켰고, 그

• 19세기 미국 심리적 리얼리즘 문학을 대표하는 소설가.
• 심리학자이자 철학자인 헨리의 형.

대화는 내가 아직 대답하지 못하는 질문들을 불러왔다.

정말로 그래, 내가 나에게 말했다. 젊었을 때 나는 엄청나게 많이 편지를 쓰던 사람이었고 어쩌면 계속 그렇게 남아 있었을지도 몰라. 그게 아니었다면….

말도 안 돼, 내가 나에게 대답했다. 과학기술 탓으로만 돌릴 수는 없어. 이런 질문을 해야 해. 왜 편지 쓰기는 좀 더 버티며 저항하지 못했을까? 우리 안의 무엇이 전화가 그토록 쉽게 그 자리를 넘겨받게 내버려두었지? 너는 무슨 역할을 했는지 생각해봐. 왜 더 이상 편지를 쓰지 않는지 **너 자신에게** 물어봐. 나는 '전화 때문에 그렇게 됐다'는 것보다는 더 깊은 무언가가 작용하고 있다고 생각해.

정말, 나는 왜 더 이상 편지를 쓰지 않는 것일까? 편지를 쓰는 일이 내게는 솔직히 귀찮게 느껴지고, 가능하면 피하고 싶은 의무가 되어버린 이유는 무엇일까? 편지를 쓰려고 애써 자리에 앉아 있다 보면 분명 기쁨의 무아지경에 빠져들고 그러다 보면 기운이 회복되는데도, 내가 편지 쓰기를 에너지를 소모하고 머릿속을 굳어버리게 하는 행위로 여기는 까닭은 무엇일까? 나는 왜 편지 쓰기와 싸우는 걸까? 왜 내 의지는 이렇게 분열되는 걸까?

35년 전 내가 대학생이었을 때, 사람들은 편지를 썼다. 학교 선생님도, 보험설계사도, 사회사업가도. 책을 읽는 경영자도, 여행을 하는 변호사도. 야간 학교에 다니는 재봉사도, 지역

사회 사업을 하는 나이 지긋한 부인도, 불행한 내 어머니도, 기대에 찬 우리 이웃도. 사람들은 광범위하게 다양한 편지를 교환했다. 그것은 평범하게 교육받은 사람들이 자기 눈앞에 있는 조그만 삶을 넘어서서 세계를 점유할 수 있는 익숙한 방법이었다. 오락에는 돈이 별로 들지 않았고, 뉴욕에서는 당시에도 지금처럼 사람들 대부분이 정기적으로 영화와 콘서트와 연극을 보러 갔지만, 널따란 공터에 있을 때면 우리를 둘러싼 시간은 멈춰 있는 것처럼 느껴졌다. 집에서 전화벨이 울리는 일은 드물었고, 텔레비전도 켜져 있는 일이 거의 없었다. 아파트는 충분히 조용했다. 마음에 드는 자신의 생각을 따라가는 일은 어렵지 않았다. 그 생각을 넘어 연결되고 싶을 때, 공감이 가거나 동류라고 느껴지는 다른 영혼에게 이야기하고 의견을 말하고 무언가를 자세히 설명하고 싶을 때 사람들은 자리에 앉아서 편지를 썼다.

친구들과 나는 모두 대단한 편지 작가들이었는데, 그건 꾸준히 정기적으로 헌신적으로 편지를 썼다는 뜻이다. 우리 중 한 명은 언제나 세상에 나가 있었다. 학교 친구 한 명은 유럽이나 멕시코를 여행하고, 한 명은 캘리포니아에서 일을 하고, 또 한 명은 보스턴에서 학교를 다니는 식이었다. 우리는 세계 곳곳을 돌아다녔고, 그럴 때면 서로에게 편지를 썼다. 전화는 절대 하지 않았고, 편지만 썼다.

편지를 받는 것은 설레는 일이었다. 나는 위층으로 달려 올라가 구두를 벗어 던지고, 편안한 의자에 털썩 앉아 봉투를 뜯어 열고는, 좋은 읽을거리에 집중하곤 했다. 그 점이 설레는 부분이었다. 좋은 읽을거리가 약속된다는 점 말이다. 그런 읽을거리를 얻지 못할 수도 있었지만(내 친구들이 편지를 잘 못 쓸 수도 있었으니까) 그 약속이 사라지는 건 아니었으므로 상관없었다. 나는 편지를 손에 들고 거듭 읽고, 편지와 의견을 주고받고, 편지를 참조하곤 했다. 이 마지막 부분이 중요했던 건 내가 편지 읽기를 끝내자마자 거의 곧바로 머릿속으로 문장을 만들기 시작하곤 했기 때문이었다. 하루나 이틀 뒤에 자리에 앉아 답장을 쓰면서 종이에 적어넣을 문장들이었다.

나는 편지를 받고 나서 답장을 쓰기 전까지의 이런 시간을 소중하게 여겼다. 생각을 정리하고, 주제들을 음미하는 일을 사랑했다. 내가 말하고 싶은 것은 무엇이며, 그것을 어떤 순서로 말할 것인가? 친구에게 내 근황을 알리기 위해 사실과 느낌을 어떻게 정리할 것인가? 기분을 묘사할 수도, 정보를 전달할 수도, 책이나 행사에 대해 생각나는 대로 말할 수도, 분위기를 사실보다 부풀려 페이지 위에 만들어낼 수도 있었다. 편지를 받는 일도 설렘을 공유하는 일이었지만, 편지를 쓰는 일은 그보다 더 큰 기쁨이었다. 문장들은 내 머릿속에 떠오르는 동시에 흠없이 유창하게 흘러나오는 것 같았다. 수동 타자기로 타이핑한 내 편지들이 레빈슨 씨의 편지들처럼 보였다는 걸, 고쳐 쓰거나 지워진 문장 하나 없이 깔끔했다는 걸 이제 나는 깨닫는다. 마치 우리 두 사람 모두 숙련되고 실수 없는 솜씨로 편지를 씨내는 공통의 생산 방식을 이용하고 있기라도 했던 것처럼.

오늘날 편지 쓰기는 하기 싫은 일이 되었다. 나는 문장을 쓰면서 오랜 시간을 보내지 않는다. 편지를 쓸 때 나는 꼭 필요한 경우가 아니면 자세히 말을 하지 않고, 폭넓게 여러 가지를 끌어오지 않으며, 길게 혹은 느긋하게 묘사를 하지도 않는다. 그리고 그럼에도, 편지 한 통을 제대로 쓰려면 몇 시간이 걸린다. 나는 결국 한 편의 제대로 된 글을 작성해야 한다. 일련의 메모를 그저 휘갈겨 쓸 수는 없다. 온전한 문장들을 온전한 단락을 갖춰 써야만 한다. 단락들이 서로 호응하고 서로에게 말을 걸게 해야 하고, 한 편의 글로서 일관성이 있게 해야 한다. 표현하는 능력은 글쓰기에 달려 있고, 결국 그것이 편지 쓰기의 과업이다. 의미가 잘 드러나게 소통하는 것.

내가 어렸을 때는 편지 쓰기가 내 삶의 한 방식이었던 반면, 지금 그것은 하나의 결단 같은 것이 되었다. 전화기를 집어드는 것 역시 하나의 결단이긴 하지만(전화기에 대고도 나는 무언가를 내놓아야 하니까) 그것은 내가 쉽게, 규칙적으로 내리는 결단이다. 전화 거는 일과 편지 쓰는 일 사이에서 선택할 수 있다면 나는 전화를 선호한다는 결론이 나온다. 실제로 열에 아홉은 전화를 선택하니까. 하지만 나는 전화를 선호하지는 않는다. 전화 걸기는 그냥 하는 일이다. 모든 사람이 하는 일이다. 내가 나도 모르게 속해 있는 세계의 습관적인 반응이고, 적극적인 의지가 필요하지 않은 일이다.

내가 나도 모르게 속해 있는 세계. 내가 오랫동안 떠올리며 시간을 보낼 구절이 하나 생겼다. 이마를 찡그리게 하고, 머릿속에 불편하게 울려 퍼지고, 심지어는 심장을 죄어들기도 하는 구절. 세계 속에서 자기 자리를 차지하기 위해 안간힘을 쓰지 않아도, 자신도 모르게 거기 속해 있다는 것은 무엇을 뜻하는가? 어째선지 기억을 잃은 것처럼, 마비된 것처럼, 제자리에 멈춰 서 있는 것처럼 느껴지는 구절이다. 나는 그 구절 어딘가에 "전화 때문에 그렇게 됐다"는 이야기에 숨겨진 역사가 담겨 있다고 생각한다.

그 구절이 나를 처음으로 놀라게 했던 때가 기억난다. 1977년, 텔아비브에서였다. 나는 그 도시의 디젠고프 거리에서 그리 멀지 않은 아파트에 몇 달간 살고 있었다. 디젠고프 거리는 카페 문화로 유명했다. 중동에 있는 한 조각의 파리 같은 분위기를 기대했지만, 그곳에 도착해보니 카페들은 텅 비어 있었다. 처음에는 이해가 되지 않았다. 나는 누군가와 저녁때 카페에서 만날 약속을 하고는 어두워진 거리를 걸으며 생각하곤 했다. 오늘밤은 다를 거야. 오늘밤에는 카페들이 사람으로 가득 찰 거야. 하지만 그랬던 적은 한 번도 없었다. 텔아비브의 카페 문화는 끝난 것처럼 보였다.

어느 날 밤 나는 내가 인터뷰하고 있던 이스라엘인 기자 한 명과 함께 내 아파트를 나섰다. 많은 이스라엘 지식인들처럼 이 남자도 우울증을 앓고 있는 것으로 잘 알려져 있었다. 사람들은 그가 나를 만나기로 동의했다는 데 놀랐다. 걸어가는 동안 기자는 우리를 온통 둘러싼, 불 꺼진 거실에서 깜빡이는 텔레비전 화면의 푸른빛으로 내 주의를 돌렸다. "텔레비전이에요." 그가 비통하게 말했다.

"몇 년 전에는 사람들이 다들 카페에 나와 있었는데, 이젠 집에서 '댈러스'를 보고들 있네요." 그는 텔레비전이 사실상 카페 문화를 없애버렸다고 했다.

나를 놀라게 한 것은 기자가 한 말이 아니라 그가 그 말을 하는 방식이었다. 그의 목소리는 굳어 있었고 원망으로 가득했다. 그는 마치 자기가 무슨 일을 당한 것처럼 말을 했다. 나는 그에게 **당신은** 아직 카페에 가느냐고 물었다. "아뇨." 그가 침울하게 대답했다. "뭐하러 가겠어요? 아무도 거기 더 이상 안 가는데요." 그럼 그와 친구들은 이야기를 하기 위해 어디서 모이는 걸까? "사람들은 더 이상 이야기를 하지 않아요." 그가 말했다. 사람들이 더 이상 이야기를 하지 않는다니, 무슨 뜻이죠? 내가 말을 이었다. 세상에서 가장 끈덕지게 반응을 재촉해대는 말 많은 사람들 사이에서 지내는 그가 어떻게 사람들이 더 이상 이야기를 하지 않는다고 말할 수 있는 걸까? "하, 아니이." 그가 소리질렀다. "세상이 변했어요. 내가 알아볼 수 없는 세상에 나도 모르게 속해 있는 것 같아요. **내가** 대체 뭘 할 수 있죠?

아무것도요. 난 아무것도 할 수 없어요. 사람들은 더 이상 이야기하지 않는다고요." 그때 나는 알 수 있었다. 더 이상 이야기를 하지 않는 건 **그**였다. 카페는 그가 혼자 힘으로는 할 수 없는 일을 해주었던 것이다. 그가 혼자 힘으로는 하지 않을 일을. 이제 카페들이 텅 비어가고 있었으니 그에게는 사람들이 더 이상 이야기를 하지 않는 것이나 마찬가지였다.

나는 그 기자의 목소리에 담긴 분노 밑에 흐르던 무기력함을 잊을 수 없었다. 그 안에 있던 둔하게 굳어버린 수동성을. 세상은 그를 실망시켰다. 세상은 그가 기대한 것과 전혀 다른 모습으로 변해가고 있었다. 그는 자신이 할 수 있는 최선을 **다하기는 했다.** 아무도 그가 이야기하고 싶어 하지 않았다고 말할 수는 없었다. 카페들이 있을 때 그는 거기에 갔다. 이제 그는 자신도 모르게 카페들이 없는 세상에 속해 있었다…. 글쎄, 무엇을 기대할 수 있겠는가?

그의 목소리가 어떻게 들렸는지, 거기 담긴 메시지가 얼마나 괴로웠는지 나중에도 기억날 거라고 그때는 생각하지 못했지만, 이제 내가 쓰지 않는 그 모든 편지들에 관해 생각하고 있자니 내가 그 대화의 기억을 들여다보고 있다는 걸 실감하게 된다.

나는 집에서 책을 읽고 있었다. 한 친구가 전화를 걸어 브루클린 다리에서 루바비치파 학생들이 총에 맞는 사건이 일어났다고 말해주었다. 11시 정각, 나는 상세한 보도를 보기 위해 텔레비전을 켰다. 그날 저녁에는 세 가지 뉴스가 있었다(그 총격 사건, 항공기 한 대가 라구아디아 공항에 급강하한 사건, 그리고 세 번째는 잊어버렸다). 그 뉴스들 사이에는 광고, 기세등등한 테마 음악, 방송 진행자들이 자기들끼리 이야기를 나누는 장면, 속사포처럼 말하는 열 명에서 열다섯 명 정도의 사람들이 오십 명쯤 되는 다른 사람들의 얼굴에 마이크를 들이밀고 있는 장면이 배치되어 있었다. 나는 텔레비전을 끄고 나서 읽고 있던 책으로 되돌아갔지만 이미 침착할 수 없는 상태였다. 집중을 할수도, 생각을 할 수도 없었다. 텔레비전 소음이 여전히 머릿속을 맴돌고 있었다. 그 소리는 내가 간신히 한두 시간쯤 차단할수 있었던 거리의 소음과 뒤섞이기 시작했다. 그러고 있는데 전화벨이 울렸다. 나는 받지 않았지만 자동응답기가 받았다. 이제 방 안은 내 기억에 맴도는 텔레비전에서 들려오던 소음, 창문 아래 거리에서 끊임없이 들려오는 비명소리, 내 책상에서 나는 덜컥거리는 소음으로 가득 찼다. 나는 두 손에 책을 들고 소파에 멍하니 누워 있었다. 마침내 내가 자기최면을 걸고 환각으로 빚어낸 고요함 속으로 들어가는 데 성공했을 때, 그 침묵은 안도감으로 다가왔다. 안도감, 그게 전부였다. 그때 나는 깨달았다. 내 삶에서 어린 시절만큼, 모두가 편지를 썼던 그때만큼 나를 둘러싼 고요함이 풍부하고 활기차게 느껴질 일은 다시는 없을 거라고. 나는 천장을 노려보며 지금의 모습이 된 세상을 원망했다. 원망은 분노로 타올랐고, 분노는 가라앉아 우울이 되었으며, 우울은 무기력으로 바뀌었다. 그날 밤 나는 책을 더 읽을 수 없었다.

　며칠 뒤 나는 내 아파트에서 우편번호상으로 바로 다음 지역인 소호에 사는 친구 한 명에게 소식 한 가지를 전해주어야했다. 나는 전화기를 향해 손을 뻗었고, 그러다 멈췄다. 내 손은 수화기 위를 맴돌았다. 나는 친구에게 말을 하고 싶지 않았다. 친구의 목소리를 듣고 싶지도, 나 자신의 목소리를 듣고 싶지도 않았다. 그럼에도 그에게 이야기를 하고 싶기는 했다. 문득, 편지를 쓰고 싶다는 생각이 들었다. 그 소식이 어떻게 내 손에 들어왔는지, 그것을 들었을 때 어떤 생각이 들었는지, 지금 내가 무슨 생각을 하고 있는지, 종이 위에서 내 친구에게 말하고 싶었다. 내가 편지를 쓰고 있는 방의 조명을, 내가 집에 왔을 때 느껴지던 공기를, 엘리베이터에서 방금 나눈 대화를 묘사하고 싶었다. 한마디로 나는 이야기를 하고 싶었지, 전달을 하고 싶지는 않았다. 그 순간을 자세히 설명하고, 형태를 부여하고, 형식을 만들고 싶었다. 그러면 내 친구가 듣게 될 소식은 달라질 것이고, 전화가 아니라 편지를 통해 전해질 것이고, 메모가 아니라 한 편의 시로부터 얻어지는 종류의 정보가 될 것이었다. 그것은 내가 친구에게 나와 이어진 일부로서 주고 싶었던 한 조각의 친밀함이었다.

　그 충동은 컴퓨터 앞에 앉자마자 산산이 부서지기 시작했다. 그날은 긴 하루였다. 나는 피곤했다. 그리고 두 시간 후에는 다시 외출해야 했다. 이걸 쓸 만큼 시간이 충분할까? 나는 편지에 쓸 문장들이 있는지 내 뇌의 도랑 안쪽을 조사해보았다. 도랑은 빽빽하고 좁게 느껴졌다. 편지라는 걸 써본 게 너무 오래전이었다! 어쩌면 내일 아침에는 쓸 수 있을지도 몰라. 그러자 그 소식이 내 친구에게 이틀 내에 전해져야 한다는 게 기억났다. 내가 편지를 쓰면 친구는 모레나 되어야 받아볼 텐데, 그러면 다음 소식은 일주일이 지나서야 듣게 될지도 몰랐다. 우편물 배달에는 의지할 수가 없었다. 알 게 뭐람, 한번 해보자. 나는 생각했다. 그러고는 컴퓨터를 켰다. 그런데 맙소사, 너무 피곤했다! 나는 컴퓨터를 끄고 전화기를 집어들었다.

"자기야!" 친구가 받았다. 긴장을 풀어주는 진동이 전화선 너머에서 흘러왔다. 나는 친구가 알아야 할 것을 말해주었다. 그러고는 전화하는 대신에 편지를 쓰고 싶었다고 그에게 말했다. "정말 그래!" 친구는 웃고는 내가 처해 있던 곤란한 입장에 곧바로 공감했다. 친구도 종종 그런 상황에 처하곤 했던 것이다. 우리는 그 문제에 어떤 심리들이 얽혀 있는지 빠르게 스쳐 지나가는 문장 조각들로 이야기했다. 친구와 이야기하는 동안 나는 생기를 되찾아 상쾌한 기분이 들기 시작했지만, 10분 뒤에는 전화를 걸기 전과 마찬가지로 피곤한 상태가 되어 전화를 끊었다. 피곤한 것 이상이었다. 어째선지 패배감이 들었다. 그 조명, 그 공기, 그 소식, 그리고 엘리베이터에서의 그 만남.

그 사이의 연결이 내게서 상실되어 있었다. 이제 그 연결을 만들 수는 없을 것이었다. 그 상실 속에 중요한 무언가가 갇혀 있는 것처럼 느껴졌다.

나는 책상 앞에 앉아 전화기를 노려보았다. 전화도, 그 전화로 방금 나눈 대화도 싫지 않았지만, 전화를 걸라는 명령에 내가 굴복했다는 사실이 혐오스러웠다. 그것은 꼭 해야 했던 일도, 내가 원한 일도 전혀 아니었다. 그 순간, 삶이라는 것이 더욱 보잘것없게 느껴졌다.

나는 나 자신과 논쟁을 하기 시작했다. 좋아, 그러니까 너는 종이 위에 이야기하는 대신에 전화로 이야기했어. 반응을 글로 써서 정리하는 것은 **어렵고, 언제나** 추가로 노력이 들어가는 일이야. 하지만 **어쨌든** 사람들과 연결되긴 하잖아. 넌 **항상** 전화를 걸어. 맙소사, 그걸로 충분하지 않니?

나는 나 자신에게 대답했다. 아니, 그걸로는 충분하지 않아. 정보를 전달하는 것과 이야기를 하는 것은 달라. 비교할 수는 있지만, 하나가 다른 하나를 대체할 수는 없어. 그 둘 중 하나를 골라야 한다는 건 일과 사랑 중에서 하나를 선택해야 하는 거나 마찬가지야. 어느 쪽을 골라도 인생을 절반밖에 살 수 없는 거지. 그 순간 나는 편지와 전화의 문제에서 무엇이 위태로워지고 있는지를 깨달았다.

전화로 이루어지는 대화는 본질적으로 반응일 뿐, 반영이 아니다. 그 주된 장점은 직접성이다. 그 직접성은 누군가와 빠르게 함께 있을 수 있게 해주며, 즉각적인 자극을 전달한다. 자극은 카타르시스를 주고, 카타르시스는 불안을 뒤로 밀어내며, 그 빈 공간으로 전기의 순환에서 생겨나는 종류의 생각이 흘러 들어간다. 반면 고독에 몰두한 채 쓰는 편지는 신뢰의 행위다. 인간다움이라는 것이 있다고, 세계와 자아는 안쪽에서부터 만들어진다고, 외로움은 얻으려고 애쓸 만한 것이지 두려움의 대상이 아니라고 가정하는 행위다. 편지를 쓰는 일은 내가 상상해낸 다른 사람의 존재 앞에서 나의 생각들에 혼자 몰두하는 일이다. 나는 상상 속에서 나 자신의 이야기 상대가 된다. 나는 텅 빈 방을 가득 채운다. 혼자서 그 침묵 속으로 스며든다. 이 모든 것은 70년 전 우리 어머니에게 편지를 쓰기 위해 한밤중에 자리에 앉아 있을 때 레빈슨 씨 역시 했던 일이다.

레빈슨 씨는 방심한 채 이루어지는 대화의 즐거움을, 힐링을 추구하는 문화가 주는 그 비범한 선물을 알지 못했다. 한밤중에 혼자서 펜과 잉크 그리고 종이를 지닌 채, 그는 그저 형태를 갖춘 문장이 주는 즐거움만을 얻었다. 그 즐거움은 말로 하는 대화가 데려갈 수 없는 곳으로 그를 데려갔다. 그로 하여금 자신 안에 있는, 편지가 아니었으면 갈 일이 없었을 장소들에 비집고 들어가게 했다. 그 편지들은 세상을 이해하고, 자신의 혼돈을 꿰뚫어 보며, 쓰는 것으로부터 자신이 무엇을 느끼는지 알아내고자 한 갈망의 기록이다. 다른 종류의 내적인 추구다. 다시 말해, 지도에 없는 공간으로의 여행이다.

정보의 전달이란 표면을 건드려보기 위해 일련의 연결 신호들을 발신하는 일이다. 반면 이야기하기란 황무지 한가운데 한 줄기의 길을 내는 일이다. 삶에는 둘 다 필요하다. 둘 중 어느 하나만으로는 경험이 부족해진다. 하나가 다른 하나를 대체하는 데는 반드시 커다란 대가가 따른다. 하지만 우리는 언제나 두 가지를 모두 갖는 것은 비경제적이며 둘 중 하나만 있으면 충분하다고 말하는 세계에서 살고 있는 것 같다.

카페 문화가 번창할 때, 말하기는 유연한 지성을 공유하는 행위가 되며, 그 지성은 대화하고픈 욕구를 더욱 커지게 한다. 그럴 때 적절한 문장을 만드는 사람은 좋은 문장을 만들게 되고, 좋은 문장을 만드는 사람은 탁월한 문장을, 탁월한 문장을 만드는 사람은 비범한 문장을 만들게 된다. 온 세상 사람들이 편지를 쓰는 시대에는 내면의 고요함에 다가가고, 한 시간 동안의 일을 말하고, 이야기하는 내면의 삶을 계속 살아 있도록 유지하는 일이 어렵지 않다. 그럴 때 자신의 생각에 혼자 몰두하는 일은 가치 있는 것이 아니라 그저 평범한 실천이 된다. 인간으로 남아 있으려는 그 분투는 카페들이 텅 비는 때, 우편물 배달만 믿을 수는 없게 되는 때 심사숙고하는 행위로 변한다.

나는 편지 보내는 일을 감행해보고 싶었지만, 그 마음이 그렇게 절실하지는 않았다. 이야기를 하고픈 충동을 잃는 일은 힘들었지만, 감수할 만한 고통이었다. 감수할 만한 고통이었기에 나는 그것을 감수하며 살고 있다. 그것을 감수하며 살기에 나는 나도 모르게 속해 있는 세계에서 한 자리를 차지하게 되었다. 나와 그 이스라엘 기자는 그렇다.

1937년, 작가 에드먼드 윌슨Edmund Wilson은 시인 루이스 보건Louise Bogan에게 작업으로 돌아옴으로써 신경쇠약에서 회복할 수 있을 거라고 충고하는 편지를 썼다. "우리는 삶을, 사회와 사람들 사이의 관계를, 우리 눈에 들어오는 대로 받아들여야 합니다." 윌슨은 이렇게 썼다. "우리가 진실로 만들어낼 수 있는 단 한 가지는 우리가 쓴 작품입니다. 그리고 우리의 지성과 상상력과 손으로, 니체가 말한 것처럼 '그럼에도 불구하고' 심사숙고를 거쳐 해낸 작업들이 결국에는 세상을 다시 만들어냅니다." 그와는 반대로, 작업을 하지 **않는** 일, 심사숙고를 회피하는 일 역시 세상을 만들어내는 일이다. 편지를 쓰고자 하는 욕구가 내 안에서 유산될 때마다 나는 내가 비난하는 세상을 만들어낸다. 이야기를 하고픈 충동을 표류시킨다. 소음이 세상에 만연하게 내버려둔다.

편지 쓰기가 고귀한 일인 게 아니다. 자신을 온전하게 표현할 수 있는 사람으로 남아 있는 것이야말로 고귀한 일이다.

절망을 받아들이지 않고
끊임없이 다가가고
말을 걸고 질문하는 일

비비언 고닉이라는 굵직한 이름을 한두 마디의 수식어로 소개하기는 어려운 일이다. 그의 이름을 들으면 누군가는 국내에도 소개된, 단숨에 그에게 최고의 회고록 작가라는 찬사를 선사한 《사나운 애착》(노지양 옮김, 글항아리, 2022)을 떠올릴 것이고, 어머니와 딸 사이에 존재하는 복잡미묘한 애증을 너무도 생생하게 그려낸 그 작품의 진한 여운을 기억할 것이다. 한 인간을, 그의 삶과 그가 몸담고 있는 세계를 그려낼 때 고닉은 설명하거나 요약하는 대신 독자를 그대로 들어올려 그 시공간 속으로 옮겨놓는다. 그래서 그곳을 흘러다니는 가장 내밀하고 모순적인 욕망들과 복잡한 아우성을 바로 눈앞에서 경험하게 한다.

이 책에 실린 캐츠킬 산맥 호텔들에서의 경험('똑바로 앞을 보고, 입을 다물고, 온전하게 균형을 잡는 것')이나, 로더 멍크라는 가명으로 등장하는 자신과 친밀했던 한 여성에 대한 고닉의 기억('나는 경험이 너무도 부족한 수영 선수였다')을 읽다 보면 누구라도 그의 시선이 얼마나 예민하고 집요한지, 그가 얼마나 가차 없을 정도로 솔직하고 냉정한 동시에 뜨거운 작가인지 실감할 수 있다.

고닉은 피상적인 시선으로는 결코 가닿을 수 없는 곳을 꿰뚫어 본다. 정신없고 고된 노동 한가운데에서 벌어지는 욕망과 권력의 소리 없는 악다구니를, 한 사람이 무언가로부터 도망치고 싶을 때 취하는 방어기제들을, 누군가가 우리를 악의 없이 소외시킬 때 우리 마음속을 스치고 지나가는 서늘함을, 도시를 채우는 수많은 익명의 사람들이 아무에게도 말할 수 없는 우울 속으로 가라앉는 순간과, 아무도 지켜보지 않는 기적을 만들어내는 순간을, 무섭도록 정확하게 포착해낸다.

누군가는 고닉의 이름을 1970년대 미국에서 제2물결 페미니즘을 주도했던 래디컬 페미니스트들의 이름 한가운데에서 발견하고 한층 더한 호기심과 흥미로움을 느꼈을 것이다. 저널리스트로 일하던 고닉은 1969년 슐라미스 파이어스톤, 케이트 밀렛, 필리스 체슬러 등 수많은 급진적인 페미니스트들을 취재하면서 엄청난 각성을 경험했다. 그가 그 경험을 바탕으로 〈빌리지 보이스〉에 써낸 기사 '역사의 다음 위대한 순간은 그들의 것이다The Next Great Moment in History Is Theirs'는 제2물결 페미니스트들을 결집하고 그들의 목소리를 증폭시키는 데 큰 역할을 했다. 당시의 경험과 그것이 고닉 자신에게 남긴 통찰을 담은 이 책의 한 챕터 '힘겨운 진실을 꾸준히 바라볼 때 나는 조금 더 나 자신에 가까워진다'는 최근 몇 년간 페미니즘 리부트를 경험해온 국내 독자들에게도 각별하게 다가갈 것임에 틀림없다. 이 글이 "함께가 아니라면 우리가 존재할 다른 곳은 없었"다고 느껴질 만큼 열렬하고 충만했던 최초의 자매애와 행복감뿐만 아니라, 페미니즘을 받아들이면서 자신의 삶에 있어 '일'과 '사랑'을 예전과는 다른 의미로 재정립할 수밖에 없게 되는 과정에서의 갈등과 혼란, 운동의 가장 뜨거운 시기가 지나가면서 여성들의 연대가 서서히 해체되는 시기에 찾아온 상실감과 고통, 그리고 마침내는 그 상실로부터 더욱 견고하게 자신을 재정립하는 '두 번째 각성'의 시간들까지 다루고 있기에 특히 그렇다. 고닉은 페미니스트로서 역사적 변화의 한복판에 서 있었고, 그 변화의 물결을 온몸으로 맞아냈다. 그 시간과 경험들은 이후 여성과 남성의 관계에 대해, 여러모로 불가능하게 느껴지지만 그럼에도 꼭 이뤄내야 할 이상인 평등에 대해, 결혼제도에 대해, 대도시에서 여성으로서 글을 쓰며 혼자 산다는 것에 대해 고닉이 써낸 많은 에세이와 문화비평에 영향을 미쳤다.

하지만 이 책《아무도 지켜보지 않지만 모두가 공연을 한다》에 엄선된 일곱 편의 에세이에서 만나게 되는 고닉의 목소리는 하나의 이상을 향한 확신으로 가득한 목소리라기보다는 조금 더 내밀하게 두근거리는 목소리에 가깝다. 그 목소리는 흔들리고 또 흔들리면서 세상을 향해 끊임없이 진동하고 궁금해하고 기대하며 손을 내밀고, 실망하고 실패하고 받아들이고 또 다시 시작한다. 에세이스트로서 고닉의 전문 분야는 외로움이고, 그 전문성에 있어 그는 타의 추종을 불허한다. 사람의 마음에 타인들과 세계를 감각하고 받아들이는 촉수가 있다면, 고닉은 남들보다 헤아릴 수 없을 정도로 많은 그리고 민감한 촉수를 지닌 사람일 것이다. 외로움이라는 인간 본연의 상태를 수동적으로 받아들이고 사람 사이의 단절과 침묵과 소통 불능 상태 같은 "영혼을 죽이는 사소한 일들"의 관행을 어느 정도 묵묵히 체념하고 사는 것이 보통의 삶이라면, 고닉은 그렇듯 절망 속에 갇힌 상태를 결코 받아들일 수 없어 이렇게 묻고 또 묻는 사람이다. '왜 이런 일이 일어나는 걸까? 이 사람은 왜 나를 알고 싶어 하지 않지? 저 여자는 왜 나와 친해지고 싶어 하지 않는 것일까? 우리는 왜 이토록 가까워졌는데도 여전히 의견이 분열될까?' 우리는 왜 조금 더 자기 자신에 가까운 모습으로 타인에게 다가갈 수 없을까? 왜 조금 더 서로의 말에 귀를 기울일 수 없는 것일까?

　삭막하고 실망스러운 세계에 적응한 지 오래인 우리는 안다. 그런 질문들을 하는 일 자체에 얼마나 큰 용기가 필요하고,

그런 질문들을 유지하기 위해 얼마나 많은 애정이 필요한지를. 하지만 마음을 드러내다 상처받는 게 두려워 불 꺼진 방 전화기 옆에 가만히 앉아 있는 대신, 고닉은 끊임없이 다가가고 말을 걸고 질문한다. 우리의 지성이 서로 만나 한없이 확장되고 뻗어 나가는 순간의 기쁨을, 우리의 목소리가 방해받지 않고 경청될 때 찾아오는 충만한 감정을, 거리의 이름 모를 사람들이 말없이 전해주는 든든한 안도감을, 믿고 소망하고 찾아 헤맨다. 외로움 앞에 꼿꼿하고 싶은 마음과 타인과 연결되고 싶은 마음 사이에서 어떻게도 할 수 없을 때 '거리로 나가 걷는' 방법이 있다는 것을 우리는 고닉의 에세이를 읽으며 배운다. 자신이 산책을 해야만 하는 이유를 설명하는 데 있어 이만큼 멋들어진 방식이 또 있을까.

또 하나, 고닉의 문장들은 정말이지 독특하다. 전반적으로 밀도가 높고, 종종 시적으로 압축되어 있으며, 독자에게 의미를 일방적으로 전하기보다는 함께 생각하기를 적극적으로 요구한다. 메트로놈이 내는 소리처럼, 혹은 도시 한복판에서 버스킹을 하는 누군가가 울려내는 비트처럼 특유의 음악적 리듬과 박동들로 가득한 문장들이기도 하다. 혈관에 직접 주사되는 약물처럼 짙고 강렬하게 스며드는 그 통찰 하나하나가 독자들에게도 고스란히 전해졌으면 하는 바람이다.

서제인

옮긴이 **서제인**

기자, 편집자, 작가 등 글을 다루는 다양한 일을 하다가 번역을 시작했다. 거대
하고 유기체적인 악기를 조율하는 일을 닮은 번역 작업에 매력을 느낀다. 옮
긴 책으로《잃어버린 단어들의 사전》《노마드랜드》《아파트먼트》가 있다.

아무도 지켜보지 않지만
모두가 공연을 한다

초판 1쇄 발행 2022년 8월 5일
초판 5쇄 발행 2024년 10월 24일

지은이 비비언 고닉
옮긴이 서제인
책임편집 서슬기
디자인 주수현

펴낸곳 (주)바다출판사
주소 서울시 마포구 성지1길 30 3층
전화 02 - 322 - 3675(편집) 02 - 322 - 3575(마케팅)
팩스 02 - 322 - 3858
이메일 badabooks@daum.net
홈페이지 www.badabooks.co.kr

ISBN 979 - 11 - 6689 - 103 - 8 03840